王城

黄亮斌 ◎ 著

湘潭大学出版社
XIANGTAN UNIVERSITY PRESS

目录

我常常站在寓所的阳台向北眺望，太阳升起的方向是辛追夫人沉睡了两千多年的马王堆古墓，太阳西沉处是长沙国太傅贾谊曾经住过的濯锦坊，于是有了西汉这个时期唯一非刘氏王城的故事。

——题记

01

妒贤才功臣进谗 仕途折贾谊离京

汉文帝三年孟春，天气异常寒冷，山川大地到处都被积雪和冰凌覆盖着，但内心更冷的是贾谊。二十四岁的他乘一叶扁舟，穿越满是浮冰的渭河与汉水，进入长江后，贴着烟波浩渺的云梦泽转入一望无际的洞庭湖，一路风雨兼程地向长沙进发。在长安履职的第二年年底，原本被提名为公卿候选人遇挫后，贾谊被迁至遥远的南方出任长沙国太傅。

贾谊眼前的南方与他心中想象的那样，正是一片蛮荒之地，岳阳还只稀稀落落地住着一些渔民，岳阳楼的修建则是一千多年后宋朝的事情。辽阔的湖面上有星星点点摇橹张帆的渔民，堤岸上有张开晾晒的渔网，而离岸稍远的东茅岭一带，则是茅草丛生，荆榛遍地。在洞庭湖与长江交汇处，贾谊心情沮丧，独立船头，觉得人生是茫茫天地间一叶飘零的扁舟，他抬眼向西北，看了看来时走过的路，脑子里再次翻涌出渐行渐远的帝都长安，想起自己短短两年波澜起伏、从云端跌落的政治生涯。

贾谊出生在中国最古老的都城——洛阳。洛阳北据邙山，南望伊阙，洛水贯其中，东据虎牢关，西控函谷关，此前已有好多个王朝定都于此，帝喾定都亳邑，商汤定都西亳，武王伐纣八百诸侯会孟津，伯夷、叔齐叩马而谏，周公辅政迁九鼎于洛邑，周平王东迁洛邑，中国文明演绎和城市发展的很多重大事件都发生在这里。贾谊出生之前，这里刚刚经历过一阵空前绝后的金戈铁马、箭镞雨矢，先是有西楚霸王项羽在此驻军，后来在楚汉相争中取得胜利的刘邦也曾把大汉的都城定在洛阳。刘邦喜欢这里“天下之中、十省通衢”的便利和万朝归宗的感觉，他在这里登位，册封了一批又一批王侯，并打算长此以往在洛阳待下去，而满朝文武大臣都来自韩、赵、魏、楚、燕、齐六国，洛阳地处六国中心，大家也乐得在故土生活，享受着故乡的风和故乡的情。正当刘邦心满意足、踌躇满志的时候，一个叫娄敬的儒生却站出来反对，认为洛阳四周群山环绕、雄关林立、地方狭小、土地瘠薄、腹背受敌，远不如西边的长安城，地势险要、土地肥沃、金城千里，一派天府之国气象。刘邦最先懒得理会一介穷书生，自从当上皇帝以后，各种标新立异的建议他见多了，一般都懒得理会，但他最信任的谋士张良也认为娄敬的观点不无道理。张良受黄石之符、诵三略之说后，也曾效忠过陈涉与项羽，但后来看到这两人都不是可图大业的不惑之主，陈涉出身贫寒、才能不及中人；项羽则妒贤嫉能，有功之人受到迫害，贤能之人受到猜忌，打了胜仗不给人记功，攻城略地后不跟人分利。因此，他一直深恨自己过去“天不得时，日月无光；地不得时，草木不生；水不得时，风浪不平；人不得时，利运不通”，直到遇到宏韬远略、仁厚爱人的刘邦，才真正觉得遇到了知音，一切都顺心顺意。刘邦在洛阳称帝后，评价成就自己一生功业的几个关键人物时有过一段著名的话：夫运筹帷幄之中，决胜千里之外，吾不如子房。这里说的子房便是谋士张良。既然张良对选择都城这样事关江山永固、帝祚绵长的大事发表了建议，刘邦便接受了迁都的建议，不仅让娄敬随了自己的刘姓，拜他为奉春君，还责成丞相萧何主持营造都城长安，开启大汉帝国的宏大基业。长安城的建设开始在渭河南岸、阿房宫北侧、秦兴乐宫的基础上重修宫殿，命名长乐宫，接着又建造了方圆达二三十里的未央宫，待一切修造完毕，汉高祖七年才组织了声势浩大的迁都，不得不说，他甚至喜欢上了长安的奢华与宏大。从此长安成了大汉的帝都，洛阳成了故都。

大汉迁都了，但这并不影响洛阳的繁华，它深厚的文化底蕴还在，贾谊就出生在这样一个街市繁华、四处散发着文化气息的都城：中华民族最早的历史文献“河图洛书”就出自洛阳，这是人文之祖的伏羲氏根据河图和洛书画成的八卦和九畴图册。此后，周公在洛阳制礼作乐，老子在洛阳著述文章，孔子在洛阳入周问礼，中国的文明首萌于此，道学肇始于此，儒学渊源于此，经学兴盛于此，佛学首传于此，玄学形成于此，理学寻源于此。汉初时以洛阳为中心的河洛文明作用更加明显，已经成为中华民族文化的核心和源头之一，构成了华夏文明的重要组成部分。贾谊十岁那年，汉惠帝取消了秦始皇制定的“挟书者族”的诏令，接着吕后又下令鼓励民间藏书、献书，恢复旧典，汉初便慢慢恢复了士人读书的风气。在这样的环境中生活与成长，贾谊如鱼得水，每天手不释卷，徜徉在广袤无垠的书海里，广泛吸吮中国文化的精华，不断用经学典籍等充实自己的头脑，其他兵家、法家、农家、医家、天文算法、术数、艺术也从不错过，尤其爱看修身齐家治国平天下的书籍，但那时的书仅有少数写在轻薄的布帛上，多刻画在又厚又重的木简竹牍上，夜以继日地捧读，常常使得贾谊腰酸胳膊痛。

作为故都的人，贾谊经常沿着城内四通八达的驰道驿路出游寻踪。邙山脚下，他追寻着伏羲、女娲、黄帝、唐尧、虞舜、夏禹和商汤、周武的历史踪迹；洛水河畔，他想象着伏羲氏在大地上画成的八卦和九畴。有的时候，他与迁都后隐居下来的鸿儒雅士一起，交流读书体会，谈论国家兴衰大事，尤其是对刚刚经历的秦亡汉兴的史事，有着他这个年龄的孩子罕见的兴趣。就这样，贾谊小小年纪就名满洛阳，大家都在谈论古城里这个天才少年，甚至有人传，他就是中国历史上五百年才出一次的“圣人”。十八岁那年，贾谊被河南郡太守吴公慧眼识才，招致门下悉心培养，为国家储备栋梁之材。河南郡，由秦朝时的三川郡转隶过来，实际上就管辖着洛阳附近一片并不太大的区域。吴公领悟力极强，很会读书，汉初承接了秦朝繁刑严诛、吏治刻深的法律，他都能做到烂熟于心。在政务处理上，吴公励精图治、奉公为民，曾经跟着秦国宰相、同乡李斯学习行政事务，颇得李斯干练之风，现在又有贾谊的辅佐，政务处理更是如虎添翼，经过好几年的治理，人民安居乐业，社会和谐稳定，生活繁荣富庶，河南郡的经济发展水平和民众的满意度在汉初各郡中名列前茅。

当聪明能干的吴公在河南郡崭露头角的时候，代王刘恒在丞相陈平、太尉周勃、大将军陈武、御史大夫张苍等朝廷重臣的推举下，坐上了皇帝宝座，刚刚二十岁出头就显示出开辟“文景之治”的远大抱负和宏韬远略。但刘恒知道，作为汉高祖八个儿子中最平凡的一个，自己既不像嫡长兄刘盈天生被赋予了太子之位，也不像三哥刘如意深得父皇宠爱，自己的母亲薄氏长相平凡，父亲刘邦根本就不愿意临幸她，只因当初所谓的“好姐妹”管夫人和赵子儿把她当作笑料讲给刘邦听，而薄氏在巧急中说了一句“陛下，我昨晚梦见我屋子里蛟龙腾跃，大雨狂作”，高祖才当作吉徽停下匆匆的脚步，这才有了后来的刘恒。刘恒在慢慢长大的年岁，很长时间都被人家看不起，被送到北方的代地，大漠孤烟，长河落日，路途遥远，交通更不方便。也正因如此，刘恒更加低调，吕后执事时，曾经有意令他转任赵王，他婉言谢绝了这一人人眼中的“肥缺”，表示甘受寒风冷雪和塞外孤寂，替朝廷戍守边境，拒敌于国门之外，永葆家国安宁，这一番讲话，竟然让一直试图安插吕氏自家子侄的吕后十分感动。就这样，经过长达十七年的韬光养晦，刘恒才得以在刀光剑影的宫廷斗争中生存下来。权倾一世的吕后先后杀了前后两任赵王刘如意和刘友，以及傀儡皇帝刘恭，刘氏子孙性命岌岌可危。刘恒在自家兄弟惶惶不可终日时，隐忍不发，低调从事，不仅把命保住了，让所有人减少了对他的提防，还在诸王中渐渐获得最好的名声。

吕后去世时，刘氏子孙中，资历最老的是楚王刘交，实力最强的是齐王刘襄，刘恒暂时被大家遗忘在遥远北方的寒风中。但是刘交已经是上一辈的人物，高祖已经把自己这个最疼爱的弟弟安排在富庶的楚国当藩王，楚王自己也乐得这一亩三分地，不敢觊觎更高的政治地位，确保“家天下”皇位传承的玩法不会乱套。而齐王刘襄，作为刘邦的长孙，有着继承大统的先天优势，坐拥强大的齐国，靠着刘章、刘兴居两个能干的弟弟在内廷支持，于是大胆举兵西进，一时间俨然成为“诛吕”行动的“领头羊”，但这也过早昭示了他问鼎天下、志在必得的勃勃野心，尤其是悍然软禁拘留了族叔琅琊王刘泽，已经在族内树敌，刘泽与之更是剑拔弩张、势不两立。此外，刘章还有一个秉性暴戾、名声不好的舅舅驷钧。深受吕氏干政祸害的西汉大臣们，既不甘于被一个过于能干强势的新皇帝驾驭，又对外戚干政有着格外的谨慎与排斥，决意要找一位品德忠厚、性格娴熟的刘氏血脉做皇帝，这样平时性格温和、从不显山露水的刘恒，才得以从众多刘氏子孙中脱颖而出，沿着高陵与魏桥的官道，一步三望，步步惊心地登上帝位。

刘恒虽然勉强坐上了皇帝的位置，但他认识到，如果自己不在近年内革故鼎新，拿出一份实实在在的治国成绩单，就压不住危机四伏的台面，大臣们对自己的支持就会大打折扣，心怀各异的刘姓兄弟就会举起反旗，最重要的是不能得到黎民百姓的爱戴与拥护。而治理国家首先需要的是人才，于是汉文帝在全国招募治国英才，这样河南郡太守吴公既因治功显著，也因他对繁缛的司法条文烂熟于心，被擢升为廷尉，也就是中央最高司法审判机构长官，这是汉朝九卿中的一个职位，负责汇总全国牢卒断狱，主管诏狱和修订律令等相关事宜。

贾谊就是吴公的一位门生和得意弟子。所谓名师出高徒，以贾谊的天资，又跟着这样一位知行合一、笃行致远的老师学习，他的成长与成熟是谁也挡不住的，就像花儿遇到春天就会绽放，河流蓄势就会向前奔腾。另一方面，吴公一点也不吝惜自己对贾谊的赞美与提携，当他从河南郡郡守提拔到廷尉的时候，便带上了自己的得意门生贾谊。他认为，对于博学多才的贾谊，池子小了装不下蛟龙，庙小了装不下真神，洛阳既然已经是故都，王气已尽，黯淡无光的小地方会湮没他的才能，只有长安才是属于他的舞台，宫廷对答方可挥洒他的恣意潇洒才能。一天，刘恒在朝廷里与吴公聊完司法事务，就秦朝以来实施的苛虐政令进行探讨，君臣两人对秦朝“不信功臣，不亲士民，废王道而立私爱，焚文书而酷刑法”等做派一番同仇敌忾后，吴公顺便就向此时求贤若渴的皇帝推荐了贾谊。就这样，贾谊二十二岁那年，在经过一番朝堂廷对后，被刘恒直接录用，授予了博士职位。

贾谊忽然间少年得志，小小年纪就被擢升为博士，天天侍奉在皇帝左右，执掌顾问应对、参谋议政、奉诏出使的职责，还拿着丰厚的俸禄，上下班走在街上，每天都有“春风得意马蹄疾，一日看尽长安花”的欢快与自信。但贾谊并不满足于眼前的风光，他志存高远，罕见的少年老成，知道要丰富自己的学问，必须兼容并蓄，博采众长，吴公最欣赏他的就是这种永不满足、积极上进、学而不倦的精神，便联系了昔日故交、御史大夫张苍，希望自己的爱徒能在张苍老师的垂教下更上层楼、青云直上。

张苍一向择徒甚严，但碰上贾谊这样一位悟性极高的学生，实在控制不住“师因徒贵、千金相延”的诱惑，将之纳入门庭，于是贾谊一边跟着吴公学习，一边投身到张苍门下埋头深造。张苍从政经历比吴公早很多，学问也在吴公之上，他的老师是荀子，属于历史上开宗立派的人物，荀子其他的学生还包括毛亨、韩非子、李斯和陆贾，个个都是历史上叱咤风云的人物，但名气最大的当数韩非子和李斯。韩非子著《韩非子》一书，开创了我国哲学领域的法家学派，这种学派虽然名义上不如由孔子创立的儒学，但因其核心思想是“权力”与“法治”，对当权者来说实际管用，更受历代统治者青睐。历代帝王们哪怕嘴里推崇儒学之仁与爱，实际上所践行的多是法家学派提倡的铁与血。李斯碰到了秦始皇这样的千古一帝，作为英雄的一生便找到了用武之地，实际上李斯也是将法家思想运用于实际操作中最成功的一位，他以卓越的政治才能和远见，辅助秦王完成了统一六国的大业，顺应了历史发展的趋势，建议秦始皇废除分封制，实行郡县制，提出了统一文字的建议，接着又在全国统一了法律、货币、度量衡和车轨，这些旨在加强中央集权和君主专制的制度设计，连同他遗臭万年的“焚书坑儒”，影响了中国政治两千多年。见贤思齐，或者说是见强人思齐，吴公拜同乡的李斯为老师自有其道理。就这样，通过一代甚至是隔代的师承，贾谊便从张苍、李斯两条道上，汇集和赓续了荀子的思想渊源，不拒细流，不辞细壤，方成高山大海。

荀子学派的几位大师，对贾谊产生过深远影响的远不止张苍和李斯，韩非子、毛亨和陆贾等人一起厚植了他远见卓识的土壤。法家创始人韩非子和编纂《毛诗故训传》的毛亨两人，看似与贾谊没有直接的师承关系，但相关著作都是贾谊认真研习过并影响其一生的作品。至于荀子另外一名学生陆贾，年纪和资历比贾谊老了很多，但与贾谊有过一段同朝共事的经历。陆贾虽然管理国家事务比不上李斯，研究学问比不上毛亨，但他的事功同样非常突出，也喜欢掉书袋子，常常在汉高祖面前谈论《诗经》《尚书》等国学经典。刘邦向来不喜欢读书人，人们甚至将他与秦始皇相提并论，说中国历史上“酷烈之极，积于亡秦；文章之贵，弃于汉祖”。刘邦曾经直接对着儒生的帽子溲溺，每次听见陆贾掉书袋子，心里很不高兴，就对他大骂道：“老子的天下是靠骑在马上南征北战打出来的，哪里用得着斯斯文文、一无是处的《诗》和《书》!”陆贾回答说：“您在马上可以取得天下，难道您也可以在马上治理天下吗?”刘邦很少见人有胆子顶撞自己，但这话一听还有些道理，心胸又大度，就让陆贾去写总结秦朝得失的文章，陆贾便一口气写了十二篇，均得到了刘邦的肯定与群臣的赞赏，由此可见陆贾的才能十分了得。贾谊对既有文才又有事功的陆贾羡慕不已，又有同朝为官的便利，一有机会，总是向陆贾虚心请教。

贾谊的学术来源十分广阔，尤以对荀子一脉传承更为深切，真可谓“欲流之远者，必浚其泉源”。但是要论学习师承的紧密程度，则莫若张苍，毕竟是吴公推介，贾谊是登门向张苍行过拜师之礼的。张苍的事功与名声比不上李斯，但李斯做着秦朝宰相时，他就是位列三公的御史大夫，在李斯被秦二世夷灭三族后很久，张苍审时度势，认为秦朝暴政已经天怨人怒，果断脱掉秦朝的官帽，跟随沛公向西进入武关，到达咸阳后，跟着大伙儿拥立沛公为汉王，随后跟着高祖东征西突，代国擒陈余，燕国捉臧荼，到高祖六年便被封为北平侯。张苍是有名的美男子，身材高大，细皮嫩肉，长得同葫芦籽一样白，还因为这副好坯子让看呆了的汉初功臣王陵救过自己一命，这次搭救还成就了张苍一生知恩图报、礼貌谦让的美名。张苍有着同时代人少有的高寿，一直从秦朝活到汉景帝时代，萧何、灌婴等老一代丞相过世后，他不仅再次做过御史大夫，又很长时间担任大汉丞相一职。张苍一生多才多艺，喜欢图书、乐律及历法，删补过《九章算术》，从秦时担任的柱下史转任为汉朝管理财政的计相，跟着宰相萧何一起办公，管理各郡国交上来的会计账簿，随后又被刘邦派去淮南国做丞相，直到吕后八年才回到长安。贾谊拜张苍为师的时候，张苍刚好从淮南国回到朝廷，担任御史大夫，这是一个位列三公，与丞相、太尉平级的职务，负责监察百官尽职履责情况。贾谊一边学习治国理政之术，一边学习乐律及历法等方面的知识，学业才识迅速增长，相继写成《道德说》《道术》《六术》等多部作品，显示出强烈的政治意向与治学天赋，但也透露出这个年龄阶段无法避免的稚嫩与轻飘，所立之论常有空中缥缈之感。好在他自己有一颗谦虚好学的心，一边在现实中历练，一边向书本学习，同时潜心研究春秋历史，协助老师张苍编撰了《春秋左氏传训故》，从中显示出自己善于思考、特立独行的能力。但在关于汉朝究竟属于土德还是水德的问题上，有着与老师并不完全一样的想法，这种认识上的差异在汉朝延续了很长时间，直到汉武帝时期，才正式确立了贾谊提出的土德说，其间甚至发生过博士公孙臣假造黄龙祥瑞，以及方士新垣平献玉杯祥物等事，让汉文帝对张苍有了想法并导致他的失势。那时候，年纪轻轻的贾谊就是一个“吾爱吾师，吾更爱真理”的“狠角儿”，并未顾忌自己的言行给老师带来的负面影响。当然，刘彻不只是确认了若虚若实、若有若无的土德，更重要的是在政治权力博弈方面继承了贾谊的帝王学说，并将其“诸侯之国”的方略发扬为历史上有名的“推恩令”，彻底切除了汉朝藩王尾大不掉的痛痈，进一步巩固了王权。

不过这些都是往后很久的事情。当时贾谊跟随吴公、张苍两位老师学习过一段时间后，学识大长，眼界也更为开阔，思想更加成熟，他治国理政的思想一经提出，便赢得满堂喝彩。刘恒刚刚即位不久，就准备对制定朝廷礼仪制度提出一整套方案。他记得，高祖五年，刘邦刚刚统一了天下，诸侯们在定陶官堌堆尊立他当了皇帝，大汉上一次制定朝廷礼仪还是高祖七年。出身亭长的刘邦素来厌恶繁文缛节，称帝后迅速废除秦朝苛法，仅保留“杀人者死，伤人及盗抵罪”的约法三章。然而对追随多年的开国功臣们，他始终难以约束其逾矩行为：朝堂议政时常有大臣醉酒争功，甚至拔剑击柱、喧哗失序。刘邦过去出入茶房酒肆对这些都习以为常，但现在贵为皇帝，对这些没大没小、随意打闹很讨厌，便接受儒生叔孙通的建议，制定一套相应仪式的名号，这套仪式虽然简单，但很对刘邦的胃口。由专人执行礼仪，领着诸侯大臣们按次地进入殿门，院子里排列着保卫宫廷的骑兵、步兵，陈列着各种兵器，插着各种旗帜；这时由人发出号令："趋前。"于是殿下的郎中们就站到了台阶的两旁，每个台阶上都站着几百人。功臣、列侯、将军以及其他军官们都依次站在西边，面朝东；丞相以下的各种文官都依次站在东边，面朝西。九行人设立了九个傧相，专门负责上下传呼。最后，皇帝的车子从后宫出来，他贴身的侍卫拿着旗子，传话叫大家注意，然后领着诸侯王以下直到比六百石的官吏们依次向皇帝朝贺。从诸侯王以下，所有的人都诚惶诚恐，肃然起敬。群臣行礼过后，又按着严格的礼法摆出酒宴。那些有资格陪刘邦坐在大殿上头的大臣全都叩伏在席上，一个个按着爵位的高低依次起身给刘邦祝酒。等到酒过九巡，执掌礼仪的傧相传出命令说："停止。"若有人稍不合乎礼法，负责纠察的御史立即把他们拉出去。整个朝会从始至终恭谨如仪，没有一个敢喧哗失礼，皇帝和臣子的尊卑高下有了，皇帝有了做皇帝的派头和架势，真是普天之下莫非王土、率土之滨莫非王臣，这时刘邦才心满意足地说："吾乃今日知为皇帝之贵也。"随后，刘邦立即提拔叔孙通作了奉常，一个汉代最高礼仪官的官职，并赐给他黄金五百斤。(秦汉时期1斤=16两，每斤约230—270克)

贾谊心里想，从汉高祖至今，大汉朝廷的情况跟过去有了很大的不同，跟先帝相比，汉文帝在朝臣中还缺乏那种至高无上、哪怕在心里都不可挑衅的权威。更重要的是，中规中矩、谨小慎微的汉文帝跟大大咧咧的开国皇帝有本质的不同，于是认真拟了一封奏折，写道：

我大汉朝廷继承了秦朝的恶劣习俗，人人都不要礼义廉耻，导致弑兄杀父、盗取庙堂器物的事情时时发生，大臣们关心的只是上报朝廷的书信是不是如期到达，至于道德沉沦、伤风败俗这些根本性的社会问题，他们一点儿也不关心，甚至见怪不怪。要移风易俗、激浊扬清，让天下人重拾礼义廉耻，这可不是普通官员能够做到的。订立君臣之间的规矩，区别上下尊卑，使纲纪有序，六亲和睦，这也不是上天赐予，而要靠人去努力。规矩这东西，靠人去制定，无规矩不成方圆，汉朝成立至今已经有二十多年，应该以儒学的明廉仁义圣与五行学说为基础，设计一整套礼仪制度，改变秦朝历法和朝服的颜色，制定法律制度，明确朝廷会议、宴请等一切事务的礼节和采用的音乐，以进一步代替秦制。这样诸侯才会懂规矩、明道理，百姓素朴，社会上牢狱诉讼便会少很多。

贾谊个人觉得，定制度、兴礼乐是当朝皇帝亟须解决的突出问题，可以规范人们的行为，培养良好的道德风尚，促进社会的和谐稳定。跟任何一个朝廷做官的人都渴望皇帝的赞许与恩宠一样，贾谊对自己的这本奏折充满期待，最关心的是汉文帝对它接受与否。

《论定制度兴礼乐疏》的奏议一经上报，立即引起朝堂热议，有赞成的，有反对的。赞成者认为贾谊的奏疏顺应时代的变化，反映了时代的要求；反对者则说，祖宗之法不可轻易改变，行政者最忌朝令夕改，叔孙通制定礼制还不到二十年，当年也是深得高祖认可和赞扬的，祖宗之法怎么能说改就改？但此时的贾谊只关心一个人的看法，那就是皇帝，于是讨论了一阵子后，大家突然都不作声了，等着汉文帝作最后决断。朝堂安静下来后，刘恒清了清嗓子，慢慢地说："朝代新替，万象更新，改正朔、易服色、制法度、兴礼乐都是非常必要的事情，贾谊对此提出了很好的设想，诸位爱卿也发表了很好的建议，但朕刚新任，千头万绪，烦琐的礼仪不过是一些花架子，没啥实用意义，况且本朝将采取哪一种历法，目前众说纷纭，在朕看来，现在还不具备重修历法的条件，这一奏折暂搁勿议。"汉文帝说完，停了一会儿，接着说："朕认为，全国范围内土地弃耕者甚多，很多人放弃原来的粮食种植，从事工商业，投机取巧，从中牟利，民众淫逸奢侈之风渐长，希望爱卿们下次在廷议中提交奏折，拿出好的对策与建议，百姓饥寒才是让朕牵肠挂肚、寝食不安的事情。"

贾谊见自己的奏议被汉文帝否决，内心非常失望，情绪十分低落，他甚至想起屈原。他当时为楚怀王制定了一整套礼仪制度，上官大夫想拿去在楚王面前邀功献媚，屈原提交的方案未允后反被陷害，说他恃才傲物，谁都瞧不起，屈原因此从主管外交事务左徒降职为主管宗族事务的三闾大夫，在楚国行政事务中的权力与地位大大削弱，怀王甚至很长时间都不召见他。想到这里，贾谊心里不禁打了个冷战，但一想到汉文帝毕竟不同于楚怀王昏庸愚聩，相反展示出一种励精图治、开辟盛世的激情与能力，也就暂时忘了这事，想着如何做好下一次朝廷应对，回答文帝新出的命题，更何况对于田亩耕织之事，自己一向都有特别留意。

几天后的朝议，汉文帝看了看各位大臣，突然问："诸位爱卿，朕几天前曾经提出，农村存在的田地抛荒、弃农经商的事情，不知道大家有什么好的对策？"一些资历老的大臣，朝议时激动一阵子后，回到家里便是饮酒作乐，享受莺歌燕舞的快乐生活，早把朝议的事情抛到九霄云外，于是在朝堂上你望望我，我望望你，都心里怯怯地避开汉文帝的目光，生怕汉文帝点到自己回答问题。但也有各种奏议提出，庙堂中总是不缺乏梦想一鸣惊人、一飞冲天的人，希望靠自己的陈明利害，得到皇帝的肯定和嘉奖。

有人说："解决弃农经商的问题，应通过郡国加强对农民的管理，禁止农民进入商业流通领域。大汉成立以来已经呈现商业过甚的情况，大者靠积贮赚取利息，小者靠立市贩卖，男不耕耘，女不蚕织，衣必文采，食必粱肉，手里拿着奇淫技巧，每天在都市上闲逛，趁着朝廷急难哄抬物价，卖出货物都是往常双倍的价格。"有人提议："土地是国家稀缺资源，放任百姓抛荒，生谷之土未尽垦，山泽之利未尽出，游食之民未尽归农，这是地方官员违背自然繁息、履职怠惰的表现，要没收被农民抛荒的土地，对抛荒耕地的郡守和县令严厉惩罚。"这些应答似乎都有些道理，但全都没有引起汉文帝很大的兴趣。汉文帝环视了一下朝廷，心想这样重大敏感的问题，就真的没有很好的建言献策吗，他略略有点失望，忽然想起最近每有朝议便有奇计的贾谊，《论定制度兴礼乐疏》的奏议虽然被自己否决了，但贾谊那种生机勃发、积极向上的精神与勤于思考的态度，让自己非常满意。相反，宫廷一班暮气沉沉的老臣和才气平庸的人，让他心中生厌，感觉这些不过是在朝廷里滥竽充数、靡费公帑，更不是能够辅佐自己成就一番事业、青史留名的人。想到这，汉文帝大声问道："贾谊在吗？你有什么进奏的？"

"陛下，臣在，臣有《论积贮疏》奏报"。在后排站着的贾谊，虽然才二十三岁，但在朝堂待上一年后，各种规矩礼仪都已熟悉，多次提出过建议并为朝廷采用，对于汉文帝上次提出的问题也进行过认真细致的思考，于是自信心大大增强，从从容容地从朝班中走出来，朗声回答。

“快说!”汉文帝看了一眼贾谊，心中就略略有几分喜欢这个年轻人。

“管子曾经说过，仓廪实而知礼节。老百姓不富足而可以实现国家长治久安的，从古到今我都没有听说过。一个女子不织布，有人就要因此受冻；一个男人不耕田，有人就要因此挨饿。农作物的生长有时节的限制，而消费却没有限度，那么社会财富一定会缺乏。古代的人治理国家，考虑得极为细致和周密，所以他们的积贮足以依靠。现在国家显然存在两大祸害，一是人们弃农经商但吃粮的人很多，二是过度奢侈的风气一天天地滋长。这两种大祸害公然盛行，没有人去稍加制止；国家的命运很危险，没有人去挽救；生产的人极少，而消费的人很多，国家的财富怎能不枯竭呢?”

“贾谊虑事周全，此言甚是!”贾谊思维敏捷，本想一口气说下去，但汉文帝打断了一下，满朝文武听此，也跟着啧啧称赞。

汉文帝给了贾谊一个鼓励的目光说：“请贾爱卿继续说下去。”

于是贾谊想起了几年前从长江到黄河的那次让无数人流离失所的漫天大水，大水过后，故乡洛阳疾病肆虐、尸陈乡野的惨状再一次在他心头掠过。贾谊略略停顿一下，接着款款道来：

“汉朝从建国到现在，快四十年了，公家和个人的积贮还少得令人痛心。错过季节不下雨，百姓就将忧虑不安，年景不好，百姓纳不了税，不得不卖掉自己的官爵和孩子。这样的事情皇上大概已经有所耳闻了，哪有治理国家已经危险到这种地步而皇上不震惊的呢？世上有灾荒，这是自然界常有的现象，夏禹、商汤都曾遭受过。假如不幸有纵横两三千里地方的大旱灾，国家用什么去救济灾区？如果突然边境上有紧急情况，面对成千上万的军队，国家拿什么去发放粮饷？假若兵灾旱灾交互侵袭，国家财富极其缺乏，胆大力壮的人就聚集歹徒横行抢劫，年老体弱的人就互换子女来吃；官府的力量还没有完全达到各地，边远地方敢于同皇上对抗的人，就一同举兵起来造反了。于是皇上才惊惶不安地谋划对付他们，难道还来得及吗？”

讲到这里，贾谊自己都觉得说话太大胆了，既担心皇上怪罪自己危言耸听，又有些害怕群臣起哄，当场在朝堂翻车，墙倒众人推，鼓破众人捶，一旦激怒皇帝甚至会丢掉自己性命。但此刻，开弓没有回头箭，只能尽量把之前抛出的观点讲得更加圆融，力争皇帝的支持与肯定，这样所有人才会闭口无言。于是他稍微调整了一下自己的气息，觉得有必要重新组织一下文字，自己的策论不能光摆问题，而不提出解决问题的方案，便顿了顿，内心既惶恐、又充满期待地望了望汉文帝。但汉文帝似乎并没有打断自己的意思，于是贾谊鼓起勇气继续说道：

“保持充足的积贮，是国家的命脉。如果粮食多财力充裕，干什么事情会做不成？以此为攻就能攻取，凭此防守就能固若金汤，凭借它去作战就能战胜。让敌对的人归降，使远方的人顺附，招谁而不来归附呢？现在如果驱使百姓，让他们归向农业，都附着于本业，使天下的人靠自己的劳动而生活，工商业者和不劳而食的游民，都转向田间从事农活，那么积贮就会充足，百姓就能安居乐业了。本来可以做到使国家富足安定，却造成了这种令人危惧的局面！我真替陛下痛惜啊！”

“精彩！非常精辟！”汉文帝带头鼓掌，朝堂响起长时间热烈的掌声，掌声渐息后，汉文帝继续说，“贾谊年纪轻轻，但志存高远，勤于学问，善于思考，这一通关于积贮的奏议不仅道理深刻，而且言辞通畅，可谓识大体、知大局之作！”于是朝堂响起更加热烈、持久的掌声，同僚纷纷向他投来钦佩的目光、翘起赞许的手指。

当朝堂上的掌声归于宁静后，汉文帝语重心长地说道：“农业是国家的根本，老百姓靠它而生，国家靠它而强大。假如农民不去种田，都到大街上争相斗艳、贩卖奇淫技巧，生活之本、生命之源就断了，朕一直对此深切忧虑，多次率群臣莳土耘田、插秧灌水，要通过带头耕作，来供给宗庙祭祀用的谷物。在朕看来，满朝文武，堪称大臣者，唯贾生一人，本朝采用他的策略，或许能够助朕建立三皇五帝一样不朽的功业。朕提议，立即擢升贾谊为公卿，诸位爱卿以为如何？”说完向周勃、陈平投去问询的一瞥，陈平还没什么，因为他自己就是文臣，心里比较认同贾谊，但右丞相周勃则是满脸涨红，心里不喜欢贾谊但又找不到反对的理由，于是干脆把头低下去不作声，其他朝臣地位都在周勃、陈平之下，见左、右丞相都没有表态，自然一个个都噤若寒蝉，尽量地躲开汉文帝的目光。

自从汉文帝在朝堂上多次毫不吝惜地表述自己对贾谊的赏识

后，贾谊就觉得大家看他的目光不一样了，很多人都对他表示祝贺与欣赏，称他是安邦治国的栋梁之材，但是他也感到一些嫉妒的异样目光，这种目光甚至让他觉得有些直刺背脊的寒凉。汉文帝突然在朝堂上提出让自己擢升公卿职位，张苍、吴公看到自己的得意门生在短时间就脱颖而出，展现智慧的锋芒，自然非常高兴，另外老一辈的陆贾等人也对他不乏溢美之词，但周勃、灌婴等行伍出身的股肱之臣就显得不高兴了。周勃讷于言辞，每次朝廷对答不能让汉文帝满意，越来越让年纪轻轻的贾谊抢了风头，明显觉得皇帝在培植新贵代替老臣，冷落自己，尤其是贾谊多次提出“列侯之国”，让昔日功臣都离开长安回到各自的封地，几乎就是直接针对以他为首的一帮老臣，心里就窝着火，周勃自己虽然不好直接说什么，但灌婴、张相如等人看不下去，也忍受不住了。

灌婴与周勃情同手足，两人同样出身低微，周勃是在沛县卖蚕具、吹箫笛的，灌婴则在邻近的睢阳县以贩卖丝织品为营生，追随高祖的时间稍微晚于周勃，刘邦起兵不久打下雍丘县城和砀郡后两人就认识了。两人都从训练士兵的中涓职位做起，在各自不同的战场攻城略地，又因为战争的需要相互支持相互配合，在共同抗击楚军平定泗水和东海郡的战斗中，刘邦把钟离县赐给绛侯周勃和颍阴侯灌婴，作为他们两人共有的食邑。在共同参与平定臧荼、韩王信、陈豨等人的战斗中，两人同时被刘邦剖信为符，周勃被封为威武侯，灌婴被封为颍阴侯。在铲除诸吕的行动中，灌婴、周勃两人再度联手，太尉周勃留在宫中指挥谋划，车骑将军灌婴则带领大军暂时在荥阳驻扎形成外围对应，同时向齐王刘襄暗示准备诛杀吕氏，牵制齐兵使其就地屯兵不前，待周勃等人杀死诸吕之后，齐王收兵回到封地，灌婴也收兵从荥阳回到京城，和周勃、陈平共同拥立代王刘恒为皇帝。周勃、灌婴两人还在一起打击他们共同看不起和看不惯的敌人，在刘邦面前诋毁有文才与谋略的丞相陈平，说陈平虽然很帅很有气质，但金玉其外败絮其中，还在老家的时候，就勾引过自己的大嫂；先后辅佐过魏王咎和西楚霸王项羽，现在又来投奔高祖，说明这人草长墙头、缺乏忠心；归汉不久便开始收受贿赂，平时用人看人不看钱。只是勾引人妇这事，刘邦自己还在沛县时就干过，还生下自己第一个孩子、首任齐王刘肥，周勃、灌婴拿这个小节来说事，不是直接给刘邦打脸吗？至于贿赂这事，多亏陈平重金贿赂冒顿的妻子阏氏，才解了长达七天的白登山之围，没有成为匈奴刀下之鬼。刘邦在用人之际，素能大行不顾细谨、大礼不辞小让，陈平的相位才未因为周勃、灌婴背后告状而撼动，继续获得重用，但周勃、陈平左右两位丞相自此长期不睦，直到吕后死后，在陆贾的撮合下，成就大汉朝廷一段“将相和”的美谈，一举拿下吕氏兄弟并还政于刘。

如今“还政于刘”中的主将——周勃功高盖主，文帝有意压一压他，其他人自然大气不敢出，况且自己有兔死狐悲、唇亡齿寒之感；灌婴机智过人，不仅体现在上述荥阳之战，最初刘邦在彭城被项羽击败、汉军全线崩溃时，是他亲率骑兵断后，打乱项羽的追击节奏，为刘邦主力撤退争取了时间，此事足见他在政治军事上的远见与深谋。这次与周勃一起打击贾谊，他就想必须多找几个人壮胆和撑腰，便拉上老臣中脑瓜子灵活、很有文化的张相如。二十出头的贾谊横空出世，已经在朝堂搅动风云，大家都感觉需要抱团与之作战，才能抵挡住他凌厉无比、势不可当的势头。

张相如比贾谊大了三十岁，本身也是青春得志之人，早年跟随刘邦南征北战，屡立战功，在平定陈豨叛乱时立下赫赫之功，二十岁出头就被拜为中大夫，成为朝廷掌管议论的官员，出入朝堂之上，高祖十一年就册封为东阳侯。但张相如最大的智慧体现在对付吕后专权跋扈上，惠帝去世，吕后不再满足于垂帘听政，迫不及待地登上了皇位，临朝称制，同时也装出“失子之悲”的极度痛苦神情，一把鼻涕一把眼泪，说要把儿子刘盈的坟墓筑得高高的，让自己站在未央宫楼上，一眼就能看到儿子的坟墓。张相如和许多老臣都心知肚明，这不过是吕后“拥子自抬”的伎俩与招数，对吕后之举满腹不高兴，刘盈葬在安陵，离长安三十六里之遥，就是把坟墓垒成山样高，在未央宫也根本看不到，可明知吕后是装模作样、毫无意义，但迫于她的强势，大臣们谁也不敢劝谏。此时，张相如站了出来，他说：“绝不能让吕后再胡作非为，必须阻止‘高筑陵’的动议！”张相如也装出很悲伤的样子，垂泪泣谏道：“陛下啊，您说要把惠帝之陵修筑得高大，我们做臣子的也想这样啊。可是，如果把陵冢修筑得非常高大，陛下每天在未央宫，抬眼就见到坟冢，如此一来每天都触景生情，那必然会每天悲哀和流泪，这样下去，会伤心伤身，对您的龙体不利啊！我们做臣子的自然心怀您一样的忧伤，可是更希望陛下您的龙体安康啊！”如此，吕后觉得有理，或者说她并不觉得有理，但张相如把话都说到这个份上了，自己再也没法反驳，才彻底打消了“高筑陵”的想法。到汉文帝时，东阳侯张相如已经是朝廷公认的长者与“智多星”，还被委以太子太傅的职位。

当反对贾谊的声音成为一种势力，而大家又不好出来或者没资格出来反对皇帝的动议的时候，灌婴便拉着张相如的手含着泪说道："现在皇帝是越来越倚重贾谊那小子了，看你我一般老臣常常不觉顺眼，但国家安危岂能靠着这样一位毛头小子？汉朝的江山来之不易，你我都是跟随高祖打江山的人，尤其是您东阳侯，可谓文武兼备、腹有乾坤，满朝大臣中，论武，您善于力战，屡立战功；论文，您通晓古籍，熟知儒典；论德，您为人忠厚，懂得礼教；论资历，从高祖时期到当朝，您已经是名副其实的四朝元老，更重要的是您深得皇上器重，是皇上最信任的股肱之臣，不仅当朝事务悉听君议，就是汉朝以后千秋万代都托付给了您，所以才把您选为太子太傅，我看太子在您的庭教下，已经突飞猛进，道德与文章并驾齐驱。只是远景虽好，近况堪忧，如今朝堂又差不多变成当年吕后那个样子，贾谊那小子，年少初学，不过是读了几年诗书，便满嘴雌黄，全然不把我们这些大臣放在眼里，仗着皇帝有几分喜欢，什么事都要插上一嘴，现在朝堂哪还有你我说话的份，为社稷国家计，是不是由您挑个头，我和右丞相、太尉一起联署？这实在是为当朝圣主着想啊！"

张相如一想也对，贾谊虽然年纪轻轻，但各种想法无日不新，未来还不知道要闹出什么幺蛾子，就首先在心里认同了灌婴的想法，但仔细一琢磨，还得拉上平时关系较好的典客冯敬。典客也是九卿之一，掌管王朝对属国交往等事务，汉朝分封制与郡县制并存，因此冯敬同时还掌管各诸侯国的纳贡等事情。

周勃、灌婴、张相如和冯敬等几个人约好之后，有一天朝班再起，汉文帝说话了："朕观历朝要建立尧舜一样的不世之功，人才是关键，是基础，我上次提议擢升贾谊为公卿一事，大家意见如何？"

朝臣们都知道，贾谊的一些想法近来颇得汉文帝欢心，好几次廷议，都提出了不少治国理政的新奏议，《论积贮疏》更是让朝野刮目相看，偶尔有些策论虽然没有得到汉文帝的采纳，但并不是说不认可他的主张，只是认为当下实施的时机还不是很成熟。因此，朝堂上渐渐有了一些赞同的声音，但更多的人选择观望，因为周勃、陈平等左右大臣还没有说法，特别是右丞相周勃对贾谊的不满，不仅装在心里而且写在脸上了，更多人便选择了观望。正在大家观望等待、朝堂一片寂静时，颍阴侯灌婴霍地走出朝班，说："臣有奏。"

汉文帝瞥了一眼，心里一愣，但一看是功盖一时的老将，于是客气而又略显迟疑地说道："将军请说。"

灌婴心想之前已经与周勃、张相如和冯敬几位大佬都沟通好了，准备打击的对手又只是一个年轻人，应该不会受到多大的抗争与反噬，便充满不屑地高声说道："贾谊不过是洛阳出生的小伙子，年纪轻轻，也没有什么真本事，虽然长得一嘴伶牙俐齿，我们这些人都说不过他，但朝廷可不能让这样的人带偏了。"

周勃见灌婴开了头炮，立马附和，道："如今这大汉，也是我们这一代人冒着强弓箭矢、流过不少鲜血，乃至丢掉生命打下来的，江山的拱卫也少不了我们这群老家伙出力。三公九卿之位是国家关键岗位，栋梁之材方可胜任，怎么能随随便便把这样的权力交给一些嘴上无毛的家伙？哼！"说完，捋起衣襟让大伙看他身上陈年累月留下的一道道伤口，还恶狠狠地瞟了一眼贾谊。

汉文帝闻之，不等贾谊显出紧张的神色，自己脸上就不禁有了几分恼怒。他不喜欢臣子中有人倚老卖老，把对朝廷的功劳挂在口上，于是脸色一沉，强压怒气地说："贾谊每次上朝，都有一些革故鼎新的好点子，难道这不正是我朝中兴所需要的新气象吗?!”

“那也不能提拔贾谊这种好耍权术、嘴上无毛的小孩子。”周勃仗着曾经手持玉玺和符节扶持文帝上台，打心眼里瞧不起年纪轻轻的贾谊，头脑一昏，竟然不记得他在几个月内就被皇帝提拔为太中大夫，也没注意到近日文帝看贾谊的脸色总是那么喜悦、灿烂。

“放肆，贾谊也不过小我两岁，你到底是讲贾谊少不知事，还是暗讽朕年少无知，不堪大任?”这是刘恒当上皇帝后第一次讲重话。就任大位一年后，龙祚已经稳固，他渐渐有了些说硬话的底气。

众臣见龙颜大怒，全都吓得面容失色，连忙跪下齐声说道：“皇上息怒，绛侯忠心耿耿绝无此意。天子如堂，群臣如陛；天子如天，群臣为地，这是君王与臣下的区别，皇上天资聪颖，就任以来日理万机、励精图治，百姓生活更加富庶，大汉江山已是气象万新。”

文帝一开始心里很是不顺，但听了这么多颂扬，见到满堂恭谨如仪的态度、唯唯诺诺的大臣，心中的怒气才略略有些松息下来，便顺势说道：“诸位继续刚才的话题，贾谊这事怎么个弄法?”

这时张相如插话进来：“贾谊虽然少年老成，但陛下一年内已经将他从博士擢升为太中大夫，对他的奖掖提拔算是很快了。况且对于一个未经千磨万炼的年轻人来说，过早进入权力最高层，授以公卿高位，可能并非朝廷之福，对他自己也不一定是好事，还请皇上三思!”张相如觉得，既然皇上把教育太子的职责赋予了自己，就年轻人的成长发表自己的想法，正是自己的职责，也符合太子太傅的身份。

“太子太傅所言极是，贾谊年纪太轻，还是需要更多的政治历练。绛侯、灌将军都是几朝老臣，完全是为社稷计，为国家安危忧。”冯敬记得几天前退朝后，张相如特地叫他留步，交换过对贾谊的看法，这时想，如果关键时刻不出来讲句话，会显得自己不够义气，愧对所托。

汉文帝一看朝臣渐渐转向了周勃一边，还想争取一下大臣对自己提名的支持，于是想起了张苍和吴公等两位贾谊的恩师，便问道：“北平侯和廷尉，贾谊平日里跟着你俩读书、做事，整个朝廷就算你俩最了解他，你们也说说。”

吴公和张苍一直都在认真听着朝堂上的辩论，也非常期待自己的得意门生能够更上层楼，一步迈入公卿大臣，但一听皇上谈到贾谊与自己的师生关系，又觉得公堂乃公平正义之地，应该撇开私情，内不避亲外不避仇，从造福国家、稳定社稷的大局对待自己的弟子。于是吴公谦让一下，客气地说：“贾谊先前跟着我，但这一年到长安以后，就一直跟随北平侯学习，陛下是不是请他先说？”

张苍见自己再不好推辞，便说：“陛下，贾谊这一年来朝堂应对的能力您已经多次夸奖过，这也是对我的鼓励。您登临大位以来，勤政为民，大施仁政，广纳人才，使我大汉皇朝呈现欣欣向荣的景象。贾谊虽然才华出众，但正如刚才太子太傅所言，他毕竟还很年轻，报效君王的机会来日方长，如果这时把他放到某国担任太傅，或者丞相，假以时日反复磨砺，未来一定能够以更加优秀的才能与品质，更好地效忠朝廷，服务社稷！”张苍这么说，除了贾谊确实年轻外，还因其之前写的《道术》《六术》等治国理政的文章还失之粗浅，确实还有些纸上谈兵的轻飘，加强基层锻炼非常有必要，内心也觉得外放避开一下老臣们的风头，减少朝堂上的直接对抗，也许是对他最好的保护，况且张苍自己之前做过淮南王的太傅，深悉自古丞相均出于郡县的道理。更深一层的原因则是，贾谊在大汉究竟属于水德还是土德一事上跟自己唱反调，表面上是学理之争，实际上觉得自己这个学生桀骜不驯，很伤自己面子。

汉文帝一听，觉得很有道理，毕竟贾谊才二十出头，年纪比自己还小两岁，从长远计，把贾谊放到某个郡国得到更多历练，了解更多基层现实，增强政务处理能力与水平，几年后再调回自己身边，未尝不是一件好事。更何况周勃、灌婴、张相如、冯敬等几位都是朝廷的股肱大臣，朝政很大程度上都被他们把握着，就是自己登上大位也是功臣们选择的结果，自己走上帝位时间也不长，根基还不算太稳，也犯不着为了一个贾谊的任职，跟满朝文武大臣闹得不愉快，张苍的这个建议算是给了自己一个台阶，于是将头转向张苍说了声："北平侯所言极是，就按照张爱卿的建议办理。"一边心里盘算着将贾谊派往何处。而一旁的吴公，好不容易发现并推荐了贾谊这匹千里马，原本希望他在仕途上跑得更好更快一些，在政坛上升更快一些，没有想到张苍会提出这样一个建议，但话既已经讲出来，自己也就不好再说什么了，只得耐心等待汉文帝的圣意裁决。

几天后，汉文帝正式下发诏书，任命贾谊到长沙国，担任太傅一职。诏书虽然这么下了，但自己对提拔贾谊的动议在朝廷受阻还是心有怨气，张相如参与到这件事中让他尤其恼火，因为他认为太子太傅身负培育太子的重任，事关国君正直无邪和国祚之长治久安，绝不能在朝廷中结成帮派，形成私党，参与政治斗争的捭阖，因此下达贾谊的任命诏书后没几天，也把张相如太子太傅的职务给撤了，通过热热闹闹的朝廷公选，让行事恭谨无比的石奋继任太子太傅一职，朝臣们这才发现，汉文帝对贾谊还是有几分偏爱的。当然，也有人认为，这是羽翼已丰的汉文帝在某种主张没有得到伸张后发泄情绪之举，同时，给朝臣们一些警示，让他们知道，整个朝廷，皇帝才是那个令由己出、说一不二的人。

要说这长沙国的由来，还是秦始皇和李斯早就看出了郡县制的优势，认为它是经历了奴隶制、封建制和分封制以后最好的政权制度，便在统一全国后，在国内设立三十六郡，其中就包括长沙郡。秦末战乱，项羽在合力攻破长安、推翻秦朝后，对战争已有厌倦之意，况且项羽是一个空有莽夫之力的人，当上楚霸王后，也没有精力去平定各个山头，安抚各路豪强，最直接的办法就是一口气分封十八个诸侯，封刘邦为汉王、司马卬为殷王、赵歇为代王、张耳为常山王、黥布为九江王、共敖为临江王、吴芮为衡山王、臧荼为燕王，连秦朝的三个降将也都没有忘记，封章邯为雍王、司马欣为塞王、董翳为翟王，自己则回彭城安安心心地做他的西楚霸王。但这个安排引发了刘邦的不满，联络各路诸侯合力打败项羽，在垓下把项羽逼到最后绝境后，建立西汉，但刘邦一时间也摆不平跟他一起打江山的各路豪强，还在攻打齐国那一会儿，势力最强的韩信就按兵不动，要挟刘邦封自己为“代齐王”，刘邦心里气得痒痒，哪里容得下这样张口直接要权、要地的臣下，但此时的他还硬不起来，不得不憋住心里这口恶气，大肚能容天下事，以自己向来能够隐忍以成大事的风格，派萧何手持国玺与黄金，封韩信为齐王。就这样，刘邦前后分封了八个异姓王，分别是楚王韩信、梁王彭越、韩王信、淮南王黥布、前燕王臧荼、后燕王卢绾、赵王张耳以及长沙王吴芮，这长沙国的领地主要就是先前秦朝的长沙郡。

长沙王吴芮是八个异姓王中势力最弱的，但也久历沙场，积累过一定战功，同时也是一位关键时候能正确站队的人。吴芮是赫赫有名的吴王阖闾后代，在秦朝时就是鄱阳湖一带卓有成效的县令，深得地方民众爱护和拥戴。陈胜、吴广起义后，吴芮顺应时局，也举起了抗秦的义旗，从监狱里逃出来并拉起一支队伍的黥布投奔了他，吴芮见黥布谈吐不凡、气宇轩昂，把自己的女儿梅子嫁给了黥布；随后南越无诸、摇等将领也归入吴芮部下。在抗秦战斗中，吴芮通过拉帮结派、许以儿女婚姻等多种手段迅速做大，项羽分王时就将他封为衡山王，而且其部将梅销也因战功封十万户侯。楚汉之争中，吴芮易帜随了刘邦，因此刘邦在汜水之阳称帝封王时，改封他为长沙王，下辖长沙郡以及豫章、象、桂林、南海四郡。高祖十年，吴芮与淮南王黥布、梁王彭越、后燕王卢绾、荆王刘贾、齐王刘肥一起，与刘邦一起参加长乐宫大殿落成庆典，不过这次宫廷宴乐表面上充满了虚情假意，背地里大家都在比权斗狠，不久后干脆撕下温情脉脉的面具，黥布、彭越、卢绾三个异姓王再次叛汉，一时间沉浸在宴乐之中的刘邦惊魂未定，慌忙中操起家伙，带领周勃、灌婴一众大将平定叛乱。吴芮一看，连刘邦当初大力扶上来的卢绾也被逼造反，预计这异姓王的存在恐无多日。刘邦在临死前召集诸侯做过一次重要的政事交代，“非刘氏而王，天下共击之”，并询问谁可以继任卢绾担任燕王，吴芮算是揣摩透了刘邦再也容不下异姓王的心理，极力推荐刘邦最小的儿子刘建继任燕王。此后几个月，吴芮去世，朝廷也算是投桃报李，更因为一年前谋反的黥布尚未平复，便让吴芮的儿子吴臣继任长沙王，第二任长沙王上位伊始，就参与了朝廷对淮南王黥布的平叛。

在这次平叛中，长沙王发挥了他在广大南方地区强大的影响力，起到了十分重要的作用。吴臣担心此时的刘邦也会恶其余胥、殃及池鱼，对自己这个异姓王心里恨得牙痒痒的，间或也有反意。但权衡再三，吴臣觉得自己哪有能力跟刘邦这个狠角斗，只能委曲求全。但对朝廷表达忠诚需要付出昂贵的代价，于是把心一横，对姐夫黥布谋反一事进行毫不留情的处置。要说黥布谋反，原本就是一桩冤案：黥布有一个有几分姿色的爱妾，是一个招蜂引蝶、轻薄风骚的女人，嫌黥布脸上刻着字，常常借故到街市对面的一家诊室看病，与黥布的属下——中大夫贲赫勾搭上了。黥布平日对贲赫不薄，但这位中大夫既承主恩，又对主不忠，甚至色胆包天，贪图主家妻室之美。奸情败露后，贲赫十分慌张，仔细一算计，发现此时满天下能够保全自己性命的只有刘邦，因为黥布是与韩信、彭越等齐名的三名悍将，世人见之都战战兢兢、闻风丧胆，而且这三人都是刘邦内心忌惮、欲除之而后快的人。于是贲赫恶人先告状，趁着天黑连夜逃到长安，状告黥布谋反。正欲加之罪、徒患无辞的刘邦，听之如获至宝，宣布黥布谋反，立马率领三军御驾亲征进行讨伐，并在征伐途中中箭受伤，情况十分危急。吴臣虽然知道黥布被冤枉，表面上还是致信姐夫深表感同身受，说自己同为异姓王，又是亲戚，绝对不能被刘氏所容，愿意协助姐夫讨回番县故地，往后再一起从长计议，共同抗刘。黥布一想，关键时刻也只小舅子可信，于是率部到鄱阳湖布兹乡，孰料黥布一世英雄一时竟然忘记，妻子以及自己跟妻子所生的全部子女早就在从楚营投奔刘邦时，被项羽杀得一个不剩，自己与前岳父一家不过只存名义上的关系，再加上情急之下哪来得及细想，很快落入吴臣圈套，被不动声色的小舅子捉住后献给了刘邦。黥布落难之余，除了对小妾“红颜祸水”的一声叹息外，更惊诧的是情同手足的小舅子，竟然恩断情绝至此，铁骨硬汉的他，此时也痛苦地掉下眼泪。长沙王以此表达了自己对朝廷的忠诚，但从此背上了不仁不义的名声。当然这也怪不得吴臣，刘邦初建大汉，虽然四周还一片狼烟，但毕竟连“力拔山兮气盖世”的西楚霸王项羽都兵败垓下，韩信、彭越、陈豨、韩王信、臧荼等一众人世枭雄都沦为刀下鬼，黥布虽然厉害超群，毕竟也是英雄末路，大难当前谁都只能各自逃命，吴臣的选择也是不得已而为之，是一种无奈的自保。朝廷平叛黥布后，刘邦终于咽下了最后一口气，至此，长沙王成了唯一的异姓王，长沙国成了唯一非刘氏直接统领的诸侯国。

几代吴氏长沙王在此后三十年间也算顺风顺水，但到了第四代也就是上一任长沙王吴右时，与南越王赵佗发生了不太愉快的事情。南越地处偏远，汉朝成立之初，各路王侯相继反叛，刘邦千头万绪，实在腾不出精力对南越进行征伐，因此当初成立长沙国时，就责令吴芮管理实际上在南越王管辖下的象、桂林、南海三郡以及淮南王管辖的豫章，实则有让长沙王牵制南越王之意。同时派出陆贾出使南越，授予南越王金印，剖符为信，互通使臣，南越总算平安无事，承袭太平。然而，到了吕后五年采取“别异蛮夷，隔绝器物”的边境政策，朝廷派人挖了赵佗在河北真定的祖坟，杀了他的同宗同族兄弟，限制内地与南越的边市交易，禁止买卖铁器与雌牛、雌马、雌羊，前者防止南越铸造兵器，后者预防牲畜繁殖，免得这边境地区牛羊满山。这就导致南越国与朝廷关系紧张，赵佗不仅自称皇帝，而且还以长沙王挑拨南越与朝廷的关系为由，悍然发动对长沙国的战争，对长沙国南边一带好几个县烧杀掠夺，严重危及国家社稷安全。吕后派出隆虑侯周灶率兵镇压，但因路途遥远且南岭阻隔，又遇上军中将士疟疾爆发，最后以双方罢兵草草收场，朝廷与藩国之间的裂痕因此划下。不久吕后过世，汉文帝即位，实施“通关梁，不异远方”的边境政策，修复了赵佗父母的坟墓，安排了守墓的人，每年按时举行祭祀，又召来赵佗的堂兄弟，赐以高官厚禄，表示对赵佗家人的恩宠。文帝二年派出陆贾，拿着文帝亲自写给赵佗的书信出使南越，命令赵佗放弃黄屋称制等越礼行为，让他采用和其他诸侯一样的礼节仪式。陆贾不辱使命，带回赵佗回复文帝的表示愿意“长为藩臣”的书信承诺，顺带收获了赵佗给他个人的一生衣食无忧的丰厚馈赠。这几件事都办好后，刘恒还有一件事不放心，就是继任的长沙王吴著还太年轻，面对老练的右丞相利豨、左丞相刘越，还显得十分稚嫩，前任长沙国太傅孔腾，虽说是孔子的第八代玄孙，出身高贵正统自然是没的说的，也曾被刘邦到鲁地祭祀孔子时封为奉祀君，但在长沙国太傅位置上并未显示出特别的才干。长沙国虽小，但其掣肘南越的作用却非常突出，是朝廷绥靖南越的重要防线。现在自己的爱卿贾谊需要找一处地方历练，那么长沙国无疑是最好的了。贾谊的忠心与能力都是自己最欣赏的，自己虽然一时给不了他公卿的官位，但他正好弥补吴著在执政经验和能力上的不足。

原本要做公卿的贾谊，突然改派到偏远的长沙国做太傅，心里充满失落与悲伤，之前有多风光，现在就有多沮丧，连眼前的山水都失去了颜色，山珍海味吃起来如同嚼蜡。但王命难违，于是贾谊一边打点行装，准备好衣物和书籍，并向有恩于自己的朝臣与老师一一告别，他先后拜访了吴公、张苍等恩师，再次聆听他们的教诲。接着去拜访了陆贾，在他的想象中，处理好长沙国与南越国之间的关系，依然会是任长沙国太傅时绕不过去的事情。

虽然陆贾比贾谊大了四十岁，但他比自己的老师张苍还是小两岁，贾谊对他也就“师叔、师叔”地叫，当周勃、灌婴在朝廷排挤他时，陆贾对贾谊还是非常同情的，因此贾谊心中对师叔多了一份敬意与感激，只是平时把时间都花在学习上，没有很多走动，但陆贾所著《新语》十二篇，贾谊都认真看过，发自心底里佩服，时常拿出来阅读，仔细揣摩秦朝的得失，并准备写几篇分析秦朝速亡的文章。他认为《新语》写得很好，尤其对稽查古今成败之理的深刻认识表示由衷佩服，也赞同陆贾关于秦亡的根本是“繁刑严诛，吏治刻深，赏罚不当，赋敛无度，天下多事，吏弗能纪，百姓困穷而主弗收恤”的判断，这些都拓展了贾谊对秦亡原因的认识。自己写作《过秦论》时，就常常把《新语》拿出来一遍遍揣摩，最终以天河倒悬、一泻千里、势不可当的磅礴气势写了出来，一时竟成人人争读的奇书。当时就有人认为《过秦论》在讨论秦三代而亡方面，言辞甚美，通达国体，就是古代的伊尹、管子都未必有这么高的水平，也必将是长远影响中国历史的著名策论。他原本计划继续研究秦亡得失作为国政之镜，但忽然南谪长沙这件事，严重影响其心情，打乱了他的写作计划，不得不先把这件事搁下来，为即日启程赴长沙国任职做准备。对一些关键人物的拜访，譬如说陆贾，一方面觉得师叔所称的“怀道者须世，抱朴者待工，道为智者设，马为御者良，贤为圣者用，辩为智者通，书为晓者传，事为见者明”很符合一个落魄者的心境，仿佛就是专门为自己写的，但更重要的是他要借鉴师叔的政治经验，学习他的政治智慧。师叔先后受到高祖和文帝指派，两次出访南越国，其中第一次出访南越国期间，还代表朝廷对去世的第一代长沙国王吴芮进行了宣慰。文帝元年第二次去南越国时，陆贾与病中的吴右进行了一次推心置腹的长谈，并对吴著的继位向文帝有过一次积极的建言。因此要做好长沙国太傅，需要请教一位熟悉长沙国事务的前辈，在贾谊看来，陆贾正是一位自己需要拜访的人。

陆贾虽然年纪比贾谊大了很多，但还是非常热情地接待了这位年轻而又谦逊的后生，而且对贾谊非常欣赏，觉得天资聪颖的贾谊很像年轻时的自己。

“师叔，您一生屡建奇功，文治与事功在朝中都堪称一流，您之前写作的《新语》高屋建瓴，语出新奇，什么‘事逾烦天下逾乱，法逾滋而奸逾炽，兵马益设而敌人逾多’‘尧舜之民，可比屋而封；桀纣之民，可比屋而诛’‘墨子之门多勇士，仲尼之门多道德，文王之朝多贤良，秦王之庭多不详’，读来无不朗朗上口，通俗易记，令人醍醐灌顶、脑洞大开；事功方面，之前的那些朝廷传为美谈的事情就不说，单说去年受陛下指派出使南越，不辱使命，以寸舌之功平复南越，稳定边境，安抚百姓，以一人而抵千万师，就为我们树立了很好的榜样。晚生此次到长沙国任职，内心一点主意都没有，生怕自己干不好有辱皇恩，还望您多多教诲。”贾谊谦虚地对陆贾说。他本想称陆贾太中大夫的官衔，但一想到自己也是太中大夫，怕这样称呼会使陆贾不舒服，好像有意抬高自己的身份、比肩对方。

“哪里哪里，《新语》也就是先前写的一些旧作，虽然受到高祖和朝廷同僚称颂，现在看来仍有意犹未尽之处。至于出使南越，全赖高祖和当朝皇帝雄韬伟略，不过是让老夫跑跑腿，宣慰一下陛下光照日月、无远弗届的恩情，宣示朝廷的尊严和藩国应尽之责任，算是大体上没有辜负陛下对我的信任，没有白跑这两趟。倒是贾君青年才俊，博学宏才，已经为满朝大臣所称颂，陛下对你的偏爱尽显无遗，已经让无数人羡慕不已甚至嫉妒了。”陆贾回复道。

“您让我敬重和佩服的是处大事而不惧、临大难而不惊的气度，马上得天下焉能马上治天下的著名论述就不说了，光说您第一次出访南越，赵佗更是摆出一副不理不睬的样子，但是您不屈不挠，有礼有节，恩威并重，最后使赵佗臣服于朝廷。您在排万难、开新局中体现出来的沉着冷静与大智大慧，真是我等晚生学习的榜样。”贾谊回忆起陆贾第一次出使南越，如此道来。

“赵佗开始时不理不睬，几个月的时间都不接见我，我就筑起高台，拉出与他死磕的气势。后来赵佗与我勉强见了面，他穿着蛮夷的衣服，梳着南越人的长辫子，一屁股坐下，实在鲁莽无理得很，我也只得心里忍着，大丈夫嘛，能屈能伸，临大事而不乱，忍得一时之辱，方能成就一番伟业。我反复地跟他谈，慢慢激发他的思乡情感，毕竟赵佗老家在河北真定，然后告诉他，高祖不是不能举兵南下踏平南越，实在是因为国家久历战火，体恤百姓的劳苦乱离。我的这些话，总算是打动了赵佗，而且他也绝非冥顽不化之人，实在是久离中原、人情隔膜所致。我代表朝廷宣慰后，赵佗不仅立即接受了皇帝的诏命，还送给我那么多金银财宝，就是不靠子女赡养也足以颐养天年。至于第二次出使，更赖本朝皇帝宅心仁厚，春风化雨，很快感化了南越王。不过其间南越王与长沙王结下的梁子，是你到长沙任太傅后，需要面对和协调解决的重点问题。”陆贾见贾谊确实对自己礼貌有加，态度恭敬，也就耐心地指点贾谊，捋了捋花白的胡子，缓缓地说。

“晚生遵命，这也是我今天特意要来向您讨教的原因，听听关于处理长沙国政务的建议，尤其是在抚平创伤、融洽与南越国的关系上，您有何见教？”

“贾君此次到长沙国就任太傅之职，这是一个十分重要的职务，但之前孔腾并没有把这个职位做好，皇上对你有更高的寄望啊！”

“此前我也有些失落的情绪，也有些把事情办砸的担心。但既然您也这么说，我也就只能勉力为之，这几天心里也在反复想那边的事情。我是这么想的，既然《春秋》可以扬善抑恶，戒惧或鼓励人改变不良心性；《礼》可使之知道尊卑上下的规矩；《诗经》可以显扬道德，使人更明志向；《乐经》可以使人荡涤污秽压制住浮躁之气，我到长沙后，从教育敦化入手，将主要对王侯宣讲诗、书、礼、乐、易，这样王侯就会懂得先圣王之品德，知晓统治国家管理民众的方法，用礼义匡正国事。”贾谊盘算着如何打开长沙国工作的局面，口中这样回答。

“用过去的经典明教化、序人伦固然重要，只是当朝皇上仁慈宽厚，体恤爱民，一定要同时用当今皇上的嘉言懿行教育和引导王侯。你要仔细梳理一下陛下的嘉言懿行，广布朝廷的圣恩和厚德，这是最好的知行合一。另外需要说的是，这两年你提拔得太快，得牢记‘日中则昃，月盈则食’的古训，毋忘前车之鉴，放低自己做人的姿态。”陆贾提醒道。

“前辈所言甚是。贾生到长沙以后，必当时刻谨记，处处小心，积累自己的经验，丰富人生智慧，辅佐长沙王励精图治，上不拂朝廷，下不负苍生。”说着便告别了陆贾。

贾谊先前心中对到长沙担任太傅虽然心有怨尤，但自从拜访了吴公、张苍和陆贾等人，受到各位前辈的开导后，情绪渐渐也好了些，不再把眼前的得失看得过重，打点行装，带着夫人和孩子向长沙出发，这次从汉文帝三年末开始的长途赴任，走到洞庭湖时已经是汉文帝四年春。

02

泛孤舟远渡湘水
伤时运独悼屈原

贾谊脑子里翻来覆去地想着京城这些事的时候，不觉到了磊石山。浩渺的洞庭湖上，磊石山像浮在水中的一条巨龙。贾谊独立船头，向北回看，渐行渐远的君山岛仿佛一枚忽隐忽现的青螺，留下最后一抹翠色；向西看，是携绵绵延延的沅水一路东来的南洞庭湖；向南望，千里湘江迎面而来，以磅礴之势汇入玉鉴琼田的青草湖。青草湖与洞庭湖连成一片，清澈的湖面像白玉磨成的镜子，初春的阳光铺洒在粼粼波纹上，闪烁出一层层细碎的金光，芦苇迎风点头，苦草在水中摇曳，洞庭湖更有了浩浩汤汤、气象万千之势和生意盎然的勃勃生机。

不觉间，天色向晚，静影沉璧，湖面有了幽幽的光影，伴随着微微的细浪轻轻地拍击着船舷，一大群野鸭子从芦苇荡里跃起，向远处飞去，留下响彻云霄的“嘎嘎”叫声，几只须嘴鸥在晚霞的映照下，在离船舶一丈远的地方上下飞翔。贾谊一任晚风吹拂，胸臆开朗了许多。不一会儿，一轮明月从东边缓缓升起，月亮的光辉便将刚刚黯淡下去的湖水重新照亮，此时灿烂的星河与波光粼粼的湖面浑然一体。但毕竟还是初春，贾谊感到了一丝丝凉意，不禁打了个冷战，不过水面上下一派澄明，贾谊那颗愁肠百结的心，也因为这美好的景致变得轻松，情不自禁地低声吟唱了一段《诗经·采蘩》的曲子。他决定今晚就歇泊在这湖面上，享受这无边的风月，明天再派人知会罗县县令。

这是贾谊进入长沙国以来睡得最安稳的一夜，当一轮红日从东方冉冉升起，湖面上的雾气还没有完全消退，贾谊刚刚从睡眠中醒来，一艘挂有旗幡的官船已经停靠在他的游船旁边，看见贾谊的游船刚刚有了动静，立马向这边打招呼："在下乃罗县县令，小姓一个李字，太傅莅临，敝县蓬荜生辉。昨晚有渔民上报给我，说有一挂京城旗幡的船舶到达，所载客人气宇轩昂、气度非凡，我估计是太傅您到了。虽说早就知道您到长沙国任职的诏令，我们一直都在等待您的到来，但毕竟山水迢迢、音讯隔绝，也不知道具体行程，因而有失远迎，还祈太傅原谅。"

说着，李县令一边弓着身子踏着小舢板上得船来，一边热情地向贾谊介绍这一带的地理风貌、乡土人情：青草湖作为湘江、资水和沅江三条河流汇入地，也是连接南洞庭湖和东洞庭湖的主要水体，因而这一带又称为重湖，意味着一湖接一湖。磊石山则是重湖中凸起的一块山头，虽然面积比君山小了很多，但地理位置和神话历史，则比君山毫不逊色。此地独处水中，常在烟波浩渺间，有着"洞庭方一日，世上已百年"的遗世独立，连仙人们都喜欢在这里下棋对弈，引得船夫与游客们在此停桨观棋，自古就有"琴棋望"这样的神仙地名。相传轩辕黄帝即位，施惠承天，尊道修德，惟仁是行，宇内和平。只是当地贤人未见凤凰，惟思其象，夙寐晨兴，后来黄帝赴华夏各地采铜铸鼎，曾经往来此山奏乐，嘉乐起，六对雌雄凤凰跟着鸣叫，在仙乐声中，神鼎铸成，黄帝骑龙升天，民众于是高呼万岁，因此磊石山又叫万岁山，此后，人们在这里修盖洞庭庙，纪念黄帝在此君临天下，完成一统华夏的重任。西周初期，周穆王驾驭八匹骏马周游天下，南巡到了洞庭湖之磊石山，见此处水波涟涟，明月高悬，千层稻花，万里芦荡，锦鳞游泳，百鸟翔集，神兽腾跃，瑞虎鸣啸，于是放缰息马，屯兵安歇，从此这里便有了大坡秋月、穆溪春涨之传统美景。战国时期，楚国成为秦以东六国中最强的国家，但此时楚怀王耽于游乐，热衷于声色犬马，听说咱们罗县有洞庭玉女妩媚婀娜、姿色无比，就丢下整个朝廷来这里，只为一睹玉女芳姿，我们都为这样丧国失家的昏君感到耻辱。这时，楚国朝政越来越被上官大夫、令尹子兰等昏聩官员把控，忠贞爱国、体恤爱民的屈原，因为楚怀王听信谗言遭到流放。屈原流放江湖的岁月，在洞庭湖及其沅江、湘江一带漂泊时间最久，他的作品《九歌》《九章》等，都抒发了对“蝉翼为重、千钧为轻，黄钟毁弃、瓦釜雷鸣，馋人高张、贤士无名”的社会的无情控诉，虽然他的控诉在朝廷上没有人倾听，但这浩渺的洞庭湖知他、懂他、敬他，知道他是浑浊世界里唯一干净的人，是满世界醉汉中唯一的清醒者。看见他一人披发按剑、踽踽独行于江畔，大家时时安慰他，这种来自普通百姓的理解与安慰，一度激起了他继续活下去的勇气，因为他希望有朝一日还能回到朝廷、服务天下苍生。但公元前 278 年秦国攻下楚国郢都后，屈原再也无法平抑内心的失望与愤怒，对楚王的全部梦想幻灭，因而在此写下最后一篇《怀沙》后投江殉国。这里的渔民特别伤心，到处打捞他的尸体，还向湖水中丢下粽子作鱼饵，就想把鱼从三闾大夫的尸体旁引开以免伤其身体，可惜贪吃的鱼啃啮了他，渔民将屈原的尸体打捞上来后，便埋葬在对岸的凤凰山，并自发修建了屈子祠，年年祭拜，至今正好一百年。一百年来这里已经形成一个新的习俗，就是年年都过端午节，燃艾叶，插香蒲，吃粽子，今年 4 月份起，敝县准备组织屈原逝世百年祭祀系列活动，缅怀他爱国忠君的动人事迹。屈原虽然故去了，但他永远活在罗县人民心中，活在长沙国人民的心中。

李县令介绍的这些情况，贾谊也略略知道一些，南行的路上一直都在想着屈原，有的时候甚至把自己比作屈原，一样的忠君爱国，一样的抑郁不得志，一样的黄钟毁弃、瓦釜雷鸣。但是李县令说今年正好是屈原投江一百年，这是他过去没有怎么在意的，而且自己与屈原还有一个相同点，都是在提出定制度、兴礼乐后，仕途发生了逆转，因此罗县县令这句无意中说出的话，在他心中形成了一种强烈的震撼。整整一百年，与自己心中这位先贤邂逅于他的殉难地，这是生命的偶然，还是冥冥当中自有天意？难道是上天注定要把两个相差百年、命运相同的人安放在一起？贾谊这么想着，心中不禁再度沉郁下来，涌起《诗经·巷伯》中“缉缉翩翩，谋欲谮人”“捷捷幡幡，谋欲谮言”等句子，昨日观湖时的好心情倏忽过去，但他还是掩饰了刚刚泛起的悲伤情绪，声音低沉地说：“多谢县令盛情与赐教，贾谊此行途径罗县，既欣赏了浩渺洞庭的无限风光，感受了所谓‘袅袅兮秋风，洞庭波兮木叶下’，又有幸在屈子故里感受圣贤的光辉，真是无上荣幸，我也想趁此机会，多多瞻仰学习，希望裨益于往后在长沙的吏政，只是有劳县令了！”

“哪里哪里，太傅大人少年英才，已是国家栋梁，承蒙圣眷，一年三迁已属人间奇迹，此次屈尊到长沙国来，虽然于朝廷是短期内的重大损失，对长沙国却是极大的幸事，此次就任长沙王太傅，那您就是卑职的顶头上司，只是我等官职卑微，不敢妄称承教和攀龙附凤而已。罗县狭小，但因轩辕黄帝而尊显，因屈子投江而高贵，这里可以游览休憩的地方甚多，大人您看我们先到哪里？”李县令小心翼翼地问道。

经这么一提，贾谊就琢磨着罗县的行程该怎么走，心里想到，但凡人们在一个地方建祠立庙供奉祭拜，必然是所立之神或者是人，功在生民，利及百世，要么是开天辟地启洪荒，要么是忠臣孝子泣鬼神，要么是杰士名贤振顽懦，但比较下来，天上的神和地上的人还是有所区别的，于是几乎是不假思索地说道：“我泱泱华夏，都是轩辕子孙，先有黄帝，教我们事稼穑、种五谷、制衣冠、建舟车、制音律、作《黄帝内经》等，然后有尧舜禹夏商周，有中华民族的勃兴，既然罗县是黄帝奏乐鼎成之处，象征着中华民族风调雨顺，国泰民安，我等理应最先叩拜、进献奠帛，以示诚敬。屈原忠君爱国，光照日月，我等也是一定要亲临礼拜的，只是时间放在后面。”

李县令听贾谊爽快地作出安排，便下令船夫轻摇橹桨，引领着贾谊一行向磊石山码头划去，双手系好绳索后，踩着摇摇晃晃的小舢板下了船，踏着又白又软的细沙，李县令引着贾谊登上磊石山。

贾谊很早的时候就知道黄帝的故事，一则河图洛书的故事就发生在他的故乡洛阳：相传有一天，黄帝正在洛水上，与大臣们观赏风景，忽然见到一只大鸟衔着卞图，放到他面前，黄帝连忙拜受下来。再看那鸟，形状似鹤，鸡头，燕嘴，龟颈，龙形，骈翼，鱼尾，五色俱备。图中是慎德、仁义、仁智六个字。黄帝从来不曾见过这鸟，便去问天姥。天姥告诉他说，这种鸟，雄的叫凤，雌的叫凰，早晨叫是登晨，白天叫是上祥，傍晚鸣叫是归昌，夜里鸣叫是保长。凤凰一出，预示天下安宁，是大祥的征兆。后来，黄帝又梦见有两条龙持一幅白图从黄河中出来，献给他。黄帝不解，又来询问天姥。天姥回答说，这是河图洛书要出的前兆。于是黄帝便与天姥等游于河洛之间，沉璧玉于河中，杀三牲以斋戒。最初是一连三日大雾。之后又是七日七夜大雨，整整十天云遮雾罩、雨如天幕后，接着就有黄龙捧图自河而出，黄帝跪接过来。只见图上五色毕具，白图蓝叶朱文，正是河图洛书。于是黄帝开始巡游天下，封禅泰山。那么，轩辕黄帝在磊石山奏乐成鼎，应该是巡游天下之后这段时间发生的事情，由洛阳而洞庭，黄帝的故事便有了后续，这样想着，贾谊怀着十分崇敬的心情向山顶走去。

山不高，贾谊和家人在罗县李县令的陪同下，很快到了山顶洞庭庙，但见庭院内古柏森森、龙吟细细，诸神体态雍容，神情肃穆，超凡脱俗，气宇轩昂，左右对联为“开天辟地，始祖神圣通四海；人文光辉，千秋永照遍九州”。贾谊整了整衣冠，接过县令点燃的香火，朝洞庭神位拜了拜，青烟袅袅，内心宁静，小心默念道：黄帝在上，道德巍巍，声教溶溶，与天地久，亿万无穷。此次贾生南来，情非得已，求轩辕大祖佑我长沙国风调雨顺，国泰民安，也期盼自己事业顺意，和睦藩王与众臣，对上服务朝廷，对下造福苍生。礼毕，李县令引领贾谊走出殿外，朝东看，一条河流缓缓地汇入湘江，交汇处同样是一片宽阔的水域，心中叨念起屈原《怀沙》中的句子来：

浩浩沅湘，分流汩兮。
脩路幽蔽，道远忽兮。
曾唫恒悲兮，永慨叹兮。

世既莫吾知兮，人心不可谓兮。

怀质抱青，独无匹兮。

伯乐既没，骥焉程兮。

贾谊正沉浸在对《怀沙》的诵读，内心完全融入对屈原的思念时，忽见李县令面向东方，指着冷冽的汨罗江，对自己说：“太傅大人，前面这条河流就是汨罗江，这片水域就是我之前告诉您屈原怀沙沉水的地方，我们这里现在叫它沉潭，就是纪念屈原之意。江岸对面的那个郁郁青青的山头正是凤凰山，一个孤独而清醒的灵魂就永远埋葬在那里。”

“世上有先醒的人，有独醒的人，还有不醒的人。屈子是先醒和独醒的人，他总是最先觉察到楚国的危机，并时时大声疾呼，但世间不醒的人总是太多，其中包括楚怀王和他的儿子楚顷襄王。”贾谊想起屈原流放十六年最后落得怀沙投江的结局，不免感同身受，推己及人，这样答道，脸上已有黯然之色。

“屈原忠诚正直，博闻强识，明于治乱，娴于辞令，手中握有杀人金刀，全力辅佐怀王，以此御敌何人能克，以此攻人何人能防。可惜啊怀王，远君子亲小人，偏信上官大夫、令尹子兰、宠姬郑袖等人的谗言蛊惑。不然的话，继续与齐国结盟对抗秦国，夯实两国睦邻友好的感情，共同御敌，哪会走向国破家亡，自己落得死于秦国的悲惨下场。”贾谊想起，楚怀王第一次受张仪诱惑与欺骗，丢掉汉中郡六百里国土；张仪第二次出使楚国，用重金贿赂靳尚和郑袖，再次让张仪从眼皮底下溜走，放虎归山，继续祸害楚国。后来秦昭襄王以结儿女亲家为名，将楚怀王骗至秦国，屈原再次提醒过怀王，秦王是虎狼之人，千万不可上当受骗，但忠言逆耳，狐媚惑主，执迷不悟的怀王最终落得客死异乡的悲惨结局。作为君王，不仅自己性命保不住，连死都不能死在故国，曾几何时，楚国何等威风，山东六国都唯它马首是瞻，楚亡前可是丢尽了楚国人的面子。

“好在我等躬逢盛世，皇帝贤明，百臣忠诚，百姓安居乐业，国家已呈蒸蒸日上之势。”李县令把话题拉回到现实中来，毕竟汉朝以来休养生息的政策，特别是汉文帝体恤爱民，已经深得百姓拥戴，他也并不完全知道此刻贾谊内心深处的想法，二十二岁授予博士，一年内就擢升为太中大夫已经让他觉得高不可攀，同样，这样的年龄就被委任为长沙国太傅，他觉得是一件十分荣耀的事情，想都没想，这在贾谊看来却是一次很大的屈辱和放逐，恍如一叶吞舟的巨鱼，掉进了一片窄窄的小沟，掉不了头，也转不了身，进也不能，退也不是，连呼吸都十分困难。

“陛下英明，所以国泰民安。”贾谊本想虚与委蛇，但一想到自己的境遇，想到自己对汉文帝的谋略不可谓不深，用情不可谓不忠，但依然落到流放长沙国的结果，心中不免有几分感时伤怀甚至是怨愤，但初来乍到，特别是面对初次见面的李县令，也不好多说什么。“既然对面就是凤凰山，那我们今天先在汨罗江游一回，在这弦歌不绝的河流上，追寻屈子步履蹒跚的足迹，感受他忠诚正直的胸怀，吟诵他历久弥新、与天地同寿、与日月齐光的楚辞，然后再登凤凰山祭拜屈原。”贾谊见磊石山、凤凰山两山对峙，汨罗江在中间缓缓地流过，声音低沉地说。

于是贾谊带着家人一行下山，解开船索，登上船舶向汨罗江深处划去，但见两岸青山、一江碧水，不时有《渔父》和《离骚》的曲调从江上飘来，“举世皆浊我独清，众人皆醉我独醒”

“路漫漫其修远兮，吾将上下而求索”“长太息以掩涕兮，哀民生之多艰”。贾谊一想到屈原在这条河流上留下的绝笔，更是联想到自己的境遇。汉文帝可算是圣明君主，周勃、灌婴、冯敬、张相如等人，个个都是能臣干将，是与靳尚、令尹子兰和郑袖完全不一样的人，为什么要疏远自己？为什么就是这样的股肱大臣们，也没有一颗博大的胸怀容得下自己，难道妒贤嫉能是每个时代、每个人都有的本性？难道在开明的时代，自己也会落得与屈原同样的结局？抑或自己个性太强，急于取得君主的信任与重用？如今料峭春寒中，自己茕然一人、孤身独立在这淼淼洞庭之中，他免不了想，难道这是世间所有的鸿儒硕学、高人雅士无法逃离的宿命吗？

贾谊这样想着时，忽然间湖上大风乍起，天上愁云惨淡，瓢泼大雨打在湖面，掀起滔天巨浪，商旅不行，樯倾楫摧。贾谊的船虽然行进在汨罗江，风浪比外湖小了很多，但此刻也在强烈的颠簸中。贾谊的心情更加沉重，好在船夫技艺高超，很快找到岸边一处码头，离船上岸，在凤凰山下找到一处民屋，脱下湿透的衣裳，换上一身干净的长衫后，身体才觉得好些，又找来一盆炭火烤了一会儿，全身才慢慢地暖起来。匆匆吃过晚饭后，贾谊才与李县令各自回房休息。

儿子贾璠因为天冷感上风寒，从昨日早上起就在不停地咳嗽，虽然连续喂食了一些姜汤，但整天都不见好，向晚时便发起了高烧，嘴里说着胡话，身体不停痉挛，急煞了手忙脚乱的贾夫人蓝英。心想自己夫妇两人才有贾璠这一个孩子，要是真有什么三长两短，那可是比降职、谪居和戍边更痛苦的事情，好在到深夜时璠儿退了高烧，蓝英一颗紧悬的心才慢慢放下来，和衣躺在贾璠身边，但一双手却从没有离开过孩子。贾璠生病，贾谊怎么也睡不着，翻来覆去在客房里折腾，忽而又想着自己胸怀不世之才，却流落到长沙这蛮荒之地，偏偏还是屈原怀沙投水的地方，是不是冥冥之中命运的某种暗示。就这样，贾谊一会儿想着贾璠，一会儿又想着自己，一会儿想着屈原，一会儿想着怀王，一会儿想着文帝，一会儿想着周勃、灌婴，一会儿想着靳尚、上官大夫和令尹子兰，一会儿过去，一会儿眼前，他甚至记起了一年前在长安对看相师司马季主的一次拜访。

那一天，贾谊与好友中大夫宋忠一同外出洗沐，二人边走边谈，讨论讲习先王圣人的治道方法，广泛地探究世道人情，相视慨叹，当时贾谊就对宋忠说："我听说古代的圣人，如果不在朝做官，就必在卜者、医师行列之中。现在，我已见识过三公九卿及朝中士大夫，对他们的才学人品都有了一些了解，但对卜筮之人却知之不多，我们试着去看看卜者的风采吧。"宋忠想想也是，二人便同车到卜筮的馆子里游览。天刚下过雨，路上行人很少，当时坊间传说很厉害的司马季主正闲坐馆中，三四个弟子陪侍着他，正在讲解天地间的道理，日月运转的情形，阴阳吉凶的本源。贾谊、宋忠两人见此，便向司马季主拜了两拜。司马季主打量他们的状貌，好像是有知识的人，就还礼作答，叫弟子引他们就座。坐定之后，司马季主重新疏解着前面讲述过的内容，分析天地的起源与终止，日月星辰的运行法则，区分仁义的差别关系，列举吉凶祸福的征兆，讲了数千句，无不顺理成章。

宋忠、贾谊见此，十分惊异而有所领悟，便整理冠带，端正衣襟，恭敬地坐着，说："看先生的容貌，听先生的谈吐，晚辈私下观看当今之世，还未曾见到过您这样的高人。但是现在，您为什么地位还是如此低微，身份还是如此污浊？”司马季主听了，摇了摇头，捧腹大笑说：“看两位大夫好像是有道术的人，现在怎么会说出这种浅薄的话，措辞这样粗野呢？你们所认为的贤者是什么样的人呢？所认为高尚的人是谁呢？凭什么将长者视为卑下污浊呢？”

两位大夫说：“高官厚禄，是世人所认为高尚的、贤能的人占据的那种地位。如今先生所处的不是那种地位，所以说是低微的。所言不真实，所行不灵验，所取不恰当，所以说是污浊的。卜筮者，是世俗所鄙视的。世人都说：‘卜者多用夸大怪诞之辞，来迎合人们的心意；虚假抬高人们的禄命，来取悦人心；编造灾祸，以使人悲伤；假借鬼神，以骗尽钱财；贪求酬谢，以利于自身。’这都是我们认为可耻的行径，所以说是低微污浊的。”

司马季主说：“二位暂且安坐一会儿。你们见过那些披发童子吧？日月照着，他们就走路；日月隐形，他们就不走。若问他们日月之食和人事吉凶，往往不能解释说明。由此看来，能识别贤能与不肖的人太少了。

“大凡贤者居官做事，都遵循正直之道以正言规劝君王，多次劝谏不被采纳就引退下来；他们称誉别人并不图其回报，憎恶别人也不顾其怨恨，只以对国家和百姓有利为己任。所以，官职不是自己所能胜任的就不担任，俸禄不是自己功劳所应得到的就不接受；看到心术不正的人，虽位居显位也不恭敬他；看到有污点的人，虽高居尊位也不屈就他；得到荣华富贵也不以为喜，失去富贵荣华也不以为恨；如果不是他的过错，即使牵累受辱也不感到羞愧。

“现在你们所说的贤者，在我看来，都是些足以为他们感到羞愧的人。他们低声下气地趋奉，过分谦恭地讲话；凭权势相勾引，以利益相诱导；植党营私，排斥正人君子，以骗取尊崇美誉，以享受公家俸禄；谋求个人的利益，歪曲君主的法令，掠夺农民的财产；倚仗官位逞威风，利用法律做工具，追逐私利，逆行横暴，行为举止与手持利刃威胁别人没有什么不同。刚做官时，竭力要弄巧诈伎俩，粉饰虚假的功劳，拿着华而不实的文书去欺骗君王，以便爬上高位；被委任官职后，不肯让贤者陈述功劳，却自夸其功，把假的说成真的，把黑的说成白的，把没有的变成有的，把少的说成多的，以求得权势尊位；大吃大喝，到处游乐，犬马声色，无所不有，不顾父母亲人死活，专做犯法害民勾当，肆意挥霍，虚耗公帑。这其实是做强盗而不拿弓矛，攻击他人而不用刀箭，虐待父母而未曾定罪，杀害国君而未被讨伐的一伙人。你凭什么认为他们是高明贤能者呢？

“盗贼发生而不能禁止，蛮夷不从而不能慑服，奸邪兴起而不能遏止，公帑损耗而不能整治，四时不和而不能调节，年景不好而不能调剂。有才学而不去做，这是不忠；没有才学而寄居官位，享受皇上的俸禄，妨碍贤能者的地位，这是窃居官位。有关系的就进用做官，有钱财的就礼遇尊敬，这叫作虚伪。你们难道没有见过鸱鸮也同凤凰一起飞翔吗？兰芷被遗弃在旷野里，而蒿草却长得茂密成林，使正人君子隐退而不能扬名显姓，这就是在位衮衮诸公所做的所谓好事。

“述而不作，是君子的本意。如今卜者占卜，一定效法天地，取象四时的变化，顺应仁义的原则，分辨筮策，判定卦象，旋转栻盘，占卜作卦，然后解说天地间的利害，人事的吉凶成败。以前先王安定国家，必先用龟策占卜日月，然后才敢代天治理百姓；

选准吉日，随后才能进入国都；家中生子必先占卜吉凶，然后才敢养育。从伏羲氏创制八卦，周文王演化成三百八十四爻而后天下得以大治。越王勾践仿照文王八卦行事而大破敌国，称霸天下。由此说来，卜筮有什么值得忧虑的呢？

“再说卜筮者，扫除洁净然后设座，端正冠带然后谈论吉凶之事，这是合礼仪的表现。他们的言论，使鬼神或许因而享用祭品，忠臣因而奉事他的国君，孝子因而供养他的双亲，慈父因而抚育他的孩子，这是有道德的表现。而问卜者出于道义花费几十、上百钱，生病的人或许因而痊愈，将死的人或许因而得生，祸患或许因而免除，事情或许因而成功，嫁女娶妇或许因而得以养生。这种功德，难道只值几十、上百钱吗！这就是老子所说的‘上德不德，是以有德’。今天的卜筮者待人好处多而受人之谢少，老子所说的难道同卜筮者的所作所为有什么不同吗？

“庄子说：‘君子内无饥寒之患，外无劫夺之忧，居上而敬，居下不为害，君子之道也。’如今，卜筮者所从事的职业，积蓄无须成堆，储藏不用府库，迁徙不用辎车，装备简单轻便，停留下来就能使用，并且没有用完之时。拿着使用不尽的东西，游于没有尽头的世上，即使庄子的行为也不能比这更好。你们为什么却说不可以卜筮呢？天不足西北，星辰移向西北；地不足东南，就用海为池；太阳到了中午必定向西移动，月亮到了满圆后必定出现亏缺；先王的圣道，忽存忽亡。而二位大夫要求卜筮者说话必定信实，不也足令人疑惑不解吗？

“你们见过说客辩士吧？思考问题，决策谋划，必须会是这种人。然而他们不能用只言片语使人主喜悦，所以讲话必托称先王，论说必引述上古；考虑问题，决策谋划，或夸饰先王事业的成功，或述说其失利败坏的情形，使人主的心意或有所喜，或有所惧，以实现他们的欲望。多讲虚夸之词，没有比这更厉害的了。可是要想使国家富强，事业成功，能够效忠君王，不这样做又不行。现在的卜筮者，是解答人们的疑问，教化百姓的愚昧。那些愚昧迷惑的人，怎么能用一句话就使他们聪明起来！因此，说客辩士们总是诲人不倦，不厌其烦地教化他人。

“所以骐骥不能和疲驴同驾一车，凤凰不同燕子麻雀为群，而贤者也不跟不肖者同伍。贤士君子常处于卑下不显眼的地位，以避开大众，自己隐匿起来以避开人伦的束缚，暗中察明世间道德顺应之情状，以消除种种祸害，以表明上天的本性，帮助上天养育生灵，希求更多的功利，而不求什么尊位与荣誉。你们二位不过是些随便发发议论的人，怎么会知道长者的道理呢！”

贾谊和宋忠听得精神恍惚而若有所失，茫然失色，神情惆怅，闭口不能说话。于是整衣起身，拜了又拜，辞别司马季主。二人走起路来，不辨东西南北，出门只能自己上车，趴在车栏上，不敢抬头，始终像是透不过气来。

过了三天，宋忠在殿门外见到贾谊，便凑到一起避开旁人谈论此事，慨叹地说：“道德越高越安稳，权势越高越危险。处在显赫的地位，丧身将指日可待。卜筮即便不周密，也不会被夺去应得的精米；替君王出谋划策如果不周密，就没有立身之地。这二者相差太远了，就像天翻地覆不可同日而语一样。这正如老子所说的‘无名，万物之始也’，呵！天地空阔无边，万物兴盛和乐，有的安稳，有的危险，不知所处。我和你，哪里值得干预他们卜者之事呢！他们日子愈久就越安稳，即使庄子的主张也没有什么与此不同之处。”

在洞庭湖的这个晚上，贾谊的头脑中反复出现那天与宋忠拜访卜筮的场景，之前一直觉得自己居庙堂之高，在卜筮看相的人面前有着很强的优越感，现在才真正发觉自己竟然远不及他们，他们以技养身，却还有着高于世俗和超过常人的风范，他们大隐隐于市，逃避世俗的社会，有的栖息于荒芜的洼地，有的生活在民间而闭口不言，有的隐居在卜筮者中间以保全自己，他们游刃有余地生活在这个世界上。反观自己，一旦离开朝廷、离开汉文帝，居然找不到寄身之所，惶惶若丧家之犬，飘飘如无寄之萍，这难道就是自己所要的生活吗？原来还觉得司马季主可悲可笑，现在才发现沦为天下笑柄的竟然是自己。

贾谊这样想着，就觉得非常孤独，整个国家没有一个人了解自己，满腹的忧愁抑郁不知道找谁去诉说，迷迷糊糊挨到天明才稍稍睡着。但雨水似乎越下越大，眼前的洞庭湖已经一派迷蒙，混沌一片。贾谊决定整天不出门，待天气好转后，再到屈子祠祭祀叩拜。过了几日，瓢泼大雨终于小了下来，但洞庭湖还在一片混沌之中，近处的汨罗江已经春来水涨，沟渠里是不歇如注的流水，稻田里满是白茫茫的积水，只在几处高田可见上年留下的禾蔸。好在这时才是一年的初春，秧苗还没有下田，暂时不会影响庄稼人今年的收成，否则的话，也要在这里望水兴叹、哀悼民生。贾谊决定今天登凤凰山到屈子祠看看，越过半弧形的濯缨桥，绕过浓荫覆盖下的独醒亭后，通往屈子祠的长长的坡道上，铺着凿错整齐的麻石板，道路两边是枝繁叶茂的楸树和甘棠树，间植着花椒、薜荔等低矮一点的灌木，花椒树上挂着新鲜的颗粒，散发着带有丝丝辣味的香气，沿途还可见芍药、杜若与射干吐出嫩芽。县令告诉贾谊："当地人在修建屈子祠时，特意选择了三间大夫喜欢的香草，因此这一路的树木花草，基本上都是在楚辞中提及过的。大家的想法是，那些屈原生前没有享受过的鲜花香草，要让他在死后得到补偿”，正说着，贾谊一行来到屈子祠前，抬头一看，正是一处朴实低调的三孔山门，中门为四柱三层的牌坊，第一层是一对小狮子把守的石门，石门正上方是髹红字的“屈子祠”，祠庙左右和上方都是与屈原身世相关的白色浮雕，“屈子祠”正上方是摇橹行舟的老人、面黄肌瘦的幼童和衣衫破损的辛劳女人，大意取“哀民生之多艰”的意思；祠庙左侧为形容枯槁的屈原，面对浪花飞卷的河流，作怀沙石投江之貌；再左为车毂交错、战马嘶鸣、箭矢坠落的战争场面，大体取《国殇》之意；右侧为美人香草，再右侧为渔父对答的场面，让人想起屈原“举世皆浊我独清、众人皆醉我独醒”的江畔行吟。正门左右各有一处侧门，门上有蓝色琉璃瓦覆顶，墙脊之下仍然是与屈原生平相关的小幅浮雕。

屈子祠院落三进三厅，耳房若干，大小天井三口。进门的天井左右各有一株高大的木兰树，料峭春寒，此刻正光秃着的树干，显得有些落寞；木兰树下，是密密的几株白芷，迎着春风吐出淡淡的一些嫩芽，贾谊记得这种有着密密花瓣的香草是屈原最喜欢的植物，他为它写过“沅有芷兮澧有兰”“杂杜衡与芳芷”“兰芷变而不芳兮”“兰芷幽而独芳”，正殿内设有屈原神龛。正殿大门上书“江上孤忠”，两侧的对联是：

湘水苍茫 问日月争光 离骚一卷存天问

江潭浩荡 纵烟波不废 香草千秋续九歌

正殿中央立“故楚三闾大夫屈原之神位”牌，神龛两侧又有两副对联。立柱上的外联为：

凤凰山上凤凰吟，遮不住楚韵风骚，香草美人禾黍地；
河伯潭深河伯意，流不断波光云影，江天浪泊屈原心。

内联为：

哀郢矢孤魂，怀沙沉此地。

贾谊见此，想起自己与屈原一样时乖命蹇，白玉蒙尘，黄金埋土，禁不住万千悲愤、满腹忧愁一齐涌上心头，猛然间忍不住黯然落泪、双眼模糊，双膝便不自觉地跪了下去，在屈原神像前碎碎细语道：

“我，洛阳人贾谊，在流放到长沙的途中，特意停下来，恭恭敬敬地向您禀报：先生啊，您是楚国屈指可数的贤能之臣，却屡次遭受谗言的诬陷与中伤，落了个长期被放逐和怀沙投江的悲惨结局。整整一百年了，我今天就到了您沉江自杀的地方，怀想您当年遭受的无尽的谗言，痛心于您受到的冷箭与暗伤，我凭借这湘水的清流，抒发内心里对您的痛悼。唉！您遭逢的时代不好，鸾鸟凤凰被迫四处流窜，猫头鹰却在高空翱翔。宦官内臣尊贵显耀，奉承阿谀的人春风得意、踌躇满志；贤才能臣却无法立足，端方正派的人却郁郁寡欢。世人都认为卞随、伯夷恶浊低俗，认为盗跖、庄蹻廉洁清明；认为宝剑镆铘粗钝，铅质的刀剑锋利无比。我内心里痛惜您的抱负无法施展，感叹您无故遇祸！宝鼎被惨遭抛弃，瓦盆被供奉成了宝物，这是什么样的世道？疲牛和跛驴被当作千里马，骏马被派去拖盐车，这是什么样的时代；冠帽穿在脚上，鞋履戴在头上，这是什么样的倒错？这种倒行逆施的行为难以为继，这种黑白颠倒的日子不会长久。我特别同情先生您的不幸，怎么能遭遇到这种罕见的祸害！”

贾谊念到这里，不禁泪水涟涟，气韵阻塞，随行的罗县县令几次想打断，把他扶起来，但此刻贾谊心情更加郁结，声调更加悲怆，只见他依然念念有词，把心中所想念得愁肠百结、萦纡回转：

“算了吧！这个国家没有一个人了解我，我独自忧愁抑郁能够向谁诉说？凤凰飘飘然向高处飞去，我自己本来就打算远走高飞。我要效法深渊中的神龙，深深地潜藏在渊底来保护自己；我要远离水獭去隐居，怎么能够落得与蛤蟆、水蛭、蚯蚓这些卑微的动物在一起？我所认为珍贵的东西是圣人的神明德行，要远离污浊的世界独自隐居起来；如果千里马也能甘受束缚，那跟狗和羊有什么区别？盘桓在这样混乱的世上遭受祸难啊，也是您的遭遇。您这样的贤人雅士到哪里不能发光发热，到哪里都能辅佐贤明君主，又何必留恋世风日下的楚国，与浑浑噩噩的楚王为伍？凤凰在朗朗晴天展翅翱翔，看到人君道德闪耀出的光辉才降落下来；看到德行卑鄙的人显出的危险征兆啊，就远远地高飞而去。那窄窄的小水沟啊，怎么能够容下吞舟的巨鱼？横行江湖的鳣鱼、鲸鱼，在干涸的泥地上只能任由蝼蚁爬行欺凌。”

悼毕，贾谊起身，再次稽首叩拜，才一步三回头地离开屈子祠。这一晚便决定在罗县歇宿。这里最早是一座叫罗子国的古城，诞生了历史上赫赫有名的宣太后，这个叫作芈月的女人作为秦惠文王最出色的姬妾，在政治上展现了极高的智慧与才能，在激烈的宫廷斗争中把自己的儿子嬴稷培育成历史上颇具作为的秦昭襄王，为秦国在西部的迅速崛起产生过极其重要的作用。在芈月的持续影响力下，罗子国的城市发展规模和繁华程度超过了当时楚国大多数地方，嬴政统一中国设置郡县时，这里便改设罗县，属于长沙郡的九县之一。贾谊下榻的旅馆虽然不大，但干净素雅，寝具洁净，李县令陪同贾谊吃过晚饭后，又在馆子里聊了一会儿天，贾谊虽然写过《五曹官制》，对中央和地方行政体制有过系统性的制度设计，但对于基层情况了解还是有限，于是又继续向县令了解了当地民情风俗、人文历史、社会经济等方面情况，自然也免不了谈到长沙王府的一些事情。李县令介绍道，秦朝末年，诸侯并起，西楚霸王时将罗县划归临江王共敖管辖，都城在江陵，共敖也是西楚霸王十八个藩王中最忠心耿耿的一个。那时项羽不需要再“挟天子令诸侯”，原本就是假托的义帝在他眼中彻底变得多余，便干脆撕下面具，自封为西楚霸王，同时托言“古时候帝王拥有的土地纵横各千里，而且一定要居住在河流的上游”，打发义帝到湘江上游的郴县，一边着令共敖在义帝迁徙途中将他截杀，拔掉卡在自己喉咙的这根鱼刺。汉高祖时，长沙郡划为吴芮任国王的长沙国，此时长沙国共设 22 个县，罗县依旧受其辖制。但此去长沙才不到一百里路程，比起临江王共敖时代，罗县与王府距离近了很多，有了很多地缘上的亲近感。而在过去，从罗县到临江王共敖所在的江陵，中间不仅隔着波涌连天的洞庭湖，还隔着茫茫一片的云梦泽。因此，罗县划归长沙国后，有关长沙的王城政事、家长里短、鸡零狗碎，也更多通过各种渠道传到罗县。

李县令告诉贾谊：吴芮还在番县作秦朝的县令时，就碰到了一生的红颜知己毛苹，毛苹是一位著名的江南才女，琴、棋、书、画、诗、酒、花、茶，样样精通，尤其是一手苏州评弹更是演奏得如泣如诉，如弱柳扶风，如叶底鹂音，仿佛把江南水乡的清韵全都渗入了弹词丝弦音韵中。后来吴芮一直南征北战，不停地奔波在各种战场，夫妻总是聚聚散散，好不容易等到楚汉相争的战火硝烟退去，自己如愿做了长沙王，生活总算是相对稳定下来，但是“树欲静而风不止”，接下来刘邦消除异己的屠杀一天都没有停止。当初一起册封的八个异姓王仅有自己成了幸存者，但这丝毫不能唤起心中的稍许庆幸，反而倍觉心力交瘁，深恐自己即使曲意逢迎，也随时可能就是朝廷的下一个“刀下鬼”，每天晚上入睡虽然都刀剑随身，但还是因为害怕而噩梦缠身，经常被吓出一身冷汗。就在去世那年的一个晚上，吴芮带着毛苹泛舟湘江，头顶一轮明月，远望青山，近看碧水，想想这么多年征战在外，打打杀杀，两人都陷入了一种莫可名状的伤感境界，两手相握，四目相向，毛苹深情向丈夫表白：“上邪，我欲与君相知，长命无绝衰。山无棱，江水为竭，冬雷震震，夏雨雪，天地合，乃敢与君绝。”其情深深，其意切切，而此刻倦怠以极的吴芮竟然想到了死，他手揽妻子入怀，轻抚她飘柔的秀发，黯然神伤地说道：“我死后，请把我送回鄱阳湖，埋葬在家乡番县的仰天台，我要与父辈们一起絮絮叨叨，细数往事，我要尽最大努力去做他们嘱咐我的事，放心地和他们安睡在一起，朝迎旭日东升，暮送夕阳西下。”

除妻子毛苹外，吴芮身边第二个重要人物便是丞相许成。许成是吴芮在姑苏城结识的重要谋士，那时许成刚从魏都大梁到姑苏济世武馆担任主讲不久，但他主讲的“谋略”，深入浅出，生动形象，对天下大事分析鞭辟入里，是少有的人间清醒。吴芮当时就想，天下纷纷，变幻不定，在这样纷乱的世界里谋生存尚且不易，没有高人贤士指引，谋求发展更是难上加难，若能得到这样一位谋士辅佐自己，该是何等幸事，于是找机会与许成交谈，以探求他真实的学问。许成对秦国一路东进过程中各种合纵连横的故事更是如数家珍，令吴芮大为惊叹，于是就诚恳地请许成为自己的谋士。定计谋，抚百姓，东征西讨，全都与许成细细商量，西楚霸王封吴芮为衡山王时，一并诏令许成为衡山国丞相。在战场形势瞬息万变的情况下，许成因时应变，学会在夹缝中生存，他自己原本的人马并不很多，却把梅销、黥布两位叱咤风云的将领以及无诸、摇两位闽越君王收到麾下，提升了跟诸侯议事的能力和本钱，尤其是加深了吴芮在南越地区的影响力。关键时刻，许成说服吴芮从西楚霸王阵营转向刘邦，终于在群雄混战中脱颖而出。因此，吴芮到长沙后也带来许成做丞相，只是这丞相没做多久就死了，接着吴芮自己也死了，王太子吴臣顺利继位，现在的长沙王吴著是第五任长沙王，此前几个月刚刚接替去世的父亲吴右继位。长沙国丞相许成在高祖九年去世后，朝廷一直都在寻找合适的宰相人选，直到惠帝二年，从浠水来到长沙国的利苍，出任长沙右丞相，后来吕后又委任刘越为左丞相。利苍和刘越原先都是楚国将领，利苍凭借一把错金银弩机赢得赫赫威名，刘越虽然起先只是一名普通士兵，但汉高祖三年初他在栎阳之战中袭击项羽，给刘邦留下深刻印象，被提升为河内都尉，往后历经几次升迁并册封为醴陵侯，封户六百，虽然封地比轪侯还小，但毕竟也是封侯拜相。但也有人说，派他俩来担任丞相，实际上都有监国之意，毕竟吴氏作为异姓王，皇上并不十分放心。后来黥布谋反，考验长沙王的时候到了，利苍、刘越两位就使劲劝说吴臣杀了黥布。这对吴臣很难，因为黥布毕竟是自己的姐夫，而且感情极深，对汉高祖而言，黥布是胆略和战功堪与韩信、彭越媲美的功臣，所以分别作了疆域广大、势力范围很大的楚王、梁王和淮南王，相比之下，吴芮的长沙国就属于南蛮一域的蕞尔小国。但朝廷本来就对异姓王心怀戒惧，又有两位丞相在身后盯着，吴臣不动手也不行，于是假借与黥布一起逃往南越，趁机诱捕了黥布，提着姐夫的人头去见皇上，再次获得朝廷的欢心，其子吴浅封侯。利苍、刘越因为劝说有功，丞相地位更加巩固。吕后三年利苍去世，利豨不仅继承了丞相，而且还成了第二代轪侯，现在长沙王刚刚继位不久，据说很多事情都是右丞相说了算。除了藩王和丞相外，长沙国原来还有一位相对重要的人物，便是太傅孔腾，算来他是孔子的第八代玄孙，出身高贵，血缘正统，但算起来只能是银头蜡枪，在辅佐藩王的位置上并没有发挥重要的作用，好像朝廷对他也不是很满意，去年干脆让他卷铺盖走人。

李县令还想说什么，但贾谊似乎并不想介入长沙官场太深，而且初到长沙国就打听这些事，坏了官场的禁忌，便不冷不热地说了声“这些都知道了”，便不再多说。

贾谊在朝廷做了两年博士和太中大夫，除了应答汉文帝提出的各种问题外，就是处理朝廷和藩国、郡县的各种往来公文，自然对长沙国的事情多少有些了解，虽然家长里短的事情了解得不一定比罗县李县令多，但作为长沙国太傅，他的职责是辅佐刚刚继位长沙国国王的吴著，因此准备启程来长沙国之前，已经对这边的政治民情、社会风貌、山川地理乃至方言俚语又做了很多专门的了解。吴右在吕后二年继承他故去父亲吴回的职位，整整做了八年长沙王，死后追谥为共王，时间正好与吕后执政同期。共王手中最棘手的事情是处理与南越王赵佗的关系，吕后实施了禁绝边境贸易，不准长沙国向南越国售卖铁器，防止他们用之铸造兵器，不准长沙国向南越国售卖雌性的牛马羊，就是防止南越地区牲畜繁殖，赵佗拿朝廷和吕后没有办法，就把怨气一股脑迁怒给长沙国，说朝廷与南越这种僵硬对立的关系，全是因为长沙国作祟，在皇帝面前说了挑拨南越国与朝廷的话，目的无非是想依靠朝廷的力量，击败并一举兼并南越国。不仅如此，南越国还举兵北上，在两国交界的南岭一带打了三年仗，虽然这仗打得没有输赢，但长沙国耗损不小，不仅边境数县连年受到兵匪骚扰，而且同时保障长沙国士兵和朝廷军队的供给，长沙国国内徭役和兵役负担极重，长沙国人民因此民不聊生、怨声载道，共王为此压力很大，没几年身体就垮了下来。

长沙国最高三名官员中，国王高于丞相，但丞相似乎又有监国职能，至于自己，身为太傅，只有辅导之责，并无任事之权，但在刘氏天下，这三角之间的关系又十分复杂。作为三角中的一方，贾谊目前不愿意扯得太多，况且他认为到长沙国任职，不过是他人生驿站中的一站，朝廷一定不会让他待得太久，自己没有必要在南蛮之地的一些琐事上卷得太深。好在两天豪雨过后，天气放晴，贾谊决定重拾舟楫，带着家人即刻向长沙出发。

03

抵长沙职任太傅
缺朝仪失序君臣

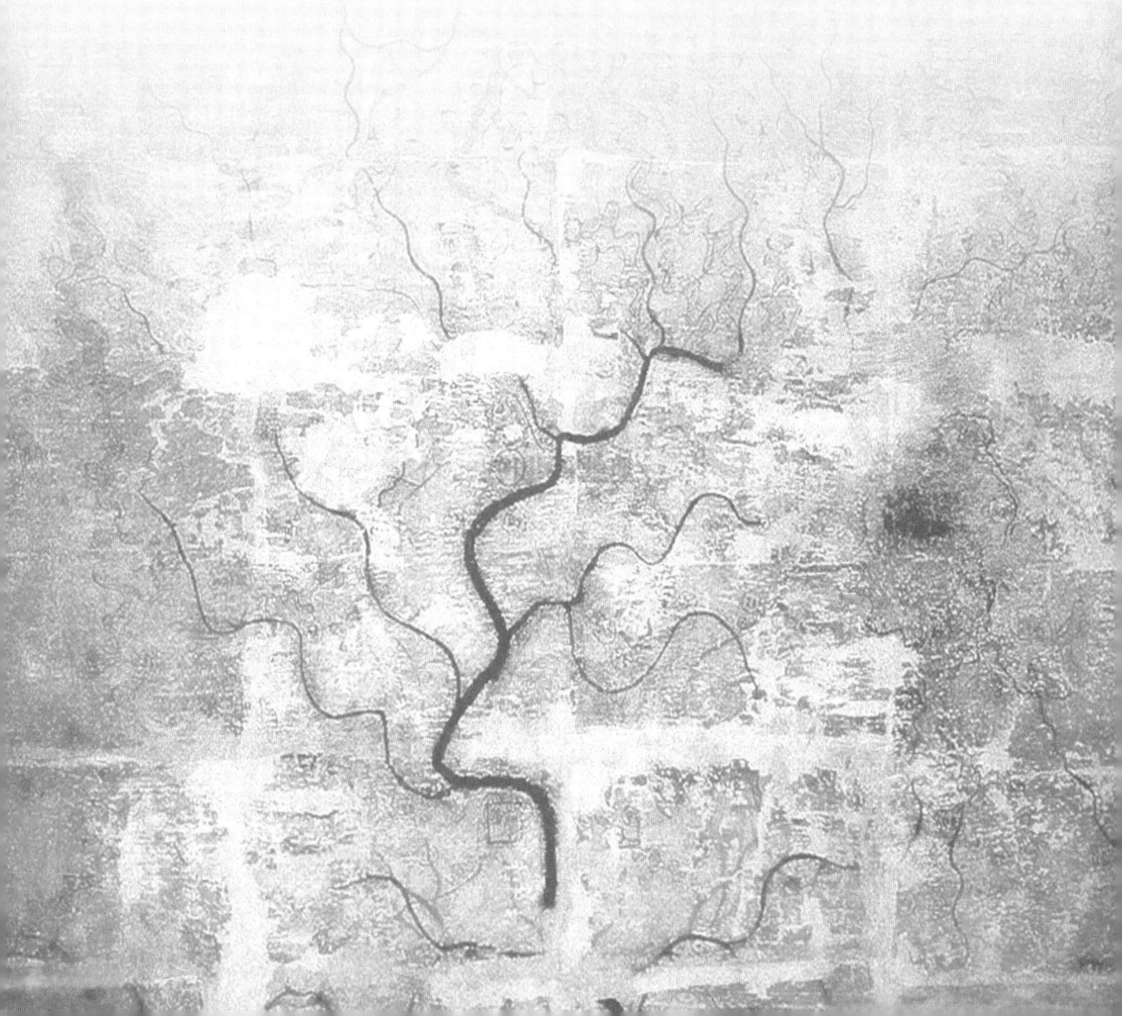

一场大雨过后，湘江上空云消雾散，江面更加宽阔，两岸青山对峙。贾谊离开罗县，一路过捞刀河、浏阳河。捞刀河从湘赣边界的大围山北麓发脉而来，虽然水程不远，但流域内雨量丰沛，水流不止，山岳潜行，此消彼长，在江河汇合处正慢慢发育成一个小岛，渐渐有了些杂草与灌木，因为形似蛟龙出水被当地人称为龙洲岛。贾谊刚刚还沉浸在龙洲岛的水色树影，忽见一河从东边斜刺里流来，这便是从大围山北麓发脉而来的浏阳河，到此已呈奔腾磅礴之势，在河流交汇处留下清浊分明的分水线。贾谊心想，原来就知道长沙国河网密布、处处水乡，但想不到河网密集到才几里路就有一条大河汇入。连续两条河流汇聚，春泛的河水涌入湘江，水涨船高，浩浩汤汤。此刻，长沙王城已经跃入贾谊眼中，但见城垣高耸，宫室巍峨，廊腰缦回，檐牙高啄，四面围墙首尾相连，几处飞檐翘角、白墙青瓦从围墙的缝隙中隐隐地透出来。贾谊一想，长沙王城虽然继承了秦代长沙古城的一些基础，但主体部分还是吴芮任长沙王时开始修建的，到这时算起来也不过三十来年。如此短的时间，不仅把一个王城建成了，而且非常有气势，光是城门就有六个：临江一侧从北往南的四个门依次是福星门、大西门、太平门和小西门，其中太平门和小西门紧挨着，宽大宏阔的太平门为官道，窄逼局促的小西门为普通百姓和商人进入城区的码头；正南为黄道门，虽然修得堂皇气派，但一般只在皇帝诏令下达和王城举办祭天祀祖等重大活动时打开；城东为浏阳门，面向此处不远缓缓流过的浏阳河，迎接每一天东升的太阳。贾谊见此，一方面对历代长沙王心生一些佩服，一方面对长沙城的能工巧匠也刮目相看，啧啧称奇。

贾谊的船很快到了湘江右岸太平门码头，早有一班文武大臣到码头迎接，领头的正是右丞相利豨和左丞相刘越，随行的人员有奉常、郎中令、宗正、太仆、典客、治粟内史等人。汉高祖九年，刚满一岁的利豨随着父亲利苍、母亲辛追从江夏郡的浠水来到长沙，也是从太平门码头登陆上岸的，从此一直都在长沙生活，跟着做长沙国丞相的父亲耳濡目染，慢慢熟悉了不少行政事务，吕后三年父亲利苍过世，他便被朝廷授予长沙国丞相职务，并受封为第二代轪侯。参照汉代朝廷设置左右大臣的做法，吕后四年在长沙国新增一个丞相，利豨由丞相改称右丞相，新任命刘越为左丞相，左右丞相两人一起辅佐长沙王。刘越也非等闲之辈，大汉二年，高祖在彭城兵败往栎阳方向撤退的时候，军队和家室都已四处逃散，是刘越在乱军丛中击退了楚军的一队人马，找回惊慌失措的皇子刘盈，自此深得吕后欢心。不久后刘盈便被立为太子，刘越后来也因为这次战功，被朝廷任命为河内都尉，吕后四年，更是不忘刘越当年救子之功，在授予他长沙左丞相时，加封为醴陵侯，封地为六百户。

此刻，利豨穿着一件赭红色交领右衽式曲裾棉袍，袍子上别一黄金相印，着一双尖翘方头青丝履，最醒目的还是头上戴的漆纚纱冠，纱冠由两组经线开合交替编织而成，表层髹漆，乌黑发亮。利豨长相魁梧，身着这一身装扮更是有鹤立鸡群、玉树临风的感觉，尤其是胸襟上用绶带系着通体鎏金的“软侯之印”，显得十分耀眼，相印上昂起的龟头锃亮，好像要从衣服上冲出来似的，他伸出一双有力的大手，热情地迎向贾谊。

“太傅大人到任长沙，真乃敝国幸事，满城人顿觉蓬荜生辉，柴门有庆。您之前辅佐吴公时，河南郡可就是全国数一数二的地方，经过这几年在朝廷锤炼，又入室名师张苍庭下，深得桃李春风，太傅大人更是博学经纶，宏韬远略，名满长安，这次到长沙国任职，有幸与您一起共同辅佐长沙王，这等于给了我们就近学习的地利之便，我们一定会抓紧机会，好好向贾大人学习。”

“多谢右丞相谬赏。之前在吴公手下时我初出茅庐，不过是跟班学习一些政事，提出小小的建议，接着又跟着计相张苍，学习管理国家财政事务，学问才得以渐长。后来承蒙皇上恩宠，拔擢为博士和太中大夫，也不过是参与一些议事而已，哪里像丞相这样既经历沙场，又参与政事，有着藩国政务的历练。我这次从朝廷远谪长沙，初来乍到，还望丞相及各位同僚不吝赐教，多多提携帮助。”贾谊一边说着，一边向丞相及众官员稽首致谢，心里想着与利豨年纪相仿，但毕竟基层实务少了些，尤其是与在栎阳营救过太子刘盈的左丞相相比，年龄与资历更是单薄了些，难怪皇上觉得刚继位的吴著在长沙国有些压不住台面。

“自打小跟着父亲来到长沙国，一晃眼二十多年过去，经历的事情不少，又深得皇上的恩宠与长沙王的厚爱，同时得到一众官员对我的帮助，才慢慢长了点见识罢了。”利豨嘴上这么回答，心里却在想，自己作为利苍的儿子，不仅被授予长沙国丞相职务，而且继承了软侯的职位，这在整个汉朝的王侯中，算是非常稀少的，由王侯又兼任丞相的，更是少之又少，这体现了当今皇上对利家的重视，因此，他对皇上的忠诚是发自肺腑的，对长沙王的感谢也是真心的，如果没有长沙王的推荐与认可，他的继任也难以得到汉室的认可，皇上虽然不希望藩王与丞相结成铁板一块，也不愿意看到藩王与丞相之间争斗不休。

“令尊大人骁勇善战，早年跟随高祖，为汉朝天下立下汗马功劳，就是汉高祖六年便以砀郡长职务追随高祖的刘它都赶不上。皇上对令尊非常欣赏，封侯还在很多王室之前。”贾谊记得惠帝二年，利苍被封为轪侯时，在 143 个列侯中位列 120 位，封地 700 户，封地虽然比长沙王两个儿子义陵侯吴程和便侯吴浅还少，但排位却在这两人的前面。

“皇上洪恩，利豨定当永铭于心，肝脑涂地，忠心耿耿，报效朝廷，作为人臣，定当做到君主有难事就忘记自身，国家有难事就忘记一己小家，公家有难事就忘记自己的私事，不因有利就苟且谋取，不因有坏事就刻意躲避，一定做到唯义所在，唯主上是从。”利豨挺直了腰身，面对北方拱了拱手，饱含深情，既像是对贾谊，更像是对皇上，大声说道。

“长沙国对朝廷的忠心日月可鉴，尤其是高祖十一年七月黥布悍然起事，杀荆王刘贾，一时军威浩荡所向披靡，多亏先丞相、令尊大人与长沙王一起，勠力同心，诱黥布于番县，维护朝廷的稳定与百姓的安全。”贾谊记得，燕王谋反后，高祖意识到就是作为自己发小和同乡的卢绾，仅仅是姓氏跟自己不一样的亲交密友都靠不住，便立马派利苍到长沙，接替已故丞相许成任丞相，已有让丞相监督长沙王之意。高祖本来疑心很重，对异姓王从来就不怎么放心，许成在吴芮任衡山王起就跟着他做丞相，朝廷自然早就有离散拆分之意，趁着许成病故，赶快将丞相换成了利苍，打破了长沙国政权铁板一块的政治格局，才能图得高枕无忧、江山永固。但高祖在平息黥布过程中身中箭矢，这也是他一生无数征伐中最致命与最后的一次受伤，不久便因此身亡。惠帝继位后，立即封利苍为轪侯，真正做到既封侯又挂印，成为长沙国第二个实权人物。回想完这些，贾谊免不了要对利豨恭维一番。

“先父不过是职责所在，尽职进言罢了，关键还是长沙王痛下决心，大义灭亲，御赐‘长沙王忠，其定著令’可是非同一般啊。”利豨内心觉得吴著稚嫩了些，但嘴上对长沙王还是充满敬意，尤其是公众场合必须在礼节上做到循规蹈矩，便说道：“大王对您这次到本国任职高度重视，特派我和左丞相以及各部大员一起到码头恭迎，大王现在还在王府等您。”

贾谊见自己还一直未跟年长一些的左丞相搭话，便趁此也向刘越躬首，说道：“多谢左丞相久候。既然长沙王还在王府等着我们，咱这就赶快过去，免得他在那边等得太久。”贾谊说着，一边在想，这长沙王究竟长得什么模样。

“那好，我们先去王府。”利豨和刘越一同答道，一边在前面引着路，一边指着街道左边的一处宅子说：“贾大人，这处叫濯锦坊的屋子是我们为您准备的，虽然不是太好，可也是我们为您精心挑选的。长沙过去就是三苗之地，地处偏远，民生艰苦，城市主体建筑大都是先王吴芮到这边后才开始修建的，条件虽然简陋，您先将就着，看住着是否可意，要是不满意，我们到时再换。”利豨嘴上这么说，心里却在想，这里也算是长沙最好的一处房子了。

“长沙王和丞相的盛情，贾谊先心领了，房子不过是栖身之所，我的家人也不多，用不着华堂高屋，随便放得下几件行李和书籍就可以。大厦千间，夜眠八尺，何况房子小些还便于藏风聚气，我们这就赶紧去王府吧！”于是让利豨领头，亦步亦趋地向王府走去。

贾谊一行在丞相利豨的带领下，出坡子街往东走到八角亭，先到一个大宅子，但见院外粉墙环护，绿柳周垂，三间垂花门楼，四面抄手游廊，利豨告诉贾谊：“这里就是丞相官邸，是平时我处理公务的地方，从这里向左转，相继是郎中令府、都尉府，向右转则是百官衙门，这些地方我们往后再陪着您去”，边说边领着贾谊继续往东走，一会儿工夫便走到了王府跟前。贾谊抬头看了一下王府，但见屋宇恢宏，黄色的琉璃瓦在太阳的照射下熠熠闪光，檐口的瓦当错落有致，并装饰有精美的动物和植物图案，以及一些形态各异的文字。利豨趋前告诉贾谊：“这里便是王府前殿。王府分为前、中、后三大殿，其中的中殿是正殿，受领诏书、重要朝会、王室婚丧等大典均在此举行。”

贾谊环视了一下前殿，但见这里以木兰为栋椽，以杏木作梁柱，屋顶椽头贴敷有金箔，门扉上有金色的花纹，门面有玉饰，装饰着鎏金的铜铺首，发出黄灿灿的光来。大殿两侧各有貔貅一具，系用本地丁字湾麻石雕刻，貔貅两侧各是一棵高大挺直的楠木树，树叶虽不是十分繁茂，但树身散发出幽幽的木香，十分怡人。大殿两侧有一副对联：“一砖一瓦，尽昭王府威严；一雨一旸，皆沐圣泽汪洋。”贾谊心想：“长沙王府的建筑虽然富丽堂皇了些，但这副对联还算得体，比之前其他几个异姓王要低调些，在皇帝面前时刻放低自己的姿态，难怪高祖多次夸奖长沙王能守正道，并诏令泽流枝庶，吴氏家族无功而世袭王侯的有好几个人。”这么想着，便从右边的步道踏着一级级台阶迈向殿门，但见回廊栏杆上雕刻着清秀典雅的图案，青灰色的窗户上配饰着古色古香的花纹，紫红色的檀木地面几乎可照见人影，墙壁上还有金光闪闪的壁带。

贾谊眉头略略皱了皱，一想，这长沙国虽说是南蛮之地，但宫室之雄、气势之豪超出自己想象，不禁想起少年时在河南郡的场景。洛阳自古繁华之地，其屋宇建制自然宏阔大气，但是这南方的长沙王城，竟然也恢宏气派，只是规模相对北方小了些。但一看宫廷礼仪规矩、衣饰服帽，几乎与天子无异，俨然与长安城未央宫的汉文帝没有两样，心里觉得太过奢华了些。宫廷上都这个样子，街市上就更加没有规矩了，古代皇后仅仅在祭祀宗庙时穿丝绸，如今长沙城的小妾穿上了，且以白縠做衣服面料，用轻薄的细纨做衣服里子且绣上花边，装饰上有斧形花纹，这些都是古代天子的服饰，长沙街上的豪富人家和大商巨贾请客时，却用它来覆盖在墙上，古代以整个天下侍奉一个皇帝、一个皇后，尚且讲究节俭适度，现在豪富和巨商大贾屋墙却用古代帝王服装来装饰，这样不仅君臣尊卑、上下秩序乖互错乱，天下财物也会很快消耗殆尽啊！

这么想着时，贾谊已经走到前殿下首，见殿前有两条道通往殿上，左道为一斜坡，可以乘车而上，右道为台阶，供人步行拾级登殿，贾谊便跟着利豨等人从右边踏着台阶向正殿上走去。只见吴著穿着黑色龙袍，神采奕奕地坐在大殿上，几个月前，吴著接替先王吴右继任长沙王，之后不久，汉文帝考虑吴著太过年轻，处理复杂政务难免会有偏差，且南越局势虽然日益稳定，但因为南岭阻隔，几十年前秦始皇修建的灵渠虽说联通了湘江与漓江，大汉与藩国间来往交通比过去好了很多，但整体而言管理上还有鞭长莫及之处，于是决定将贾谊派往长沙国担任太傅。贾谊在路上走了两个多月，历尽千山万水后终于来到长沙。在去觐见吴著前，贾谊犹豫了一下，想着该对长沙王用什么称谓，尽管他对朝廷和王侯称谓不分、大小失序早有异议，还专此拟制了官名，理顺各级和不同岗位的职责，但既然汉文帝没有采纳自己的《论定制度兴礼乐疏》，便还得沿用惯例大声说道：“陛下，臣贾谊参见。”嘴上这么叫着，但心里觉得这种称谓非常别扭，君臣关系也不太自然，如不早早规制，必将导致长期混乱，甚至会助长诸侯的僭越之心，可见礼制是一件不可不高度重视的大事，难怪当年孔子奔走各国都在游说这事。

继而又想，等级势力和衣服号令，诸侯不能跟天子一样，这才能控制诸侯的野心和欲望。穿的用的不一样，君臣之间才不会混淆，这方面没有限制，诸侯就更容易生起异心。如今从长安到长沙，不明确规定功曹、户曹、吏曹、兵曹和刑曹的职责，等级差别没有了，服饰无异了，君不君、臣不臣的，祸乱常常在这些地方发生，这也是先前异姓王、现在的同姓王屡起二心的原因，朝廷不去从制度上防范它，反倒是出事了才东征西伐，匆忙剿灭，大祸既已酿成，攘除势必不易。人们登上高处就一定会远眺，站在深渊就一定会低头，远眺或低头其实都无关于人性，只不过是形势使然。老子说在事情没有发生之前就加以防范，在没有辩论之前就加以治理，明智的人见微知著、防患于未然，奸邪才不会发生。想到此，贾谊更感去年在朝廷奏议的《论定制度兴礼乐疏》未被采纳十分遗憾，心想一个具有远见卓识的人总是难以被时下接受，被常人视为异端，前瞻性的想法往往被当前的庸常之人否定，真是贤才失时，丽日只照庸者；壮士无路，大道独行匹夫。便再次感叹自己怀才不遇、知音难觅，无奈地摇了摇头。

吴著虽然才做了长沙王，但之前担任过长沙国郎中令，又经历了十分复杂的南部长沙国战争，对朝廷政事早就熟悉，知道贾谊对天子与封国国王的称谓有过专门的奏疏，更知道这位太傅表面上只有议事权、没有任事权，但大汉朝野都知道，这是一位见识超群、差一点就要成为公卿大夫的人。曾几何时，国家实施仁政、重农抑商和诸侯回到封地这些重大决策，都出自贾谊一人之手，其翻手为云、覆手为雨的能力，绝非他人可比。况且长沙国是西汉唯一尚存的异姓国，他必须时刻保持深刻的警醒与低调。想到这些后，吴著立即回话道："太傅称我长沙王就行了，你自己不是也不赞成这种尊卑不分的叫法吗？前不久接到皇上诏书，得知贾大人到长沙任太傅，从那时起，我们就望眼欲穿，掰着手指，每天数着路上的行程，生怕您一路耽搁，一时半刻赶不过来，我这王位刚刚接手不久，百事缠身，就盼望着您快快伸手帮我一把。无奈从长安到长沙，山遥水远，您从去年底出发，到今年这春上，才等到您，虽说是路上待的时间久了点，但总算把您盼来了。正所谓济济多士，文王以宁。您能到来，是本王有福了。只是长沙国地处南蛮，民风粗鄙，气候卑湿，您一年半载还适应不了，真是让您远劳屈就了。"

"大王过誉了，能够到长沙国为您奉献绵薄之力，是我贾谊的福气。长沙王世代忠良，您的先祖吴芮还是番令时就懂得对贤者傲慢、对百姓刻薄是愚蠢的行为，爱护百姓就像对待自己的孩子，因此人们亲切地称他为番君。后来秦朝暴虐，他带着两个儿子，以及投奔过来的无诸、摇，与天下诸侯一起诛灭暴秦，西楚霸王因此册封他为衡山王。楚汉相争中，芮王坚定地跟随高祖皇帝，南征北战，劳苦功高，就连他的别部将梅销在南阳一战中，也为高祖攻下析县和郦县立下战功。他与韩信、彭越、臧荼是最早拥立高祖称帝的人。因此高祖没有忘记吴氏对朝廷的贡献，最早册封的异姓王中就有长沙王，可惜他长年征战，忧劳成疾，天妒英才，到长沙任职不到一年，就因长期操劳过度，不幸去世。”贾谊经历举荐失败后，知道人生不可一味锋芒毕露，此时渐渐懂了些人情世故，必须学会折冲樽俎、周到圆融，与吴著初次见面，自然就尽拣些长沙王喜欢听的话，而说到第一代长沙王吴芮过早去世时，脸上竟然写满了同情，只差没有掉下眼泪。

“我高祖自从番县理政，就把人民的生命当作自己生命，把是否对人民有利当作国家存亡的准则，把是否对人民有利当作国君是昏聩还是圣明的标准。他还重视农业生产，当时鄱阳湖一带水稻种植还不普遍，他在会稽郡时，见水稻比黍、稷等其他作物产量高、品质好，就买回一批稻种在番县一带广泛引种和推广种植，不仅实现作物品质提升，而且大幅度提高了产量，当地农民生活得到很大改善，深得番县人民喜爱。本朝建国后，长沙国始终不忘皇上圣恩，从来不敢有丝毫的异心。”吴著本来就年轻，不大能沉得住气，见贾谊恭维起自己的祖先，心中不免有几分得意，竟然顺着贾谊的话题一起回忆起更多的吴氏往事。

“因此，高祖皇帝特别颁诏称吴芮忠君敬上，过世时特谥号为文王，这可是只有慈惠爱民的君王才有的谥号。第二年皇帝在长乐宫举行寿宴，那时您曾祖父吴臣刚刚继任长沙王不久，虽然资历还不算很深，但受朝廷邀请，年纪轻轻就与老资格的淮南王黥布、梁王彭越、燕王卢绾、荆王刘贾、楚王刘交、齐王刘肥等藩王一起向高祖皇帝祝寿，这是何等的荣耀啊！据说在那次宴会上高祖皇帝高兴极了，还拿太上皇刘公打趣说‘虽然您在我们还是小孩子时称我顽劣，相反总是表扬哥哥，那么现在来看到底是哥哥能干，还是弟弟我有出息？’在朝堂引得一片哄堂大笑，大家山呼‘万岁，万万岁！’可惜不久后，参加那次宴会的几个人中，就有彭越和黥布相继谋反，好在您曾祖父吴臣旗帜鲜明，始终忠于皇上，特别是淮南王黥布附逆造反时，大义灭亲，毫不手软，提着逆贼黥布的人头去见高祖皇帝，一时被传为佳话。您曾祖父以安民立政，被朝廷追谥为成王。”贾谊继续回忆第二代长沙王的光荣历史。

“小时候我在长辈们身边待的时间长，他们总是语重心长地告诉我，作为藩王，便是天子的屏藩、辅佐，为了君主、国家、公事应该不计较个人私事，如有必要应为捍卫宗庙而死，为国家之事而死，为保卫国君而死，真正做到‘顾行而忘利，守节而仗义，故可以托不御之权，可以寄六尺之孤’，至今回想，我朝圣恩仍然历历在目，铭刻于心。”吴著刚刚继任长沙王，努力想把自己装扮得老成一些，但回想起小时候与先辈们在一起的日子，脸上又免不了露出一些天然稚气。

“朝廷不仅感念吴氏忠厚，而且余荫家人，文王的弟弟吴郢、吴浅，分别被封为义陵侯和便侯，后来您的祖父吴回成了第三代长沙王，您的叔祖父吴阳被封为沅陵侯，一时被朝野传为佳话，这些都是您祖上的荣光！”贾谊继续恭维着吴著。

“有道是人生变幻莫测，吕后继位后，实施‘别异蛮夷’的政策，南越国与朝廷反目成仇，吕后二年，家父接任长沙王，两国关系更加紧张，南越武王赵佗一口咬定说我父亲想依靠朝廷的支持，消灭南越国，您说这不是天大的冤枉吗？不仅如此，吕后七年，赵佗多次贸然进犯长沙国，导致边境数县战火纷飞，民生劳苦，战争是无情的，从此南部长沙国的一大片土地上，好多母亲失去了儿子，好多女人失去丈夫成了寡妇，好多孩子失去父母成了孤儿，无数家庭颠沛流离、居无定所。”吴著作为两国交衅一方的主要当事人，亲自参与过战争，筹办过很多军务，回忆起三年前长沙国与南越国之间纷纷扰扰的战事，依然胸臆难平，愤愤不已。

“高祖皇帝初立长沙国时，已经划定了长沙国边界，明确辖制长沙、豫章、象、桂林、南海等郡，但岭南三郡都是南越王的地盘，长沙国哪里有一天对它们实施过真正的管辖？虽然这种不清不白的关系，埋下了往后两国复杂关系的祸根，但这些都跟长沙国没有任何关系，南越国弄成这样，不完全是因为高祖皇帝念及百姓常年遭受战争之苦、不想在南方再起战事吗？朝廷都无法解决的问题，我偏居一隅的长沙国怎么解决？”谈起南越国，吴著仿佛有一肚子苦水要倒。

“是啊，只是后来赵佗越来越放肆了，不仅强取豪夺，把闽越、西瓯全部收归南越，国土版图从东到西长达一万余里。后来竟然擅自在南越称帝，坐着黄屋车，车上插着只有皇帝才能装配的彩色旗帜，这就是公然谋反了！是可忍，孰不可忍!?”贾谊完全被吴著的情绪感染，因此义愤填膺地说道。

“南越王利令智昏，一边擅自在岭南称帝，一边从全州、连县、桂林一带翻越南岭，发动对我长沙国的战争，骚扰我边民百姓。这就不只是进犯我长沙国，而是直接冒犯龙颜，悍然向整个朝廷宣战，与北方的匈奴同样让人厌恶。”吴著说着动了气，仿佛这场战火的硝烟还在眼前燃烧。

“好在赵佗的不义之举引起天怨人怒，朝廷派出隆虑侯、博阳侯阻止了赵佗北犯。我记得当年朝廷本想一举向南，全歼赵佗有生力量的，后来怎么又停了下来?”长沙战事开始时，才十多岁的贾谊还在洛阳读书，虽然对国家大事有着深切的关切，也十分留意南方战事进展，但山遥水远，加上那时候自己还小，很多具体的情况还是不太清楚，于是关切地问道。

“正当隆虑侯周灶、博阳侯陈濞带领我前方将士，步步为营，将要取得长沙国南部战争胜利的时候，不巧遇上罕见的酷暑潮湿天气，江南大地田地龟裂，禾黍失收。雪上加霜的是，大灾之后必有大疫，很多前线将士都得了重病，兵营中每天都有死去的士兵，附近山头新添了不少坟头，野狗在山野里乱窜，老鸹在天空中‘哇~哇~哇’瘆人地怪叫，我军将士兵力与士气严重受损，致使大军无法越过南岭，战争变得十分胶着。后来吕后去世，陛下即位，对南越采取怀柔政策，长沙国与南越的边界战事总算停歇下来，只是战争虽然过去了，但是对长沙国人民带来的创伤至今还没有消除，让我常常想起那些失去丈夫的寡妇、失去父亲的孤儿和失去儿子的鳏夫。而且长沙国人民为战争提供粮食和物资，耗尽了他们平时的积蓄，至今没有恢复元气。我可怜的父亲，就因那几年战事纷扰，操劳过度，身体很快垮了下来。”吴著一边说着，脸上竟潸然泪下。

“大王，时光不能倒流，人死不可以复生，好在这一切已经过去，朝廷调整了边境政策后，南边的战事终于平息下来，这是国家的福气，也是南越国、长沙国的好事，这种大好局面的到来，您也是出力最多的人。”汉文帝决定让贾谊来长沙国做太傅后，贾谊对长沙国的相关事情做了很多研究，特意访问过太中大夫陆贾，当然也知道现任长沙王吴著正是在这场战争中得到了锤炼。

“多谢太傅关心，只是这场战争过后，南越国与长沙国之间产生了深深的隔阂，赵佗甚至写信给朝廷，说是我长沙王告御状，栽赃说我长沙国挑拨南越国与朝廷关系，天地良心，我怎能干这种事情呢？可是朝廷也是息事宁人，各打五十大板，甚至还答应赵佗的要求，罢免了博阳侯陈濞的职务，这个事情在我心中总是一个梗，但是我也不能说陛下不对吧?!”说完，脸上似有委屈地望着贾谊。

贾谊闻言，想起赵佗之前给汉文帝写的那封书信，确实有把自己的责任推卸得一干二净的意味，要么说吕后对南越的做法让自己寒了心，要么说是长沙王谗言挑拨，自己私下称帝不过是娱乐好玩而已没啥坏心思。汉文帝其实也心知肚明，但正所谓天高皇帝远，管不了那么远，也就只能是揣着明白装糊涂，内心里知道长沙王心中有苦说不出，因此共王去世后，很快让吴著顺利继位，成了第五代长沙王，算是对吴家的一点补偿。贾谊便也想起自己在长安做博士和太中大夫时，从文书案牍中所了解的吴著。那时，共王身体确实有些坏了下来，便有意加快了对吴著的培养，不仅让他做了郎中令，主持宫中政务，而且安排其参与长沙国南部战事这种重大事项，襄理长沙国军务的同时，协理隆虑侯、博阳侯两位将军的军需保障工作，增加与朝廷直接接触的机会。一方面锻炼吴著的能力，一方面拓展人脉，积累行政资源。想到此，贾谊说道：“先王在长沙国尤其是南部战争中真可谓鞠躬尽瘁，所以朝廷追谥一个‘共’字，也就是对朝廷“恭”的意思，这可也是很高的褒奖了。更何况大王您正是在这场战争中得到锤炼与成长，才成为如此老成持重的第五代长沙王。那时候，我们在长安也经常议论一下各个藩王的情况，大家都说长沙王最有福气。”

吴著闻之，忽然笑了笑，说："啊哈？还有这么一种说法，那我真的就愿闻其详了！太傅大人说我最有福气，我自己怎么就没有感受到？"

"我常常听人说：'藩国长治久安，得以继承祖庙奉养六亲，这是最大的孝；藩国祭祀长久，得以政权长存，这是最高的仁；藩国制度合一，子孙后代坚持效法，这是最好的名。'凭借第一代长沙王以来的智慧和盛名，观察上古之事，并用当世之事加以检验，同时用人事进行参证，明察兴盛和衰亡的道理，审察威权和情势是否合宜，取舍符合客观规律，治国之政及法令等的变化顺应时势，这样一来，现在吴氏做长沙王已经是第五代了，真正是积孝、仁和名于一身，相比之下，您想一想，高祖五年一起册封的其他几个异姓王，如今在哪里？"贾谊说完，故作神秘地笑了笑。

吴著一想，当初的八个异姓王中，最厉害的三个人是楚王韩信、淮南王黥布和梁王彭越，当年无不都是战功卓著，虎虎生威，令人闻风丧胆，甚至引起了刘邦的猜忌与害怕，结果三人命运殊途同归：韩信被吕后与萧何密谋捕杀于长乐宫，留下个"成也萧何，败也萧何"的成语；彭越以谋反之名被枭首示众，制成肉酱，分食诸王，以儆效尤，还被诛灭三族；黥布更不用说了，他的人头被自己曾祖吴臣献给高祖，为这事不少人背地里骂他们吴家鲜仁寡义，买亲求荣。此时吴著不禁脸上红了起来，继而又想到其他几位藩王，赵王张敖虽然身为高祖皇帝女婿，也是命悬一线，还赔上丞相贯高的一条人命，前燕王臧荼被捕杀，后燕王卢绾落荒逃走，去了汉朝死对头匈奴那边，代王陈豨被樊哙斩杀于灵丘。算来算去，唯一幸存的就只有长沙王吴氏一族了，想到此，不禁吓出一身冷汗，差点说出“感谢皇上不杀之恩”，但最终还是说成了“感谢历代汉皇对吴氏的特别恩典”，但心里嘀咕的却是：“这新到任的太傅葫芦里装的什么药，刚见面就提出一个这样敏感的问题，他是不是有着皇帝特殊的使命？还是带着监国的使命给自己一个下马威？”这么想着，吴著不免又打了个冷战。

贾谊见吴著一脸迷糊，便轻松地笑了笑，缓解初次见面的尴尬，说道：“陛下决定让我到长沙国后，我把这边的事想了又想，也把整个国家长治久安的事情想了想，更觉得您这长沙是一块福地，我刚才这一说，您自己也一定赞同了吧。您这福气就根源于它的‘小’。我过去在奏议中就提过，要让所有大臣免遭横祸，那就没有人比得上舞阳侯樊哙、曲周侯郦商，虽然樊哙是刘邦的连襟，在鸿门宴上英雄护主，郦商在扑灭臧荼、陈豨反叛中屡次建功，但终究说来，樊哙、郦商两人都获封不多；若论说忠君爱国，没有哪个王侯比得上长沙王了，长沙国也是国小地少；要想天下长治久安，那就没有比广泛封侯分散其力量更好，力量少则能够行仁仗义，国家小就不会有邪佞和叛上之心。来长沙的路上，我一直都在观察，这边公廨敬守职分，百姓安居乐业，更加坚定我之前奏议中的观点，地多无益、才多害人，最终都是些滋事惹祸的东西。讲真心话，能到小小的长沙国来，真是我贾谊的福气！”

“太傅大人可真会说话，经您这么一说，莫说长沙国还真是一块福地，只是这福地是陛下赐予的，而不是长沙国自生自有的，就像陛下特别眷顾长沙国，之前给我们派了个孔氏后人做太傅还嫌不够，便给我们派来了博学多才的贾太傅，这不正是长沙国福气不期而至、福从天降的明证吗？从此往后，我要懂得惜福、享福和抓住幸福，虚心接受太傅对我执政的监督与指导，往后本王如有不对百姓施加恩惠的地方，对诉讼案件判断拿不准的，对百官之事管理不到位的，对祭祀不虔敬的，对奖惩不公平的，对战事缺乏戒备的，一定请太傅都及时指出来，因为这些都是太傅的职责，对不对？”吴著说完，恭敬地向着北方恭了恭身子，接着又向贾谊拱手施礼。

贾谊见此，连忙回了礼，道：“大王言重了，今日与您见面便一见如故，又蒙丞相与各位同僚关爱，贾谊在此谢过了。人们常常寄望，太傅就是知识足以启迪人智慧，行为足以辅佐君王，明智足以推举贤人、摒弃小人的人，是对内可以纠正君王过失、对外可以彰显君主美德的人，按照这个标准，我还差得很远，况且我这个太傅不过就是一个虚职，但往后在长沙有需要我贾谊的地方，我一定与大家勠力同心，同舟共济，共襄国事。”

吴著与贾谊初次见面，见他说起政事洞若观火、口若悬河，忽然想起近年来长沙国一带偷盗之风盛行，连攫取房屋柱子下边的金子、抢夺两庙的地契、盗取古墓，乃至光天化日抢劫官吏的事情都有发生，于是想向贾谊讨教对策，说道：“长沙国虽为国家福地，刚才您甚至说这里集孝、仁、名于一身，但以我观之，放纵淫逸的风气日增，勤劳朴实的风气日减，不顾礼义廉耻，做儿子的背叛父亲，做弟弟的背叛兄长，做臣下的蒙骗君王，这种现象真是令人心焦。太傅对此有何建议与对策？”

贾谊闻此正是自己反复思考与焦虑的事情，于是说道：“所谓世风日下也不是近日才有的事情，孔子就曾经哀叹过‘礼崩乐坏’，所以他一直都在做恢复周礼的事情。但历史有时又无法逆转，自从商鞅在秦国推行变法以后，上上下下只顾忙着赚钱，在朝堂上讲究德行礼仪的人只能靠边站，家里有了钱就能做官，骄横无耻的人却能主持祭祀，刺面、割鼻子受过刑罚的人也能主持政务，只要家里有权有势就百无禁忌，交朋友只找地位高的官吏，结婚只找权力大的人家的千金，只看对方的财产。有权势的人铺张浪费，以金钱超出别人为炫耀之本，以超过实际需求的财富互相攀比，平民百姓不搞邪门歪道就得陷入贫困，所有乡亲邻居都去骂他无能，廉洁的官员不贪钱财而两袖清风，回家路上被街坊指责耻笑，只要能挣到钱，不管做事方法是否合乎德行，父亲也会鼓励儿子，哥哥就会鼓励弟弟，这种现象非一时一地才有，也非一朝一夕就能解决，总体说来，当前迫切需要的是对民众广施教化，因为民众是诸侯的根本，教化是推行政令的根本，修道是教化的根本。有了道，才可据之广施教化；有了教化，国事才治理得好，百姓才能富足，社会才能和谐稳定。当然除了广施教化外，还需要守道慎行、宽厚仁爱、尚贤爱民等等，但具体实施起来非常复杂，容臣往后向陛下细细禀报。”

吴著见这个话题一旦打开，很难一下子讲得清、说得全，而此时大家该有的礼仪都有了，但还忘了介绍自己的主要大臣，便一一向贾谊介绍过，贾谊也都一一施礼致意。待长沙国的主要大臣都认识过后，吴著接着说道：“太傅今日初来乍到，一路舟车劳顿，我们就聊了很多，说话很投机，很有一见如故的感觉，倒是把给您接风这件要事给忘记了。况且太傅写过的《论积贮疏》名满天下，一定最知道肚子饿的味道，所谓一日不食则饥，咱们这就吃饭去！”

手下听令，于是赶快在正殿摆盘推盏，举杯弄碟，各式主食、菜品摆上桌来，不远处一排墨绘眉毛、朱涂双唇的女子并排站着，她们全都贝齿轻露、巧目倩兮，面庞清秀、神态娴静，身披菱纹锦镶边的绢地信旗绣单衣，腰系浅棕色素绢裙，将玲珑别致、凹凸妖娆的身材包裹到恰到好处，她们双手拱于胸前，随时听候客人的召唤。稍远处，琴、瑟、鼓、铙、竽、筑、铎、编钟等乐器一溜儿摆起，尤其引起贾谊注意的是一群十多个善舞的郑国女人，分两排站着，个个妆容精致，穿着尖头的舞鞋徐步出场，服装极其华丽，她们神情体态柔和而愉悦，红润的脸蛋上散发着青春的光华，人人长着两弯含烟蛾眉、流波美目。贾谊看得有些呆，想不到遥远的长沙国也有这么多妩媚的郑国女子，她们个个身怀绝技，争妍斗艳，花一般的容颜，水一般的灵动。超逸的仪态花样迭出，瑰丽的舞姿变化奇谲，斜视琴、筑时闪动着眼神，吟唱歌曲时展露出皓齿。她们变换行列时井然有序，来来往往时身子紧贴在一起，仿佛是一群仙女出动，盘旋回翔又耸然峙立。她们踩着鼓点的足趾从不停顿，翼然而来又悠然而往，遽然起步又戛然静止。她们跳跃腾空又屡屡跪倒，跗盘踏鼓用手摩足下跌。弯曲着身体向远处翻腾，惊险的动作摧然似折。细毂舞衣在空中飘动，像蚕蛾之纷纷高飞，转眼间便消逝得无影无踪。快速的腾跳如鸟的疾速飞集，松弛舒缓又冉冉如弱柳临风。窈窕的身段委蛇袅娜，像风送彩云一样飘忽不定。体态像游龙一样柔婉，长袖像横空的素霓一样美丽。跳到这时，她们才舞意阑珊，徐徐敛容行礼。这时乐曲也演奏完毕，她们面带娇羞，微笑着慢步引身，一双双顾盼神飞的眼睛落在每一个观众身上，更落在初来乍到的太傅贾谊身上，好像要把满溢的恩宠与爱意泼洒到现场的每一个人。

贾谊沉醉在这美妙的歌舞中，到结束时才猛然想起，此时原本的主题是吃饭。沿着洞庭湖和湘江一路南来，他已经熟悉了一些长沙国的饭食，但一阵子热歌轻舞过后，又有了三月不知肉味的感觉，便胡乱选了自己偏爱的北方黍米，外加一盅芹菜和肉末做成的中羹，喝了些刚刚温过的米酒，算是在长沙国王府吃过了头一顿饭，然后热热闹闹散场，改由内臣陪同他到太傅府下榻。

之前进入王城、前往王府时，贾谊听着丞相的介绍，就朝麻石板道路对面的濯锦坊有过短暂一瞥，这是一幢青砖灰瓦的民宅，正门仿若一个简易的亭子，两角飞檐翘起，正门上的屋宇上覆青瓦，屋檐处装饰着青龙、白虎、朱雀和玄武等动物图案的瓦当，正门着朱红色油漆，正门两侧是两根松木圆柱。贾谊迈进大门，才知里面非常阔大，主殿屋宇高耸，殿堂开阔，旁边栽一棵苍绿的香椿树已经吐出了新芽，主殿两侧各有一个配殿，配殿两侧是东西厢房，主殿后面是朵殿，再后面是正房，正房两侧是东西耳房。贾谊将行李搁在正房，又与客人聊了一会儿，便催侍臣们各自回家，说："本人初到长沙国就职，劳累了你们一整天，今天时间不早了，请大家早点回家休息。"

贾谊将自己和夫人安置在正房，开始长沙的第一夜，两人好长时间都在船上漂着，终于在长沙城来到岸上陆地，心里面到底踏实安稳了一些，同时新到一地，也就有很多新奇的感觉，此刻见孩子贾璠已经在一旁熟睡，便放心地宽衣解带，蓝英毕竟劳顿了一整天，各种应酬让她深觉疲乏，很快便睡着了，但贾谊思绪万千，地上一派蛙鸣，竟然构成了对睡眠的严重干扰，他怎么也睡不着，想起初遇汉文帝时的意气风发，想起几天前刚刚去过的屈子祠，想起白天见过的吴著、利豨，未来日子里将要开始一段什么样的生活，他心中全没有底，现在也懒得去想，只是眼前的孤灯与从窗页中流泻过来的冷月交织在一起，夹杂着窗外湘水的涛声，和着初春的微风，不知道什么时候才能结束这卑湿、蛮荒之地的生活，回到京城，回到汉文帝身边。贾谊这样想着，才不知不觉、迷迷糊糊中进入了睡眠。

04

周勃枉贾谊仗义
太傅金殿献良策

贾谊到长沙第一个晚上虽然没有睡得很好，但第二天还是早早起了床。此时，长沙还在一阵薄雾笼罩之中，远处的麓山一抹黛色，近处湘水汩汩，贾谊很想到江边走走，昨天他才从太平门码头登岸，但一大群人跟着，忙着跟各色人不迭地打招呼，来不及细细看这个城市的景色、听千里江河万年不歇的涛声。但是现在天还未大亮，他便要先看看自己的院子，看看屋场是否需要做修葺，房子里还有哪些家什需要增添。

濯锦坊院子并不很大，但屋宇规整，作为长沙王城建设的一部分，长沙立国时才建设的这幢房子还有着几分新，粉墙黛瓦，檐牙高啄。因为贾谊的到来，墙面和各式家具都被新漆过，各色器具齐全，更显舒适宜居。早晨洗漱时，木胎盥洗盆给他留下了很深的印象，他左瞧瞧、右瞅瞅，发现这个普通的盥洗盆至少采用过轮旋、割削和剜凿等几种技法，盆底两条描金的鲤鱼栩栩如生，注入清水后仿佛在水中游动，盥洗盆周边均匀画着一鹿、一鸟和一犬，生动灵活，这些花纹图案饰以漆绘后，透着淡淡光彩，更显行云流水，生动活泼。至于房子里其他各式木制或是陶制的钟、鼎、钫、卮、奁，也都各具形态，让贾谊对传统印象中的南蛮之地有了一些诧异，想不到印象中偏远的长沙，竟然也有如此精美的工艺。但贾谊并没有在房子里多作停留，因为天还未大明，室内光线不是太好，担心在各处房间走动会影响家人休息，于是轻轻地走出室外，看看院子里整个屋宇及其空间的布局。家眷们还在熟睡当中，儿子贾璠小手伸出来放在被面上，轻轻地发出均匀的鼾声。

濯锦坊西南侧是处亭子，上书“佩秋亭”三字，亭子不大，但建筑玲珑别致，屋脊上装饰有绿玉色陶兽，其形象依次是狮、马、牛、羊、鸡、鱼等“六兽”，屋顶转角处作翘角和吻兽，四角翘伸，形如飞鸟展翅，轻盈活泼。佩秋亭正前方石柱上书对联曰：

镇南溟控百粤，观湘流北去，岳麓西来，九嶷云气连苍昊
会朱陵集紫盖，闻龙跃寒潭，鸾鸣邃谷，三苗风土孕灵芽

亭子门口两侧还有一对门联：

春山空望雁归处，野水独流云散时

贾谊见此就想，这亭子的对联倒是意境高远，就是亭子本身太孤寂了一点，难道冥冥之中，它要等一个失意潦倒的人到来？但这个念头仅仅是一闪而过，便不再在此逗留。贾谊朝亭子外一片空地走去，地上长满带露的青草以及两株高高的香椿树，新春后的香椿树此刻光秃秃的，仅在枝头发出一小簇嫩芽，散出淡淡的清香，但贾谊并不喜欢这种落叶树木，忽然想起先前读过的《橘颂》，眼中便浮现出屈原笔下“绿叶素荣，纷其可喜兮。曾枝剡棘，圆果抟兮”的嘉木景象，也正好弥补佩秋亭阴气之不足。因此暗暗想，等忙过眼前这段时间，一定要抓住春后这个适宜植树栽花的季节，将这一带的杂草认真清理一下，修葺垄土，香椿

树也要移走，换成一小片柑橘林，中间还可以夹种一些蔬菜，在这南方的土地上，如果不种上橘树，那简直是对不起这一片肥沃温润的土地。贾谊这么想着，不觉之间已经走到房屋西侧围墙的一块空地，他昨天在盥洗间看见两个大木桶盛着水，想到濯锦坊目前大概还是用着河水，每天由挑夫从湘江挑上来贮着，就觉得挺不方便。

他之前读过很多地理方志，知道长沙地下多泉水，甘冽清甜，很多居民都有凿井取水的习惯。有一天太阳西下后，贾谊和夫人蓝英从东边的浏阳门出城，折向南走，来到回龙山下一口老井，四周砌着石栏，虽然这里已经是城外寥落处，但依旧看到好几个人提着木桶打水，井水清亮亮，躬身捧一把上来喝，好喝极了，于是夫妻两人一商量，必须尽快在家里找地方凿一口水井，一则可以自己饮用，同时也可以让周边居民一起汲水，免除每天到湘江取水的困苦。尤其是阴雨天，道路泥泞，又有着一段不短的陡坡，居民到河道取水更是困难，贾谊觉得这件事与种植橘树同样迫切，必须同时动手才行。但贾谊对于水井的幻想与展望还不止于此，听说南方酷暑难受，自己从北方来肯定难以习惯，要是凿一方石床放在井旁，自己一卷诗书在手，斜躺在上面轻摇小扇，身子任凉风凉意熨帖，此时月光映着水波，萤虫漫天飞舞，那是多么舒适惬意的事情。

想到这些时，天已大亮，贾谊略略有些疲劳，便倦倦地回到屋里，想看看自己书房。他让仆人把书箱打开，又一一指导放在不同的书架上，桌子上则放着一路上都在阅读的《甘石星经》，既然命运已经把自己带到长沙这个地方，他需要在这里观察一下星象，看看轸宿和它旁边的长沙星，从星宿变化中窥见世道的秘密。接着又把笔墨一一摆上，他需要在长沙继续自己的阅读与著述，书牍和奏折才是他联通朝廷最好的工具和手段。他嫌这里书房的光线还不是太好，便要求瓦工在屋顶加盖两片明瓦，以增加房屋的亮度。检查好自己的书房后，他又到其他各处用房看看，尤其是孩子的住房与书屋，儿子贾璠已经两岁，虽然离读书的年龄还早，但一想到在长安时一直忙于自己的学习与功名，疏忽了对儿子的早期教育，内心便觉得十分愧疚，没有尽到做父亲的责任，接下来在长沙的日子，对贾璠的早教一定要补上来，不能让贾璠与别人比，输在人生的起跑线上。至于自己，仕途上是失意了些，但时间会更加充裕，正好凝神静气、发愤读书，以图他日东山再起，即使不能为圣贤，也许能为公卿。想想前贤古圣，文王拘羑里演《周易》，屈原放逐作《离骚》，左丘失明著《国语》，孙子（膑）撰《孙膑兵法》，韩非囚秦著《说难》《孤愤》，《诗》三百篇虽多佚名，然圣贤发愤之作为后世典范。今日沦落长沙，虽然心意有所郁结，但或许正是因为少却那些无聊的政事，自己可以伏案埋首，述往事、思来者，书写万古之作以留青史。

这样想着，贾谊不自觉笑了一下，但很快就回到眼前的烟火，毕竟拖累一家老小来到偏远的长沙，此时安顿好他们的饮食生活要紧，便又去了一趟厨房和餐室。一家人的吃吃喝喝，都要靠着这里供应，厨房中间是一个硕大的灶台，大大小小的铁锅有五个，全都锅净盆洁，两根烟囱立在灶头，把炊烟导出，因而厨房里微微有些烟熏的痕迹，但绝没有一丝呛人的烟味。厨房靠墙处，是一色的陶制和竹制食物器皿，其中一尊一尺有余的陶钫格外引人注目，贾谊忍不住多看了一眼，只见这件彩陶的器盖表面磨光探漆，全器用黄、绿、赭、橙、褐、银灰等油漆彩绘各种图案；各组图案之间，或用银灰菱纹宽带，或用粗大红色条纹分隔。各组图画，都是在漫卷的流云中，绘以仙禽神兽。凤鸟飞翔，龙腾虎跃，其中绘在两肩和脚部的凤鸟尤其令人赞叹：两肩上，各绘一只站立的凤凰，昂首挺胸，张口啼鸣，婉转翩翩，妩媚动人。彩陶底部四面，各绘一只飞翔的凤鸟，回首盘旋于蓝天，这一幅幅吉祥动物与云气浑然一体的装饰画，色彩艳丽，线条流畅婉转，表现出一种轻快的调子，给人以虚幻缥缈的感觉，弥漫着神话世界中天国的色彩。厨房隔壁是食物仓储的房间，有着大大小小的竹笥和麻袋，里面装着各式食物，分别用木签和竹签写有食物的名字，就连盐、酱、糖、醋、蜜、豆豉等调料品，以及蕙、姜、榆叶、茱萸等各式香料，全都整整齐齐地放着。贾谊看了后，也都十分满意。见家里再没有其他需要操心的事情，而昨天到长沙后，已经见过长沙王吴著、右丞相利豨、左丞相刘越等一批要员，便把心思转移到长沙国的事情来。

昨天与长沙王及丞相初次见面，感觉他们对自己都还不错，那种欢迎是发自内心的，真诚是写在脸上的，没有什么戒备之心，也不把他当作所谓监国的外人来防备，大家都是未来可以合作共事的人。自己从长安城来，也没有高人一等的优越感，对长沙国的赞美也是真诚的，心里暂时也不再有“女无美恶，入宫见妒；士无贤不肖，入朝见嫉”的激愤。但是冷静下来，仔细梳理一下汉初三十多年历史，表面的和洽下，好像也有某些不言自明的轨迹，那就是这个满口忠诚的世界上其实没有绝对的忠诚，所谓忠诚无非是自己实力不如人家，不得不臣服人家。君王则疑心更重，对于藩王没有绝对的信任。刘邦把大片土地与城池封给藩王，本来就不是真心，而是时势所迫的权宜之计，韩信口里只是要求做个“假齐王”，势不由人时，他忍下心中的怨气给韩信敕封了一个“真齐王”，因此他几乎就从来没有对自己册封的藩王信任与放心过，生怕哪天自己的皇位被人惦记或是偷走。正是这种猜忌，使得曾经与他一起出生入死打天下的人，那些自己最宠信的功臣，后来都变成犯上作乱的仇人，而且往往谁的实力强，谁最先反叛。倒是眼前的长沙王，从吴芮传到吴著，安安稳稳做到第五代，其中一个重要原因就是，封地内有且只有二万五千户，实力不允许他们心怀异想、做欺君叛主的事。势不足以专制，力不足以行逆，诸侯国势力弱小，就不会产生邪恶的想法，朝廷可轻而易举地驾驭和调遣他们。

在都城长安的时候，贾谊已经在思考过这个问题了，毕竟国之安危在于政，关键是绝不能让诸侯坐大，唯一的办法就是从王中分出小王，国中分出小国，就像从禾苗中分蘖出禾苗，但作用正好相反，前者使其弱，后者促其壮。分封诸侯时，长子是可以继承王位的，其他儿子只能得到封地，这样诸侯的势力才会越来越小，上下相安，一团和气，诸侯不敢觊觎皇位，朝廷用不着担心诸侯谋反。这次到长沙来，看见吴著、利豨对自己态度恭谨，唯朝廷马首是瞻，更加坚定了他对朝廷与藩王关系的认识。他为刚到长沙就验证了自己的策略感到欣喜，这个治国术便是先前提出的“众建诸侯而少其力”，也就是通过不断地封侯削弱诸侯的实力。他认为汉文帝似乎还没有完全清楚地看到这一点，还在不停地给刘氏兄弟封王赐侯，其实这种做法祸端已现，最近淮南王刘长、济北王刘兴居的反叛，就很能说明，连自家的兄弟都没有绝对的忠诚。因此，一定要在未来将这个既稳固朝政又保全大臣的治安之策再次呈奏给朝廷，贾谊这样想着，脸上不禁露出一丝笑容，也对未来安于职守、辅佐长沙王多了一份责任感，他要好好地当好藩国太傅，全国范围内这个建制规模最合理的长沙国，值得他为之出谋划策。

贾谊既已打定主意，也就没有在濯锦坊休息很久，时刻想着尽快地投入这边的事务，略略安置好家室后，就有了第一次在长沙国的正式上朝。吴著声音沉郁，缓缓地说道：

“听闻，绛侯近来被人告发谋反，皇帝已经将他的案子交给主管刑狱事务的廷尉负责，廷尉一看案情严重，便让刑狱官直接将他收监了。”说完，在朝堂上环视一周，最后将目光停留在贾谊身上。

“啊，没有那么严重吧？之前还只是听人说，绛侯回到封地时非常恐惧，生怕被人暗杀，每天身披铠甲以防不测，面见郡守、郡尉时也是刀剑不离身，好像谁都不可信、谁都想要他的命。绛县的大小官员，包括先前对周勃的遭遇心怀同情的人，都很反感，但堂堂绛侯，再怎么着，也不至于一下子就收监入狱，落地凤凰不如鸡吧?!”左丞相刘越听闻后，惊得张大了嘴巴，反复说这事绝不可能。

“大概也是八九不离十的事情，我还听说，绛侯监狱里经常受到小狱卒的羞辱和鞭打，实在承受不下时，就拿出钱来向监狱里的人行贿，有位牢正实在看不过意，给他出主意，说是一位大孝子，对太后有着持汤伺药、三年不倦的美名，建议他拿钱去找陛下的舅舅薄昭说情，薄昭虽然答应帮忙，但胃口实在太大，绛侯为此花了不少银子。还有的狱吏为周勃支招，让他去找自己的大媳妇，她可是陛下的女儿，想起来陛下多少会顾及亲家的面子，下手不会这么重！”说这话的是右丞相利豨，但刚一说到这里，心里就觉得当着贾谊的面这样说不妥，毕竟周勃曾经是对贾谊落井下石的那个人，看到自己的仇家有今天，心里说不定正偷着乐呢，忙侧着头瞅了一眼贾谊，只见他并无喜色，反倒是一脸戚容，埋头沉思。

贾谊见吴著将目光在自己身上停留了一下，利豨则是欲言又止的样子，内心也非常复杂，心想吴著为什么会在自己到长沙国第一次朝会就提这件事，莫非真是“哪壶不开提哪壶”，毕竟大家都知道是周勃、灌婴共同使坏，自己才从如日中天的公卿提名人，沦落为长沙国太傅，莫非大家是有意看自己的笑话。但他抬头一看，没有一人脸上面含奚落轻薄之色，联想到自己前几日与长沙国国王和一众大臣见面时他们诚恳谦逊的态度，便深怪自己量小非君子，以小人之心度君子之腹，不禁脸上稍有羞愧之色，但心里对有关周勃的坏消息像影子跟着自己觉得十分惊讶与奇怪，内心不免想起了自己与周勃之间那段时间不长但并不愉快的交往：那时候，自己刚被授予参议国事的博士职位，虽然意气风发，但在朝廷完全还是一个新人。而此时的周勃在“灭吕安刘”后做了右丞相，正是一人之下、万人之上，连老谋深算的陈平都在避开他的风头，于是周勃每天同他那一拨汉初开国功臣，在京城里养尊处优，由一群家奴侍奉在长安城待着，谁都不肯去遥远的自家领地。这些重权在握的人在都城长时间待着，国家的大事不想一点，皇上的忧愁不分一毫，整日间相互走动，喝着酒，划着拳，追逐着女人，结交着各种各样的势力。他们多数人沿着皂河在西市和东市一带住着，那些拥有核心权力的人甚至住进了禁卫军所在的北宫以南的官窨内，只隔着北阙甲第一条街，就是皇帝办公的长乐宫和皇室住的未央宫，他们就像一群凶猛狮子，日复一日、虎视眈眈地望着宫墙里面，对朝廷安全是一种极大的威胁。陛下带着张武、宋昌、薄昭等少数几个贴身心腹，刚刚从代国来，势单力薄，权力不稳，步步为营。另一方面，诸侯不回到自己的封地，国家的贡赋、各路诸侯的财物从远方的食邑送来，一文钱的贡赋花十文钱的费用还运送不到，朝廷得到的东西很少，百姓们深受路途劳顿之苦，千里迢迢来长安服役，竭尽家财做件随身穿的衣服，路程只走了一半衣服都撕破了，穿烂好几双草鞋，还是没有走到京城。此时贾谊就像一个会把脉号诊的医者，毫不顾忌地提出“列侯之国”的建议，就是让诸侯赶快回到各自的封地去，既解决王室的心头之患，又化解贡赋成本畸高和沉重的徭役负担。这个奏议可以实现对功臣集团的精准打击，一下子就说到汉文帝心坎上去了，于是马上在奏折上朱批道：“我听说古代尧舜禹时，建有上千个诸侯国，诸侯们不是住在京城，而是住在各自的领地内，按时缴纳贡赋，老百姓安居乐业，上下欢欣，没有人做违反道德、不忠于朝廷的事情。反观现在，列侯们住在都城不肯走，食邑遥远，官吏们迎来送往路途辛苦，列侯们也不能就地教化自己的国民。现命令你们，即日启程，赶快回到各自的封地，确因在中央任职的，也得派你们的太子回到封地。”汉文帝的诏令下发一段时间后，开国功臣们谁也不当作一回事，在京城酒照喝、马照跑、舞照跳。一日，汉文帝一眼盯住了居朝班首席的周勃，心想射人先射马，擒贼先擒王，于是充满爱怜地说：“前日我诏令列侯，让他们回到自己的封国去，但至今还没有一人动身，丞相您是我所器重的人，还是请您作作表率，带头回到绛县的封地去吧。”周勃心里一百个不愿意，但汉文帝话都说到这个份上，自己也不好硬顶，就这样回到了封国。

贾谊一时嘴快，说出了汉文帝琢磨了很久但始终没好说出口的话，因而深得他的欢心。就是这件事后，汉文帝起心擢升贾谊进入公卿行列。贾谊虽然一时得一人欢心，但从此成了所有功臣们的眼中钉、肉中刺，几乎得罪了朝廷除皇帝之外所有的人，作为功臣之首的周勃更是对他恨得有些牙痒痒。当贾谊像一个课堂上急于表现的学生，频频举手想要皇帝给予自己一个回答问题的机会时，他眼中只有皇帝，忘记了周边的所有，不记得正是周勃亲手持着皇帝印玺献给汉文帝，是灌婴曾联合数十万兵力决定过吕、刘两家胜败的命运，忘记了周勃、灌婴曾经都是汉高祖的旧部，他们与皇帝这种君臣遇合的深厚情分，某些时候父子骨肉之间的感情都难以比拟，岂能是洛阳来的一个毛头青年在一朝一夕之间可以全部代替的？贾谊得罪了那么多宫中势力，自己竟然浑然不觉，还去招惹了皇上最喜欢的嬖臣邓通，朝堂上的直刚，宫室里的私语，一齐汇入汉文帝的耳中，便注定了贾谊出走宫廷的命运，不过这也是贾谊后来才渐渐悟出来的，并且料定邓通在背后的进言，远远超过周勃等人在大庭广众之下对他的公开指责，因此，内心对周勃的怨恨竟然比先前少了很多。

周勃最初在绛县封邑的遭遇，自己还在长安时就常有听说，那时候自己心里多少有些快慰，毕竟这是自己提出的“列侯之国”战略的重要胜利，代表着汉文帝对自己的充分肯定。但这种喜悦和欢快并没有持续多久，自从自己收拾行李、卷起铺盖，往长沙进发的时候，贾谊的想法又有了明显的变化，至少是对周勃的遭遇幸灾乐祸的情绪少了。及至今日，周勃以无罪之罪落入廷尉手里，自己虽然对他余恨未消，但既然这时对手不仅尊严全无，还战战兢兢度日，陡然间起了同情之心。从汉高祖口中“安定刘氏天下的人必定是周勃”，到周勃那句“没想到区区狱吏居然这样惹不起”的喟然长叹，这种天上人间的变化，简直锥心刺骨地刺激着自己，既感叹生命之无常，更觉得是自己提出的“列侯之国”奏议害了周勃，竟然心中起了一丝愧疚。今日朝堂上大家叙及周勃那种无法言说的遭遇和耻辱时，他觉得有一种巨大的力量推动他，仿佛必须出来说几句话，讨回一些公道，既为周勃，更为大汉江山社稷。于是，心里构想着出这样一篇奏折：

“人主的尊贵如同殿堂，天子就如同殿堂，群臣就如同堂下台阶，百姓就如同台阶下面的土地，朝廷内的公、卿、大夫、士，朝廷外的公、侯、伯、子、男，社会上的官师、小吏，一直到百姓，就是从土地经台阶到达殿堂的阶梯，因此天子是至高无上的。要维护天子的尊严，就需要维护恭维天子的大臣的尊严，不能把捆绑、鞭笞、剃发、砍脚、墨刑和割鼻等刑罚随随便便加到士大夫身上，因为这样损害的其实是天子的尊严，官员犯了罪，皇上下令免去其官职是可以的，革除其职务是可以的，甚至对他们赐死也是可以的，但不能让司寇、牢正、徒长、小狱卒去羞辱和鞭打他们。天子如果用对待牛马的态度对待他的大臣，大臣们就会像牛马一样行事，毫无气节和礼义廉耻之心，见到好处就去抢，遇到便利就去争，国家有灾祸就逃避或者袖手旁观。反之，如果教化形成了，美好风俗确立了，那么做臣子的就会为了国君的事业而忘掉个人的事情，为了国家大事而忘掉自家之事，为了公事而忘掉个人私事，有好处不没有原则去捞取，有了灾祸不苟且躲避，君王同姓的大臣，会为护卫宗庙而死；执法大臣，为国家之事而死；辅佐大臣，会为保卫国君而死；守边御敌大臣，会为守卫城池疆土而死。所以，陛下啊，不能让羞辱鞭打绛侯周勃这样的事情再继续下去了，这样才能确保大臣们为顾全品行而忘掉私利，为保守气节而服从正义，最终护卫王室的稳定与世代绵长。”

吴著见贾谊有些发呆，忙问：“太傅，见您满脸戚容，面有忧色，所忧为何？所虑何事？”

贾谊便把心中的这篇奏折跟大家讲了，心里竟然觉得比自己被贬谪到长沙更加着急。于是长沙国的同僚，从吴著开始纷纷拱手称道：“朝堂诸公，看似道貌岸然，然而平常为人做事，不过是俯仰尊贵之颜，逶迤势利之间，皇上的意见不管对与不对，赞美之声都像水流淌；皇上的言论不管可行与否，应对之言都如响之应声。贾太傅能不计前嫌，心中有这样的奏议，真是君子量大，我大汉朝廷缺的就是您这样仗义执言的贤臣！”

吴著和满朝官员虽然与贾谊刚刚见面，但是从他的谈吐中，早早看出了他宽厚的心胸和广阔的视野，尤其是他说起话来滔滔不绝，气势恢宏，旁征博引，一下子就感染了整个朝堂，引来满堂喝彩，便环视了一下四周，语气诚恳地说道：“贾大人，自立长沙国以来，朝廷之前也派过一次太傅，虽然出身名门，但其实是名不副实，只是您这一来，就令人耳目一新，朝野为之振奋。我刚刚继位，诸事生疏，能得到您的帮助，实乃幸事。”

“大王过誉了，向藩国派出太傅是我朝的例行制度，但这个制度其实有着深刻的历史渊源，它沿袭了古代帝王重视自身教育的传统。古代的帝王都明白，身为一国之君，既要有着圣人一样的品德，懂得治国理政的方法，又要明了礼仪、通晓典籍，因而总是精心挑选贤能的人辅佐自己、教育太子，逐步设置太师、太傅和太保，以及少师、少傅和少保等多种保傅岗位。除了太师太保之外，还非常注意纳忠听谏，时常发布诏令，要求各地推举贤良方正、能直言进谏的人，来查补工作中的疏漏。有了贤能之人辅佐，教给人以古代好的治国言论，使他明了过往的情况，了解前代君王们为百姓修明德行之事；教之以古代兴亡之事，使之知道历史上的兴废，而引以为戒鉴；教之以任用官员的方法，使之能管理好众官的职事，又知道治理国家教化人民的准则；教之以古代帝王的典范，又使之知道族类的亲疏，而有恻隐和顺之心。因此，设保傅制服，是江山永固的重要保障。”贾谊对帝王教化培养进行了简单的讲述，心想这些应该都是前任孔腾应该讲述过的基础知识。

“当朝天子圣明，仿照周代在朝廷设置太师、太傅、太保的做法，向地方派驻贤德之人担任太傅一职，而长沙国尤其幸运，迎来了您这样一位优秀的太傅。那么在您看来，未来您准备怎样凭借一己之力，帮助和提升长沙国的工作？既然当朝不在藩国设立太师太保，您是不是一人把三个岗位的事都干了？”吴著刚刚继位，在众大臣尤其是资历较深的丞相前常常有应顾不暇之感，内心将贾谊的辅佐当作救命稻草，于是充满期待地问道。

“大王，据我对历代天子和当今藩王教育的考察，太师、太傅和太保的职责有相同的部分，但也有严格的区分：天子不知道先圣王之品德，不懂治理国家管理民众的方法，不明了礼义匡正之事，不明察处理大事的理法，不通晓古代典法，不通晓威仪之规矩，对五经学而不精，这一类学习，都是太师的职责。天子对父母等亲属不施以恩德，对百姓不施恩惠，对大臣不加礼遇，对诉讼案件的判断不竭心尽力，对百官之事不加管理，对丧事不哀痛，对于祭祀不虔敬，对于敌人要发动战争没有戒备，对诸侯王不讲信义，对于奖赏和惩罚不能言必信行必果，德行不高尚，行动不果敢有力，赏赐给侍御之臣的过多过滥，而对关系不亲的大臣和地位低的人又过于吝啬，不能够抑制愤怒情绪消除欲望，在大行、大礼、大义、大道方面，又不听从太师的教诲，这些都须太傅的教化，周文王的儿子姬旦就担任过太傅这一职务。至于天子坐处其位不端正，所受学业不恭敬，诵读五经时声音不合音律，即席就座礼让不守规矩，前行后退部署调度缺乏礼节，在接待客人时没有尊卑贵贱之仪容，观瞻俯仰与人交往没有节度，咳嗽吐唾随意，行走快慢不合规矩且多顾盼，脸色不亲切和顺，时而隐微时而张扬，这些都是太保的职责。太师、太傅和太保三职中，太傅这一职务相对任务更具体、更繁重一些。至于我来长沙国任太傅，是不是要一肩挑做好太师与太保的事，皇帝没有明说，我也不便多问啊。”贾谊刚从洛阳到长安任博士不久，就提出过建立制度、规范礼仪的奏折，对整个行政运行体系与官员设置有过系统的研究与设计，内有公、卿、大夫、士，外有公、侯、伯、子、男，乃至官师、小吏无不了然于心，来长沙做太傅前又认真考证过古代教傅之类的典籍，对自己要担负的责任自然是胸有成竹、对答如流。

“贾大人博学宏伦，多见多识，我等久居南方蛮荒之地，鸿蒙未开，朝廷又是在关键时刻派您来到长沙国出任太傅，还望您多多赐教，让长沙国官员和百姓都懂得开教化、序人伦、知礼节。

只是藩国地虽狭小，但麻雀虽小，肝胆俱全，还望先生选择其中最重要的加以指教。”吴著先前当过一段时间的郎中令，又在与南越国对战中襄理过军务，但这些历练与真正做长沙王相比，都是小巫见大巫，他环视了一下朝堂，心想：满朝文武，大多是满足于文书案牍的蝇营狗苟之辈，要么没有胸怀，要么没有才能，要么仗着几分资历目中无人，要么靠着有人撑腰飞扬跋扈，真正出类拔萃、能够帮助自己一把的人少之又少，朝廷突然给自己派来贾谊，仿佛是突然间捡了宝，着实有着几分兴奋。尽管之前也有人给他吹着冷风，说是朝廷派贾谊来长沙，实有监国之意，总之是对长沙国有些不放心。对此吴著不是没有自己的想法，但既然朝廷派谁来不是自己可以决定和选择的，倒不如一开始就向朝廷摆出恭迎和臣服的姿态，把贾谊当作自己未来可以信赖和依靠的同事。

贾谊见吴著非常谦逊，心中的王者之道又没法再向汉文帝说，也就把吴著当作自己的倾诉对象，说：“行仁义是明君的本分；国王恭敬爱民行仁义，才是治理国家的首要任务，君主只有做到‘积于仁’，官吏才能‘积于爱’，百姓才能‘积于顺’。国君仁德，臣下就忠诚；父亲慈爱，儿子就孝顺；兄长爱护弟弟，弟弟就尊敬兄长；丈夫和蔼，妻子就温柔；婆母慈爱，媳妇就顺从。因此，治理国家或者藩国，要以道德为上策，施政要以仁义为根本。君王心中要装着百姓的疾苦，同情和周济穷人，民众饥饿寒冷时，要打开粮仓府库，发放粮食棉被，要减轻赋税徭役，要实施亲民爱民的规章制度，用盛德布施于天下，切实做到富民、爱民、利民、安民，这样天下才会安定，人民群众才会安居乐业，社会才不至于动荡不安。战国时期邹穆公在时，周边强大的鲁国、卫国都不敢小视邹国，就是因为他亲民爱民，他去世时，全国上下如丧考妣，所以说，付出爱的人，人们会反过来爱他，给人幸福的人，也会从别人那里得到幸福。”

“您说得太对了，反之，不施仁德后果很严重，远的如夏桀、纣王死后无葬身之地，近的如秦朝二世而亡，当然更不用说我们这片土地上的楚怀王、楚顷襄王父子，到死时，百姓怨恨以至于国无葬身之地。那么除了行仁政之外，最重要的是什么?”吴著对贾谊上任伊始的表现甚为激动，巴不得第一次朝议就得其全部真经，急切地问道。

“那自然是以人为本了，孟子早就说过，民为重、君为轻、社稷次之，善于治理国政的人，没有不把人民当作根本的，国家把人民作为根本，君王把人民作为根本，官员把人民作为根本；善于治理国政的人，没有不把人民当作力量的，所以国家把人民当作力量，君王把人民当作力量，官员也把人民当作力量。作为君主，只有让百姓为你出力才称得上富足，能够让百姓为你拼死作战才会强大，能够得到百姓颂扬才算荣耀，这三种东西都具备，天下人就会归附你，这三种东西都没有，天下人就会叛离你，天下人都归附你就能称王，天下人都叛离你就会灭亡。”贾谊侃侃而谈，对于人民他似乎有着特别深的情怀。

“太傅说得太好了，说起来我的先辈也是这么教育我的，只是他们心里虽然有这个意思，但都没有您说得好，先王们总是告诉我，要把人民当作自己的生命，要把是否有利于人民当作国家安全和危险的标准，要把是否对人民有利当作昏聩还是圣明的标准，要把是否对人民有利当作自己的功过的标准，要把是否有利于人民作为选拔官员贤明或不肖的标准。”吴著记起先前父王和刚才太傅对自己的教诲，若有所悟地说。

“这正是我要向您讲的第三点，选贤任能，知人善任。做君王的以了解发现贤能者为圣明，做官员的以民顺为尽职尽责，大臣能尽职尽责，君王会圣明，这便叫作圣明的君主。谗人高张，贤士无名，贤人不被举荐，奸邪之徒不被罢黜，这是君主的失职，没有总是处于平安中的国家与时代，也没有总是容易统御的顺民，得贤者昌，失贤者亡，这是古今不变的道理。但是人有贤愚不肖，作为君王，官职可以像发帽子一样赐给属僚，而品德不能赐予，所以君王和藩王最重要的本领是善于发现人才和使用人才，人性的弱点是喜欢那些阿谀奉承的人，喜欢吹牛拍马屁的人，喜欢恭维自己、话中带蜜的人，但有道是‘美言不善，善言不美’，这些口蜜腹剑的人常常道德品质低下、没有真才实学，反观那些心有丘壑、能为你出谋划策的人，一定会有着自己的矜持与孤傲，但他们正气凛然，肝胆相照，有大忠而没有小慧，言大义不徇私情，没有媚骨，不会随意俯身攀附任何人，他们维护的是君王的尊严、国家的长治久安，以及大众的民生福祉，他们从来不为一己私利蝇营狗苟，曲意逢迎。”

贾谊这么说时，内心想到了自己，因为他自己就是这样的人，但这个念头也仅仅是一闪而过，继续说道：“对待这样的国士，我们唯一应有的态度便是‘恭与敬、忠与信’，世间或有干涸的湖泊，但国家一定不会有国士枯竭的时候，有找不到国士的君王，没有找不到的国士，有不能治民的官吏，而没有管理不好的百姓。君王贤明则官吏贤能，官吏贤能则百姓归顺，君王的功德见于选吏，官吏的功德见于治民。因此，君子得到贤士一定要举荐和重用他，赋予他应有的职位，这样他们才会像影子一样跟随你。对国士轻慢的人最为愚蠢，对国士敬重的人是真正的聪明，做君王的人恭敬仁爱，谨慎地发现人才和使用人才，那么国家的灾祸去了，福气到了。至于考核和选拔官员的原则，就是坚持民众的意见，坚持让民众考察官员，之后根据民众的意见作出抉择，那些社会地位最低下的民众，让他们选择官员，一定会选择他们所喜爱的人，如果十个人热爱并服从他，他就是十个人的官长；若百个人热爱并服从他，他就是一百个人的官长；若一千个人热爱并服从他，他就是一千个人的官长；一万个人热爱并服从他，那他就是一万个人的官长。而一万个人的官长，便可选作卿相了。”贾谊一口气说了很多，好像是对吴著说，但更像是对汉文帝说，心有千千结，结结为君念，现在至少已经有了一个宣泄的出口。但既已说完，他又略略觉得有些不妥，心想：虽然孟子说过君权民授，让民众选举自己的官长似乎顺理成章，但那些“皇二代”“皇三代”，含着金汤匙出生，从小生活优渥，锦衣玉食，远离劳苦大众，他们既不了解民众生活，自然也不会得到民众热爱，要是按照上面的逻辑，实行全民选举的话，民众谁也不了解他们，谁会举手选他？如果这样的话，那不是挑战皇权的合法性，让皇帝不能在这御殿上安安心心地坐下去？

正当贾谊为自己这个冒失大胆的想法吓着时，忽然被吴著的讲话打断：“谢谢贾太傅赐教，那么除了仁政爱民和选贤任能外，先生认为还有哪些事情是最重要的？”贾谊的回答既然已经说到吴著的心坎，自然希望得到他更多的指点，连忙问。

“除了上述三点之外，我认为增加积蓄也是非常重要的事情。因为灾害总是三年两头地发生，五年一小饥荒，十年一歉收，三十年一大饥荒，这些都是自然规律，从古至今没有改变过。但古代舜、禹时非常注重积蓄粮食，规定百姓耕种三年便让他们储备够一年吃的粮食，耕作九年就要储备能吃三年的粮食，耕作三十年，百姓就要有十年的粮食储备，因此经历夏禹时连续九年的水涝，商汤时连续七年的旱灾，灾害最严重时，野外连青草都不生，可是老百姓却无饥色，道路上亦无行乞之人。再看看现在，本朝以来不到三十年，缺水少雨的天气就发生过两起，惠帝五年夏天，全国大旱，江河水位大幅度下降，山泉溪谷一片干涸，十五万灾民迁移至长安；再就是眼下这次大旱，赤地千里，河流干涸，南方的干旱与瘟疫并至，您在与南越国对战时已经亲身经历过。至于北方的匈奴更是趁火打劫，旱灾与兵祸相继而至，饿死的百姓填满沟壑，抢劫偷窃、武力袭击的情况也会接连发生，甚至从人相食、卖妻鬻子的情况都发生了。但是灾难远不如此，外忧连着内患，连自家兄弟济北王刘兴居也伺机造反，贤能如当今陛下都没有办法，只能是反复观察天象，怀疑是不是因为自身行为不当遭受上天的惩罚，不断下发罪己诏以求天赦。因此，不管怎样，要努力增加积贮，防止天灾人祸的事情发生，才能确保黎民百姓免除饥饿、寒冷之苦。”贾谊从古代谈到汉文帝，阐述增加积贮的极端重要性，他记起了离京前恩师陆贾对自己的教诲，一定要用当今皇帝的嘉言懿行，教化和影响藩王。

“先生所论是极。之前就读过您名动一时的《论积贮疏》，便觉得如雷贯耳，今天再次当面承教，听您这么一通阐释，更觉耳目一新。积蓄贮存是国家的命脉，如果粮食充足而财力有余，就什么事情都能做成，以攻则取，以守则固，以战则胜，以此怀敌附远，那就没有如影而至的。况且一夫不耕，就会有人饿肚子；

一女不织，道路上就会有冻死的人，耕田织布与国家命运的关系就这么简单。长辈们告诉过我，先祖还在番县时，那里曾经是十灾九难的，经常性的洪涝灾害以排山倒海之势，顷刻间把一个个村庄席卷而去，家毁人亡的事总是免不了发生，先祖吴芮公就一直鼓励农业生产，努力增加积蓄，防患于未然，才得以避免黎民百姓流离失所。等到天气平顺的年份，鼓励和带领农民辛勤耕作，好在湖区气候宜人，土地肥沃，人勤地不懒，大灾过后生产和生活很快就恢复了，这真是应了那句名言，上天有固定的福，一定赐给有德之人；上天有固定的灾，一定降给那些让老百姓耽误农事的人。”吴芮担任番君的时间并不长，但这毕竟也是战乱期间当地少有的一段休养生息的日子，也常常成为吴氏家族长久的记忆。

“关爱百姓，仁政爱民，还有非常重要的一点，就是要广开言路，减轻和解除对百姓的处罚。秦朝的时候，刑罚更加严酷繁复，诛戮更加严厉，官吏治狱苛刻严酷，赏罚不当，赋税泛滥而无节制，天下徭役军事繁多，如此一来，世上深谋远虑洞悉世事变化的人全都成了瞎子，竭忠尽智敢于说话的人全都成了哑巴，忠臣不敢直言进谏，智士不为之筹谋，奸诈之事并作，上下互相欺瞒，获罪的人多如牛毛，遭刑残、被杀戮的人随处可见，天下百姓皆以为苦。上自朝廷众臣，下至黎民百姓，全都人人自危，朝不保夕，黥布是脸上刺了字的罪犯，陈胜、吴广都是逾期依法当斩的氓隶，大家都处在水深火热当中，这样的朝代，哪里有不发生动乱反叛的，正可谓，防民之口甚于防川。正是吸取了秦亡的教训，汉高祖刚一打下长安，就向众臣和部下约法三章：杀人者要被处死以命偿命，伤人者要受到处罚，盗窃者也要被判罪。当今皇帝一上任，就明确法律的作用是惩恶扬善，废除拘执罪犯家属并收为奴婢等各种连坐的法令。仁政与刑法是治国的刀与斧，因此惩罚和奖赏不能不慎重，与其杀掉无罪之人，还不如漏掉有罪者，对于一个人定罪时若有疑问，就不要马上惩处以免冤枉和错杀好人，更要给人留有改过自新的机会，对一个功劳奖励时有疑问却不轻易放弃奖赏，这样会给国王积累仁德的声誉，给官吏带来善政的名声。这些都是您值得学习深思的地方。”贾谊见吴著非常谦逊，也就毫无保留地阐述了他对法治的理解。他认为良好的法治既是仁政的体现，本身也是仁政的一部分，对于政权巩固、民众安居乐业来说，与休养生息、增加粮食积蓄同样重要。

“太傅大人对施仁政、明赏罚提出了很好的建议，但我还有一个问题很想向先生请教，该如何处理好君臣的关系，让大臣们心悦诚服？”吴著虽为地方藩王，但作为藩国之君，各种官署的设置完全类同于朝廷，三公九卿的设置一样都不少，除了太傅与丞相由朝廷直接任命之外，其他奉常等九卿以下所有官员均由自己任命，吏治烦冗，而政务处理同样十分复杂繁忙。

“君臣关系的处理，从来都是十分复杂的事情，贤能如高祖者，到死都在为处理君臣之间的关系而烦恼。君臣关系最和睦融洽的时候，他会说：‘运筹策帷帐之中，决胜于千里之外，那我比不上张良；管理国家，安抚百姓，源源不断地保证物资和粮食供应，那我也不如萧何；至于统领百万大军，攻无不克，战无不胜，那我更比不上韩信。’结果三人的结局，大家都看到了。韩信先是被降为淮阴侯，接着从齐王改任楚王，继而被吕氏和萧何诱捕并株连三族；张良在看到韩信下场后，认清了‘狡兔死，走狗烹；飞鸟尽，良弓藏；敌国破，谋臣亡’的道理，功成身退，不理政事，沉迷修道，才得以保全性命；一贯信奉黄老之道的萧何，也只能靠自污名节、称病不朝的办法保全性命。因此，在君臣关系中，君王一定要行得正、走得直，天子要爱天下，诸侯爱封国，大夫官吏爱属下，士人百姓才能各爱自家，当爱而不爱则不能称其为仁，但是爱得太过就是不义。仁与义一经确立，则一定会有父兄之臣诚死宗庙，法度之臣诚死社稷，辅翼之臣诚死君上，守卫捍敌之臣诚死城郭封境，臣子就会为了国君的事业而忘掉个人的事情，为了国家大事而忘掉自家之事，为了公事而忘掉个人私事，这就是最好的君臣关系。”贾谊内心对如何处理君臣关系也没有什么底数，但他还是描绘了一幅美好的君臣关系图景，希望汉文帝与自己之间就是这样一种融洽和乐的关系。

吴著见贾谊讲话既坦荡，又深入浅出，内心愈发把贾谊当作未来可以共事与依托的人，因而急切地问道：“太傅大人描绘了美好的君臣关系，但实际上人有上智下愚之分，在您看来，君臣之间实际会形成哪些关系？”

贾谊虽然好学敏捷，也不曾仔细考虑过这个问题，但他只是略一沉思，就答道：“做君王的人授予辅佐之人官职有六种情况：第一类叫作师，第二类叫作友，第三类叫作大臣，第四类叫作左右，第五类叫作侍御，第六类叫作厮役。智慧足以成为君王的源泉，行为足以成为君王的准则和表率，向他请教问题则能够解答，向他讨要东西则能满足，这样的人进入他人的家中，就会使这户人家在国家得到尊崇，进入他人国家则足以使这个国家成为他国所尊崇的国家，这类人就叫作师，这样的人，周公姬旦是，前面提到的本朝开国谋臣张良也是。以知识授予人，足以使人变得聪明能干，行为足以辅助君王，仁惠足以成为咨询的资本，其明智足以推举贤人，敢屏退不肖之人，对内辅佐君王可以纠正君王之过失，对外又可以显扬君主之美名，这样的人叫作友。知识计谋足以谋划国家大事，行为足以成为百姓的表率，美德足以使上上下下都和谐欢乐，国家有法度能够守护得住，国君有难则能为其解除危难而死，坚持职守节操，刚直到即使是君主也不能以私情护短，这样的人便是大臣。修身正行，无愧于乡里，谈吐议论不愧于朝廷，其智能胜任所担当之事业，担当一个友好使者能使两国国君关系和谐，在国君身边担当陪侍，能够指出君王的过失，随时准备为保卫君王献出宝贵生命的人，就是左右。对于财物不贪，对于女色不淫邪，事奉国君不敢有二心，在君王身边时不敢泄露君王的密谋，国君有过失，虽然不能直言相谏用死来纠正其过，却能劳苦而有忧愁之色，不勉强听从君命者，是侍御。脸色和悦，身体弯曲，只对上阿谀奉承，唯命是从，对在君王身前身后的人，一副讨好巴结、卑躬屈膝的嘴脸，对于地位比他卑下的人则完全是另外一副样子，趾高气扬、盛气凌人，这样的人便是厮役。因此，同师一起治理国家的可以称帝，同友一同治理国家的可以称王，同大臣一同治理国家的可以为诸侯霸主，同左右共同治理国家的，国家强盛，同侍御一同治理国家的或存或亡，同厮役一同治理国家的，国家的灭亡便在指日之间。”

“原来君王与大臣关系还这么复杂，听了太傅一席话，茅塞顿开，我更加相信，做好君王，关键是选择正直善良又知识广博的人与自己在一起，亲贤臣远小人，让前后左右都站满正人君子，一生多行礼、仪、仁、孝，每天都见正事、闻正言、走正道。但本王久居南蛮之地，真是没有想得这么细，那么对待不同的人，礼节是否也不一样？”吴著不解，轻轻地问道，免得往后对待不同的人有失礼仪。

“那是当然的，对待不同的人，君王对待他们的礼节也不一样，选择师的礼节，要离开座位朝拜之；选择友的礼节，要亲自抚慰之；选择大臣的礼节，要先赐以礼物；选择左右的礼节，要采取聘问的方式；选择侍御的礼节，要招他来；选择厮役的礼节，是用诏令召至。不同的人在不同的时候陪伴君王，君王欣赏高雅之乐，友和大臣可以陪侍；君王欣赏燕私之乐时，左右及侍御者可以陪听；君王进入后妃宫室，听妓乐所奏之乐时，则厮役伴随于侧。从清晨上朝到晚上罢朝回到内室，君王根据不同次第和场合，或者端庄持重，或者从从容容地享受安适快乐，这样帝王大业才能通达成功。”贾谊之前研究过礼仪规章，虽然是临场作答，但对于礼仪部分依然讲得头头是道，条分缕析。

“这么说来，我对先生该持什么礼节？喔，对了，您是朝廷派来的太傅大人，一定得正经八百地行一次拜师之礼！”说着一边走下御座，恭敬地向贾谊走去欲行拜师之礼。

“大王礼过了，承您抬爱，如果把我当作朋友已经感激不尽，而且做朋友也非易事，对内辅佐您捡拾工作中的过失，对外弘扬您的令德美名，这已经很不容易了。”

“太傅谦虚了，您屈尊来这长沙卑湿溽暑之地，使我们得以时时聆听您的教诲，向您请教便有问必答，来到长沙国就一定使敝国得到尊崇，人民得到幸福，这真是长沙人民的福祉，只是您也不要太过谦卑、失落，您经过罗县时写的那篇《吊屈原赋》，虽然有超然远举之志，但文墨过于萦纡郁闷、愁肠百结，真是把我们大家的心都读得寒凉寒凉的。况且就算国家没有一个人了解您，至少我们大家都知道，皇上是了解和欣赏您的，不仅不拘一格超常规提拔，给了您非常尊贵的地位，还采纳您许多奏议，当今皇上与您之间，一个是圣明之君不惑之主，一个是忠贤之臣高世之才，两人可谓是不求而自合，不介而自亲，唱之必和，谋之必从，道德玄同。人生在世，时也，命也，运也，文章盖世，孔子困于陈、蔡；超然高举，屈原也只能沉江汨罗，这些都是时乖命蹇的人。您这样巧遇明君的人生际遇，可不是孔子和屈原能够比拟的啊！您这样写的话，旁人看来是有失公允，皇上看来恐怕是要为之心寒！”吴著想起两天前在宫廷里传读的这篇辞赋，免不了在此当面有意提醒，一方面也怕有对手因此抓住贾谊的小辫子，引起龙威震怒可是谁也兜不住的。另一方面，他觉得自己才是长沙国的王，皇帝虽然颁发了《除诽谤妖言法诏》，但自己还必须对本国范围内的言论负责，适当敲打一下贾谊，也不能让他太“翘尾巴”，尤其是不能讲出格的过头话。何况贾谊从京城到长安，也有“得志”与“失意”两种不同的解读，不能过于迁就，长太傅志气灭自己威风。

“罪过罪过，《吊屈原赋》乃一时心境写照，调子是沉郁了一些，但我相信所有人面对屈大夫的遭遇都会有这样的情绪，所有怀才不遇、忠而被谤的人一定心中会有牢骚，拙文如有不妥之处，还望大王批评指正。”贾谊也觉得《吊屈原赋》是自己在情绪最低落的时候写的，激愤与抱怨过多，冷静与沉思不足，如今到了长沙国，心情也开朗了些，这样说道。

吴著见自己从《吊屈原赋》着手挫了一下贾谊的锐气，便索性又乘势说起对他《治安策》的一些质疑：“我之前看太傅的奏议，说是当前国家形势，让人痛惜的问题有一个，令人流泪的情况有两个，令人叹息的问题有六个，至于其他违背事理、有悖正道的事情，更是数不胜数。这要是先前秦朝时大家都不敢说话，人人道路以目的时代，那可是要掉脑袋的，话还没有出口，刀子已经进了胸膛，幸亏你我生活在明主当朝的年代，为您考虑，还望太傅谨言慎行啊。”

贾谊一听，知道吴著指的是自己向汉文帝进奏的治国方略，这是之前冒着死罪的一次进言，他认为作为一个称职的臣下，但凡想到、听到或者见到好的治国之策，就要及时进献给国君，这样才能最终造福于国家与人民。自己内心十分鄙薄那些每天山呼天下承平日久的人，认为这样的人，要么是愚昧无知，要么就是阿谀奉承之徒，自己冒死进言，就是希望当朝皇帝行仁义、简政事、轻赋税、重积蓄、减刑罚，实现国家长治久安，即使到现在，都认为这是理所当然、义不容辞的事情。但经历了这次从长安到长沙的人生变故后，他也确实赞成吴著的观点，若非圣主临朝，自己可能早就脑袋搬家了，因此诚恳地回答说：“谢谢您的善意提醒，如果不是当今圣上贤德，借我十个胆子我也不敢这么进奏；如果不是当今圣上明智，我就是提再多建议也没有用；如果不是当今圣上宽容，我也不敢在长沙国继续写《吊屈原赋》；如果不是当今圣上通达，您和我也不会像影子一样，忠心耿耿地追随皇上啊。”说完，贾谊情不自禁地向北方拱了拱手。

“屈原是楚国最忠诚贤能的人，他的悲剧是楚国衰亡之际发生的。我等躬逢盛世，天子正值盛壮之年，品行合乎道义而毫无过错，恩惠遍施于天下，绝不会让这样的悲剧再次发生，当然这也需要太傅与我等携手，共同努力，忠于朝廷，服务苍生。今天先生已经给了我最好的教谕，我想您也已经累了，请先回去歇息歇息。”吴著想起今天已经聊了很多，颇有醍醐灌顶满足之感，便有退朝之意。

贾谊也觉得跟吴著进行了一次很好的对话，知无不言，尽了太傅的应尽职责，便慢慢从朝堂退出，回濯锦坊去了。

05

游相府巧遇佳人
敞心怀共佐藩王

又一日，吴著在组织朝会时问道："匈奴右贤王入居北地、河南一带为寇，沿途烧杀掳虐，百姓为此苦不堪言，皇上因此经常彻夜难眠，众臣认为长沙国当如何作为？"

这个话题一提出，立即引起纷纷议论，有的说："匈奴对汉朝态度不敬重，言辞不谦让，已非一朝一夕之事，连朝廷都没有办法。汉高祖自从白登山之围后一味采取和亲政策，吕后那么强势的人都被匈奴王冒顿书信冒犯羞辱，朝廷都没有办法的事情，我们小小的长沙国能有什么办法？"有的说："匈奴与长沙国天隔地远，我们自己刚刚从南越国侵边的困扰中走出，至今还有很多创伤没有抚平，很多疾患没有消除，我们多一事不如少一事，何必瞎操心。"右丞相利豨待大家停止争论时，说："当初长沙国边境起事时，朝廷没有对咱们不管不顾，而是派出隆虑侯、博阳侯两位将军驰援长沙，北边的草地和南方的城垣，哪一处不是我大汉的疆土，如今国有急难，我们岂能袖手旁观？这样岂不是忘了人臣应尽之责！"

吴著见朝堂争得不亦乐乎，便清了清嗓子说："长沙国自立国以来，就被敕封'长沙王忠，其定著令'，这是长沙国的荣誉与金字招牌，所以我非常赞同右丞相的观点。问题是我们怎么参与进去？派去军队还是筹集车马粮草，我们暂时还没有多少积蓄，大家也拿个主意。”吴著说完，望了望贾谊，想听取他的意见。

贾谊没有想到，自己刚到长沙国不久，上朝议论的话题居然就有本朝以来屡次进犯中国的匈奴，心中便有了更多感动。而提到匈奴，他自己一直就很窝火，心想，匈奴只不过是北方的少数民族，人口加起来也就三十来万，其中能够拉弓射箭的骑兵不过六万人，算起来不过是大汉一个年俸千石谷米的大县，但就是这样一个游牧民族，汉初以来几乎每年都对汉朝侵扰，烧杀掳掠，奸污妇女，民无宁日，长长的边境上无不怨声载道，可从高祖，到惠帝、吕后以及当今皇帝，无非是一忍再忍，或是与匈奴和亲，送去年轻漂亮的公主，或是大肆贿赂送去丰厚的礼物，哪里像一个堂堂大国、凛然不可侵犯？要是朝廷设立一个专事匈奴事务的官员，那么自己愿意担任这个职务，自信不出两年，就可以实现北方边境兵入府库，马放南山。他对此有过专门的奏议，但没有得到采纳，反而引发朝臣非议，认为是年轻人口出狂言。贾谊念及此，心中便有抑郁之气，但这时初来长沙国，自己也不好说什么。正在沉默时，忽听左丞相刘越说道：“太傅大人之前有过一篇‘建三表，设五饵’的奏议，提议用怀柔政策分化瓦解匈奴人，我觉得很好的。”

贾谊一听，这遥远的长沙，不仅将北方的匈奴问题纳入宫廷议事，而且还有人知道自己就此提出的奏议，不禁对长沙国胸怀天下的情怀又多了一些刮目相看。正这么想着，朝堂上传来刘越更加清晰的声音：“贾太傅提出的三表，就是向匈奴表明汉天子是讲信用的、是充满仁爱的，是爱好匈奴既成习惯的，从而让匈奴怀服天子之德，远慕天子之志，归附汉王的统治。五饵呢，就是赏赐美好的物品、食品、音乐和其他一切享乐的东西，弄坏匈奴的目、口、耳、腹、心。这个政策与实施多年的和亲相比，不同的地方在于过去是拿着丰厚的物质向匈奴进贡，实际上是资助了匈奴，白白地把钱财送进了敌人的府库，而这个‘三表五饵’是拿着钱财分化瓦解匈奴，让他们君臣上下内斗而亡，对那些投降过来的家族，让他们坐上高头大马、穿上丝绸衣服，每天招摇过市，让所有匈奴人都知道，只要投降大汉就都能过这样逍遥的好日子。贾太傅还建议让皇上时不时地召见一下投降过来的部落首领，让他们坐上宫廷宴席，吃着珍馐美味，一个人吃几百个人看，让所有匈奴的使者都能看到，投降大汉是多么快乐幸福的事情，这样一来，拿下匈奴就易如反掌，至于‘三表五饵’所需的金钱，则让我们国家最富裕的两个人刘濞和邓通掏腰包。”

刘越这么一说，引得大家一阵哄堂大笑，很多人心里想，让刘濞和邓通两人掏腰包谈何容易，贾谊不过是夸夸其谈，难怪皇上没有采纳。汉文帝专门就匈奴侵边一事多次下发诏书，其核心要旨就是偃武修文、安定边民，使百姓休养生息，让年少的都能够健康成长，老年人安度晚年，世世代代和平安乐。贾谊这篇奏议骨子里有些自大，跟皇帝的圣旨并不相符。只是大家很奇怪刘越竟然知道有这么一则奏议，贾谊见大家众说纷纭，免不了脸上有些发窘，但很快便镇定下来，说道：“自从高祖七年白登山之围后，匈奴入侵一直就是每一任皇上的心头之痛。我在长安时，匈奴问题是朝议时最经常提及的话题，几乎所有朝臣都对此发表过意见，我这本‘建三表，设五饵’不过是一家之言罢了，基本要义无非是广兴德化，降服匈奴，因为仁义恩惠是帝王的刀锋，权势法治是帝王的斧斤，当然对待匈奴这样的野蛮人，我们还要在用刀锋割削的同时，不时用上大斧头去敲击。”

贾谊在连续几次上过朝会后，跟满朝大臣便熟络起来。利豨已经两次邀请贾谊到他的府上游玩，贾谊不好再推却，于是在一个风和日丽的下午，携家人来到丞相府。这是作为公廨的丞相官邸外，一幢属于轪侯家人居住的屋子，作为上一代就封侯的人家，城里有几套宅子一点都不奇怪。贾谊原本是想独自一人去的，但夫人蓝英、儿子贾璠上次在吴王的宫廷里参加活动时，已经见过辛追太夫人和丞相夫人，两人都说太夫人举止优雅、为人和善，而且嘱咐下次一定要找时间去他们家玩，因此他也就带上了娘俩，乘着马车向利府出发。丞相府位于王城东，靠近城墙犄角处的浏阳门，与处于中心位置的吴王殿、位于王城西侧的太傅殿，从东到西正好构成一条直线，距离也不过六里地，街道全由本地麻石铺砌，街道两侧是长沙国各内府衙门，贾谊现在对各衙门也基本熟悉了，走在街上，内心一一闪过各衙府的头头脑脑和大大小小的官吏模糊的身影。

丞相府是一幢有着两层围墙的房屋，外围墙里面套着内围墙，内外围墙之间则是一条窄窄的水渠，兼具防火防盗的功能，外围墙的正门是一个庑殿顶重楼式建筑，两个边门都是单层庑殿顶建筑，堂屋高大宽敞，上盖着灰色的筒瓦，屋脊上装饰有鸱吻、走兽等构件，既美观又不失王侯的气势。贾谊想了一下，觉得自己没有必要从正门进入，便从北侧的边门进入，此时利豨已经带着家臣亲自在门前迎候。但见内围墙下，绿水环绕，东、西、北面各有歇山顶单层建筑，贾谊一家便跟着利豨从内围墙西边的一个门楼进入。又见屋宇辉煌，亭台楼阁，屋翘飞檐，四壁内挂着印花敷彩纱的帷幔，蓝英一眼就看见大堂里的辛追太夫人，梳着一丝不乱的头发，插着藕色玉簪子，与儿媳妇坐在一个方形的配有花纹的莞席上玩游戏，旁边斜放着一根装饰精美的紫檀木拐杖，一名侍女轻轻舞着长柄竹扇，扇面着淡淡墨彩的花鸟图案，散发出悠悠的风。婆媳俩正对坐着，神情专注地看着身前平放着的黑漆朱绘棋盘，每人跟前有六枚上好象牙制作的棋子和一大把博箸，骰子则是漆木制成的多面体，贾谊夫人见其中一面上写了个“骄”字，另一面则是一个难认的生僻字，其余各面则是从一到十六的数字，便觉得这种游戏十分难玩。尤其是记得前不久，当今皇上的儿子刘启就是用这种博具打死了吴王刘濞的儿子刘贤，吴太子的尸体从宫里送回吴国后，又被刘濞生生地送回长安，口口声声说“要一命还一命的，即使王太子的命比不上皇太子尊贵，但也都是先祖的血脉，既然吴太子惨死在京城，那么一定要埋在京城”，一时间皇帝与吴王的关系弄得剑拔弩张、血雨腥风，自此之后，汉文帝觉得心里有些愧疚，便事事让着刘濞，竟致刘濞虽然经常有犯上僭越之举，在朝堂上故意只称大哥而不称陛下，汉文帝也只能忍气吞声，睁一只眼闭一只眼。想到这时，蓝英心中暗暗地闪过“玩物丧志”这个词。

利豨夫人见客人进来，忙招呼客人就座，并邀请贾夫人蓝英入局，蓝英刚才心思神游到了皇太子刘启和王太子刘贤的事情，猛然间听了这声召唤，便情不自禁地后退了半步，连连摇手说：“我从来没有玩过这种棋子，不会的。”辛追太夫人此刻正由女儿利姝陪着，见客人进来，连忙推开黏着自己的利姝，笑着说：“这个游戏初看起来是有点难，但也就是仿照先前行军打仗的一种游戏，每人手中六枚棋子，斗巧斗智，相互进攻逼迫，得博箸多者为胜。”贾夫人蓝英见不好推辞，况且按年纪算，辛追太夫人还是长辈，也就在软软的莞席上坐下，跟着辛追太夫人有模有样地学了起来。一旁的贾璠上次就已经跟利豨的儿子利彭祖混熟，也被小主人陪着，一旁玩去了。

贾谊见夫人与孩子都有了各自的玩伴后，便在利豨的引导下，穿过正堂往里间的会客室走。正堂中央是利苍的画像，头戴漆纚纱冠，身穿云彩信期绣长袍，画像两侧对面是“在朝常夙夜，忧民望岁稔。每论汤武事，经术贯胸襟”。画像正下方是一个方形酸枣木桌子，桌子上放着一具错金银铜弩机。利豨引着贾谊靠近桌前，躬着身、眯着眼从瞄准用的望山看了看，又用手在钩弦用的牙、扳机用的悬刀上动了动，几分自豪地对贾谊说：“这都是先父身前跟随高祖时用过的，高祖带领几十万军队从彭城向楚国进发时，忽然狂风大作，从西北方向呼啦啦吹来，飞沙走石，摧折树木，掀房毁舍，刮得天昏地暗，白天变成了黑夜。楚军杀了汉军士卒十多万人，纷纷掉进谷水和睢水，尸体把河道都堵塞了，兵荒马乱的时候，楚军的一个骑兵手持利剑冲向高祖，是先父眼疾手快，当即扣动扳机将骑兵撂翻在地，高祖才得以在家父和几十名骑兵的贴身护卫下，慌忙逃离战场，同时在这场战争中获救的还有鲁元公主。从此以后，家父就一直将这把弩机带在身边，直到现在我们还放在厅堂上摆着，也算是家族的点滴记忆，同时也激励后人，一定要忠君爱国、舍生取义。”贾谊听着，这才认真观看这把充满传奇的弩机，但见整个弩机由郭台、望山、双牙、钩心、悬刀几个关键部分构成，而且保全完好，全都可以转动自如。弩机上全都饰嵌流云纹金银饰，线条流畅，曲线勾连，饰纹精美。望山有蛇形龙纹、凤纹、金蛇纹、奔兽纹、飞鹤纹等多组装饰；双牙的外侧面为一对奔鹿，正面则是一对灵鹤，牙下转轮上绘有两只飞雁；箭槽中画有利剑和大雁图案：一支金色利箭脱弦而出，前方两只大雁仓皇而逃。区区方寸之间，大雁的表情和形态刻画得栩栩如生，似乎可听到寥廓的空中两只大雁的哀鸣。贾谊心想，这样一把弩机，即使不是一件上好的武器，也是非常精美的工艺品，放在家里让人赏心悦目。

看完弩机，利豨将客人引进隔壁的会客室，刚才还挽着母亲的妹妹利姝，此刻已经将原来的朱红罗绮锦袍换成更富青春气息的素纱单衣，面带羞涩地站在会客室正进门处，贾谊见此心中一愣，但更感意外的是哥哥利豨，连忙呵斥道："利姝，怎么钻到这里来了，快走快走，你没见哥哥陪着客人吗?"

"偏不，怎么只许你陪客人，不许我陪客人?"利姝仗着自己是辛追太夫人的独女和心头肉，偏着头、噘着嘴说道。

"傻丫头，你多大，陪贾太傅这样尊贵的客人哪里轮得上你?"利豨一脸不屑，想撵开妹妹。

"哥哥，我都十七岁了，怎么还是小孩子。再说贾太傅到我们家来，可谓是龙门多贵客，出户是贤宾，整个屋子里的人都想被他照亮，怎么自己的亲妹妹就不能出来见他?"利姝见哥哥要撵走自己，心里愈发着急，连忙争辩道。

利姝五岁时，父亲利苍去世，利豨跟母亲一样都觉得孩子非常可怜，一直视她为掌上明珠，对她从来都是千般娇宠、万般喜爱，没想到转眼间已经十七岁，竟然出落成亭亭玉立的大姑娘，便也不跟她争辩，心想这日子也真是过得太快，嘴上说道："那随你吧，只是不可太顽皮，随意打搅人家太傅大人。"

利姝自幼聪明好学，蕙质兰心，虽然很早就没了父爱，但哥哥利豨给了她父亲一样的疼爱。父亲过世才一年，就给她延聘了长沙国最好的老师，家中藏书更是供其尽心朗阅。由于不断地学习积累，两年前就已知识广博到在偌大的长沙城找不到与自己说话谈心的对象。听说京城的大才子贾谊到长沙国做太傅，自己心中竟然有一种莫名的惊喜与激动，但一想到自己很难有缘与之一见，心中便有了“我有方寸心，无人堪共说”的失落与遗憾。后来，听哥哥偶然说道，想请贾谊来家中做客，但心中还有些犹疑，没有十分打定主意。利姝内心十分渴望见到贾谊，但表面又装着若无其事，淡淡地说：“依我看，这事不要瞻前顾后，贾太傅初来乍到，人生地不熟，也想尽快融入长沙国的生活。况且感情投入这种事先到先得，谁结识得早，谁就感情深厚，哥哥还犹豫什么呢？”

利豨经妹妹这一拨戳，也琢磨着，结识贾谊这样一个朝廷贵人，对自己肯定有很多好处，于是接连两次邀请贾谊来家做客。利豨就这样打着自己的盘算，殊不知眼中少不更事的妹妹心里还有另外一种想法，竟然在得悉哥哥已经邀请过贾谊后，不声不响地缝制了一件做工十分精细的素纱单衣。她偷偷地试过两次，觉着这件新衣裳把自己少女的身体包裹得玲珑别致、楚楚动人，脸上的红晕一阵阵闪过，心里有着“白珠落玉簪，曲裾罗袍长，红颜只为夫君妆”的自得，如今她就穿着这件素纱单衣站在会客室的进门处。在撒过一次娇后，成功获得了参与对贾谊的接待的权利，因此也不再跟哥哥争高比低，而是小鸟依人般地闪在利豨身后，哥哥也似乎顷刻间明白了妹妹的小心思。

贾谊一眼就觉得利姝很有意思，但究竟跟别的女孩有何不同一时也说不出，在略略跟她打过招呼后，继续浏览着会客室的各种物件。只见靠着进门处放着一具漆绘雕花紫檀木茶几，上覆深棕色乘云绣，茶几两侧各有一排藤条座椅靠墙摆着，座椅上垫深绿色几何锦，上方墙壁是一幅巨大的细绢彩墨画《太一将行图》，东壁是一幅一米左右的《导引图》，西壁则是三幅与军事有关的图画，居中的是气势宏大的《车马仪仗图》，仪仗图两侧是两张军事地图，分别是《长沙国南部地形图》和《驻军图》，两侧的地图横宽大概比中间的仪仗图窄了一半的样子，南边的墙壁开一个方方正正的木质直棂窗。利豨见贾谊对满墙的帛画充满兴趣，便引着他先到正上方将《太一将行图》细看起来，只见全图用淡墨色线条勾勒出上、中、下三层，再以朱红、藤黄和花青等色平涂绘制，太一头戴鹿角，高大的身躯顶立于图画中正偏上的位置，太一的左上方是雷公，右上方是雨师；这幅画的中间一层是四个禁辟百兵的武弟子，分别拿着刀剑和画戟等兵器；太一胯下是一条黄首青龙；从黄首青龙往下走，便是全画最底的一层，右边一黄龙，题有“黄龙持炉”，左边一青龙，题有“青龙奉容”。利豨耐心地介绍道：“在咱们楚国人心中，太一就是天神，能够帮助我们避邪驱灾，减少风雨、水旱、兵革、饥馑和疫病对百姓的危害，三闾大夫屈原在《九歌》中第一首就赞美了太一神，我也一直在这间房子的中心位置挂着这幅画，希望太一神能福佑我长沙国黎民百姓。”

看完正上方的《太一将行图》，贾谊被西面墙壁上的三幅军事地图吸引住了。其中居中的《车马仪仗图》尺幅最大，贾谊稍微目测了一下这幅画，横宽至少在两米以上，有大半个人高，这画用单层棕色细绢作地，整幅图像的横式构图与车马人物布局非常匀称合理，全图共分四大块：左上方行首绘有一个英姿勃发、傲然向天的年轻将军，他头戴刘氏长冠，冠缨系于颔下，身穿朱领白袖黑紫色长袍，腰间佩着长剑，右手握着一柄短剑，左手握着的一根黑色棍棒沿膝下垂，脚下是高高的九级台阶，身后是一名紧随其后的侍从撑起一顶华盖，贾谊免不了瞅了一眼身边的利豨，与这画中人竟也是十分相像，心中便暗暗地笑了一下，利姝则随后用手捏了一下哥哥利豨，同时望着贾谊会心一笑。《车马仪仗图》的左下方是一个由百人组成的击鼓奏乐的方阵，右上方画的是大约五十人组成的整齐划一的车骑方阵，右下方则是百骑彪马组成的骑兵方阵。整个画面以年轻将军为中心，身前身后的武卒、车骑、随从全都表现出对主人的小心翼翼、毕恭毕敬，另一方面又展示出将士们昂首阔步、雄姿英发、气势如虹和排山倒海的英雄气概，大家好像在接受一位刚从南部长沙国战场凯旋的将军组织的一场盛大阅兵仪式，全都洋溢着战争胜利的喜庆气氛。

贾谊还想看看这幅巨型仪仗图两侧的南部地形图和驻军图，此时利豨已经趋前紧靠着贾谊，耐心地站在墙壁前介绍道："长沙国自高祖五年立国，到现在也有二十多年，但由于你也知道的原因，与南越国的关系直到当今皇帝即位后这几年才稍稍理顺。之前虽然皇帝谕令长沙国遥领桂林、南海和象郡，但这几个郡都是南越的地盘，区区长沙国怎么去管辖它们，原不过是朝廷让我们牵制一下南越国而已。对于朝廷而言，赵佗乘坐黄屋左纛之车，以皇帝身份发号施令，就是犯上作乱，当然是很丢面子，礼节上很不好看，朝廷没有面子就是我们大家没有面子。但南越国对长沙国来说，不是简单丢面子，而是明火执仗的侵犯，因此长沙国的文武百官，尤其是我们这些封侯授相的，最主要的精力就是处理边境战事。吕后三年家父去世，蒙皇上隆恩，让我继任了轪侯和长沙国丞相，后来两国战事告急，朝廷派来隆虑侯周灶、博阳侯陈濞，共王就把南方战事都交给王太子和我，又要为朝廷军队的置办军需，又要指挥和调度长沙国自己的军队，还要到前方犒劳将士，无一时不牵挂着双边战事的进展，无一刻不忧虑国事的安危，因此就把这两幅军事地图每天都带在身边，仿佛没有看到它们心里就不踏实似的。好在陛下即位后，很快派出陆贾出使南越，理顺了大汉与藩国的关系，边境总算安定下来。但陛下又把授兵权或调军队的铜虎符发给各封国丞相，使我更加明确了对地方军队的责任和义务，必须更加细心地关注边境动态，确保国境安全，这样我就更加离不开这两张地图了，每天都要来这里看它一会儿，也希望贾太傅将来也能抽出时间，到南方走一走，看一看，长沙国最主要的山川地理都在这边，最主要的村镇和物产也在这边。”利姝之前就多次听过哥哥戍边的故事，此刻贾谊在跟前，就着意以更加夸张、“迷妹”一样的表情看着哥哥，眼中满是崇拜与羡慕。

贾谊一想丞相的提议不错，便说：“多谢丞相建议，疆域边界常常根据山川地理随形依势而定，南岭很自然成了长沙国、南越国边界，那里发生过很多故事，我一定安排时间到南边走一走、瞧一瞧，到当年战场上寻找丞相和将士们留下的足迹，况且百闻不如一见，行千里路胜过读万卷书。喔，今天在您家里看了这幅地图，我忽然想起一件事。我在长安就听人说，那时您和王太子在战场上有些不睦，不知是真是假？”

利豨一听这话，不觉有些脸色泛红，更何况如今吴著与自己之间，变成了王与相的关系，因此怀着十二分小心谨慎，讪讪地答道：“其实也没有大的冲突，那时我是丞相负责长沙国南部战事，今王当时还只是王太子。先王为了锻炼他，派他到前线襄理军务，这样工作中就一下子有了很多交集。战火纷飞中，时局瞬息万变，将士常常在生死之际，阵地总在危亡存急之中，大家心里急，都容易上火，难免意见不一致，甚至有语言龃龉的时候，加上几年前我们都年轻气盛，但总体上还是很好的，何况大家都是为了咱长沙国。”

“那就好，对于朝廷和藩王来说，丞相是最重要的职位了，协助陛下管理一切军国大事，职责就是掌丞天子，负责管理军事大计或其他要务，并辅佐皇上处理国家和藩国大事。丞相具体职权是：任用官吏，或是向皇帝荐举人才；对于地方官有着考课和黜陟、诛赏的权力；主管律、令及有关刑狱事务；地方上若有暴动等事，丞相派属官前往镇压；在军事或边防方面也承担一定的责任；全国的计籍和各种图籍等档案都归丞相府保存。丞相的权力很大，但又要避免专断，一切唯陛下是从。”贾谊语重心长地告诉利豨，因为他在长安时乃至来长沙国后，不仅听说两人在南部战场常有些争论，就是现在，利豨在言语中也偶有不敬之处。

利豨听闻，神色变得十分紧张，担心贾谊已经不是旁敲侧击提醒，而是带着朝廷的旨意直接警告自己了，于是心里发怵，脸色泛白，战战兢兢地问道：“太傅在长安时还听说什么了，愚相一定痛改前非！”

贾谊见此，又涉及十分敏感的关系，便轻描淡写地说；“没有，没有，我不过是随便说说而已，丞相不必多疑。”说完两人似乎都想结束这个话题，便随即离开西壁，来到东壁的导引图前。利豨心里忐忑，一心想把话题扯开，便说：“健康是所有一切的基础，再繁忙的工作都离不开良好的身体，越是工作辛苦越需要良好的身体，这就是我在这里张挂这幅图的原因。”贾谊一看，这幅导引图共有四排，每排十一人，共四十四个动作。图画中的人，有男有女，有老有少，有的穿着长袍，有的穿着短裤，有的还裸着背，全都以黑色线条勾画轮廓，然后填以朱红或者青灰色。导引图中的动作大体分为三类，第一类是描绘动作形态的，如伸展、屈膝、侧体、腹背、转体、全身、跳跃；第二类是模仿动物形态的，如鹞背、螳螂、龙登、熊经、鸟伸、沐猴、猿呼；但图画最多的还是第三类：引聋、引膝痛、引温病、引项、引脾胃，那时节长沙话中，引就是治疗的意思。

利豨见贾谊看得出神，便说："所谓导引，就是导气会和、引体会柔，它是呼吸运动和躯体运动相结合的一种体育疗法。我们这样的家里，都有专门的导引师，带着家人一起练习，最不走样的是儿子利彭祖，因为孩子骨骼天然养成，柔韧性好，但坚持得最好是自己的母亲辛追太夫人，虽然四十多岁了，但一旬下来总要练习四五次。"一边说着，利豨就自己动身示范起来，只见他面对着画，直立挺胸，两臂举向后上方，长长地吐出一口气说："这个动作叫仰呼。"接下来，利豨两足开立，双眼环顾四周，两手自后向前划弧，借势前扑，神情轻松地告诉贾谊："这个动作就是庄子说过的鸟伸。"接着利豨又拿起一根长棍，弯腰下俯，双手笔直向下用力展开，让上半身向下移动，同时将下半身迎向上去，做完后告诉贾谊："这个动作主要起调和阴阳的作用。"接着便右手单举，掌心向上，左手下垂，指尖向后，一脸无忧地告诉贾谊："这个动作是消除烦恼的。"贾谊见此，想起之前在长安上朝时，丞相陈平也喜欢讲调和阴阳，利豨是藩国丞相，大概也是知道陈平在皇帝跟前的机巧应答，因此心里免不住笑了一下。这时利豨的调节阴阳已经做毕，便把贾谊带到靠窗的一个大书柜，从中抽出一张折叠好的帛画展开，双手拿着送给贾谊说："这是一张跟墙上这幅一模一样的导引图，送给你，你拿回去也跟着比画比画，坚持一段时间后，对强身健体一定有用的。不过我还忘记告诉你关键的一点，练拳不练功，到老一场空，所有的形体练习，都必须以练好站桩为基础，所以我们简单地称站桩为练功。”利豨说完，屈膝微蹲下来，还简单地演示了一番站桩的姿势。

贾谊接过画后，这才认真地打量起这个梓木髹黑漆书柜，书柜上下五层，摆放着文艺类、诸子百家和兵书等各类书籍。其中，六艺类的书放在中间一层，计有诸子类百家的书：用篆书书写的《老子》甲本及其后佚书之《五行》《九主》《明君》和《德圣》，用隶书书写的《老子》乙本，以及以秦隶书写的《老子》佚书之《十六经》《经法》《称》和《道原》。贾谊平时读书就讲究版本，便从书架上抽出一册《老子》甲本和乙本各一册，随手翻了翻，比较一下甲、乙本有哪些区别。见两本书都是德经在前，道经在后，这跟自己在洛阳时看到的道经在前、德经在后的《老子》正好相反，贾谊心想，这或许正好反映出南北《老子》的异同。但利豨的两本《老子》藏书，主要区别在于乙本的上下篇末尾分别注有“德三千四十一字”“道二千四百二十六字”，并在“天地有恒常，万民有恒事，贵贱有恒位，畜臣有恒道，使民有恒度”旁注“利豨深体”四字，又在“省苛事，节赋敛，毋夺民时，治之安”旁注“谨记”“又，民之治乱在于吏”。贾谊阅后赞赏地看了一眼旁边的利豨，便将这本《老子》放回原处。

诸子百家上一层的书是礼、乐、射、御、书、数等六艺类书籍，《周易·六十四卦》《易传·二三子问》《易传·系辞》《易传·易之义》，这些书全都是用整张的帛书书写，主要用烟炭书写，少数一些地方用朱砂写成，另外还有《易传·要》《易传·

缪和》《易传·昭力》《丧服图》《春秋事语》，主要用半张的帛书书写。贾谊抽出其中一本《易传·二三子问》，但见全书用笔沉着稳健，顿生蕴含圆厚之感，虽然不到四十行，但已对乾、坤、鼎、晋、屯、谦、豫、大有等很多卦象进行了解说，而且这些解说基本上不提占筮，也不强调卦象和爻位等周易上的东西，反倒是从儒家的政治哲学进行解释。贾谊虽然博览群书，但这种解读的《周易》还是第一次见到，因此心中大悦，而且这本书的书写也特别有意思：从秦转汉的隶书风格，既古拙老辣、篆意浓厚，又蚕头燕尾、一波三折，纵有行、横无格，有着强烈的跳跃节奏感，看了非常舒服。贾谊便向利豨借用这本书。利豨道："太傅不必拘礼，这架子上的书，若是您喜欢，随便拿走就是。"

中间往下一层，主要是数术类的书籍：《篆书阴阳五行》《五星占》《天文气象杂占》《出行占》《木人占》等。利豨抽出一本崭新的《五星占》递给贾谊，十分自豪地说："我也是刚刚拿到这本新出的书，想必您一定非常感兴趣，上面有从秦始皇元年到吕后元年六十年间土星的位置，更有从秦始皇元年到去年土星和金星的位置，真是太不可思议了。"贾谊听闻，心中不觉暗暗吃惊，连忙打开帛书，仔细看下来，只见上面写有：金星、土星和恒星的会合周期分别是584.4天、377天、30年。而在木星的一栏中看见：惠帝元年，"与东井"晨出东方；再往下在岁星一栏中看见：秦始皇八年、张楚元年，"与毕"晨出东方。贾谊在长安跟随计相张苍时，就认真学习过天文历数，懂得如何采用时间乘以速度，测算五星运行的位置，在撰写《论定制度兴礼乐疏》时更是穷尽相关书籍，但并不知道一本记录如此全面的历书已经在南方流通，这本书确实让贾谊大为骇异，深感文化传播的速度与力量，觉得自己真的要俯下身子，认真研究一下同样博大精深的楚国，接触和学习长沙国的文化。

书柜最上一层，是各种版本的《刑德》以及《孙子兵法》《筑城图》和《相马经》等其他一些兵书，贾谊仅仅将《相马经》拿出来看看，并没有在这样一些书籍上停留，而是将目光转移到最下层的医方类图书：有《五十二病方》及其足臂十一脉灸经、阴阳十一脉灸经、脉法和刚阳脉死候、《胎产书》《杂疗方》等医书。贾谊取下当中最厚的《五十二病方》，只见这本注有“凡五十二”字样的医书，其实记录了一百多个病名，近三百个治疗方剂，涉及药物二百多种，这些药物按来源分有：矿物类、草类、谷类、菜类、木类、禽类、鸟类药物，还有人部药，如人发、乳汁等。他到长沙以后，看街头巷尾有一些药铺，治疗方法除了药敷外，还有各种名目的药浴与按摩，因此偶尔也请回来给家人松松筋、按按摩，在那些取名为“子午流注”“苍龟探穴”“松肌开窍”“赤风迎源”等名字的包厢里，医师们在治疗时总是有一搭没一搭地介绍本地常用的一些治疗方法。贾谊记性本来就好，记得其中的一些诊治方法，不期然这些方法居然在这本医书中全都有着详细的记录，并且分门别类，列有药浴法、烟熏法、蒸气法、熨法、砭法、灸法、按摩法、角法、火罐等，后面常常注有“已验”“尝试”“灵”等字样，贾谊觉得非常神奇，但想到自己年纪轻轻，身强体壮，大可不必在洗脚按摩这些事上投入过多精力，便随手将书籍放回原处。

利豨见贾谊将书柜中的图书都粗粗翻了一遍，便引他回到红色的漆几旁，两人先在一个云龙纹猫纹漆盘内净了一下手，用绢布擦了擦后坐了下来。这时贾谊的目光被这只漆盘吸引住了，只见盘底黑漆地上画着三猫一龟，透过盆中的清水，贾谊见到：三只猫均用红漆单线勾勒，内涂灰绿色漆，朱绘耳、须、口、眼、爪、牙和柔毛，画面特别突出了猫大睁的双眼和长尾巴以及乌龟的长颈，仿佛就要伸脖子咬人似的，个个形象栩栩如生，三猫一龟的周围以红色和灰绿二色绘云纹，盘口沿朱绘几何图案，画面整体呈同心圆的形态向外扩展，构图讲究灵巧对称，贾谊看得都入了神，还是利豨说道一起坐下来喝茶时，贾谊才回过神并坐了下来。客人在对面坐下后，利豨自己东面坐着，说道："我的家原在楚国浠水，靠近汉水南岸竟陵的一个小村庄。轪地则是惠帝二年才封的，靠近淮水南岸，地方虽然小，但春秋时是弦国的首都，后来楚国灭了弦国，并入了楚国的版图，本朝立国后，轪地立为轪县。出生地和封地同属楚国，轪地其实离浠水并不远，风俗习惯也大体相同。祖父是当地有名的猎户，父亲从小跟着打猎，练就一身过硬本领，每一提枪，无论飞鸟还是走兽，没有不应声而倒的，后来项王在楚国举旗抗秦，家父便跟着项梁进入军队，参加了在东阿大败秦军的战役。再后来，项王一连杀了将军宋义、楚怀王熊心、秦王子婴，滥杀无辜的本性体现出来后，人心向背已经是很显然的事了，况且高祖率先项王到了长安，按照之前楚王的约定应该称王。家父就想，继续跟着项王一定没有出路，便有些"人在楚营心在汉"，利用一次战争歇息的机会，逃出楚营归了大汉，后来跟着高祖皇帝参加彭城之战。吕后一直对先父救驾之恩感怀于心，吴臣继位长沙王后，考虑长沙国地位特殊，需要一位既深谋远虑又忠心耿耿的人来辅佐，想来想去，就把从战场上回来后在家乡做都尉的父亲派到这边来了。那时我父母成亲还不到两年，母亲是浠水一带大户人家的掌上明珠，我也才满一岁，正是咿呀学语的时候，家里的老人也舍不得儿孙们陡然离开，但既然皇上有令，我们一家就这样到了长沙国，到现在已经二十多年了。”

贾谊没想到，利豨一打开话匣子便说了这么多，甚至还有些长沙人爽利的味道，便说：“您才一岁就到了这边，讲话都是这边才学会的，难怪讲话做事都有些长沙俚手的味道，原来是地地道道的长沙人了，恐怕连故乡长什么样都不知道了。”

利豨道：“我们家里，除了父母在家里经常都说一些故乡的语言，我、利得和利姝三兄妹，跟老家那边基本上是没什么联系了。我从小在长沙国长大，城里的山山水水、树木花草，都是我熟悉的，每一条大街都是我溜过的，每一处巷尾都是我流连过的。我长大的过程，也是这个城市变大、变美的过程。慢慢地，我便觉得自己好像离不开这个城市了。”

贾谊听利豨这么一说，心想：人心真是很奇妙的东西，对于同一个城市，不同的人感觉完全不同。譬如说利豨，从小在长沙长大，便对这个城市充满感情，心中感知并享受着它的变化；反过来，自己失意于朝廷才来到这里，心中便总觉得这边啥都不好，一会儿埋怨它的潮湿，一会儿又说它天气燠热，其实长沙还是这个长沙，只是自己心中的长沙与利豨心中的完全不一样。这样想来，他就觉得人生如木浮水，行止随流，自己完全用不着像过去那样执着于朝廷，执着于长安，既然生活暂时无法改变，就要把自己的身躯完全托付给命运，任凭自然，努力去顺应它、习惯它。这么想着，自己更应该与眼前的这位同事好好相处，共同辅佐好长沙王，便说：“丞相是一国一地最重要显赫的职务，可谓一人之下，万人之上。丞相执掌管理国家政治、典章、礼乐诸事，对上传承大义而开启治国之道，统领百官的职事，来调节天下之事使之适当，端正行为，推广教化，行礼乐之事，来美化风气习俗，把这几方面的事合为一个统一的整体，以彼此相合使天下和平安定。若天下诸事失当，国家不安宁，是丞相的职责，所以您的责任很重啊。”

利豨道：“我们利家世袭皇恩，理当肝脑涂地报效朝廷。家父刚来长沙国那几年，异姓王都在起事，尤其是淮南王黥布谋反，他可是长沙王的女婿啊，虽然黥布做了王以后，后宫妃子无数，但毕竟同郡主是起于患难时的夫妻，长沙王与黥布两人的交往可以追溯到长沙王是番县县令时，长沙国若有什么意外，将连同南越国一大片土地一起出事，这种情况怎么能不叫高祖彻夜难眠。况且那个时候，原先八个异姓王只有长沙王没有造反，但难保他心里一定会有各种各样的想法，家与家的关系、国与国的关系，封国与朝廷的关系交织在一起，怎么抉择都难，这个时候丞相的作用就十分重要了。张敖虽然是高祖的女婿，但手下有个叛逆搞事的丞相贯高。贯高之后，同样是赵国丞相的陈豨举兵叛汉，先是被周勃击败，最后才被樊哙杀于灵丘，几年下来高祖几乎老了一半。”

贾谊心想，贯高一事，是高祖自己做人做事太过分了，完全没有把张敖当女婿看，连女婿的妃子都要霸占。张敖算是能忍气吞声做人，但贯高看不过去，要为张敖出头，积愤闹事，事发后不卑不亢，把全部责任揽在自己身上，甚至为张敖开罪选择自刎而死，高祖后来都称贯高为人义道。利豨把自己父亲利苍跟贯高相比，算哪门子事？想到这里时，便说道：“贯高毕竟也不是为了自己，连高祖都原谅过他，称赞过他的浩然正气。当然，令尊与吴王也是肝胆相照，完全不亚于赵王与贯高。联手将黥布斩首，令尊大人定然是出力不少，但长沙王大义灭亲，也是作出了重大牺牲与贡献，要不然长沙王一个人很难痛下决心。”贾谊说的当然是大实话，但这么说时，心里也在想：吴芮没有反汉，但他其实是在战战兢兢中死去的，吴臣接过王位，也没有谋反的行为，甚至设局捉拿了黥布，这说明黥布心里还有一丝亲情，而在吴臣心里除了朝廷没有亲情。行为上虽然没有背叛朝廷，但也不是对朝廷最为忠心，更不是利豨自诩的监国有功，而是吴臣本身实力所致，八个异姓王中，功劳比他大的、关系比自己更铁的七个王，刘邦都容纳不下，难道他单独能够容得下吴氏？高祖说过，自己成就帝王之功，最关键的是用了萧何、张良和韩信三人，其实他心里最担心害怕的也是这三个人，他们一个个都太聪明能干，特别是执掌兵权的韩信，想起来心中尤其有几分犯怵，因此就算他带着藤公一个人刚刚从成皋仓皇出逃，惊慌失措中也不忘顺手在修武夺了韩信的印信和兵符。当韩信的齐王一天天做大时，就连忙把他调去财富基础没那么牢实的楚国当国王，还美其名曰楚为其故地。所谓大都疑国，大臣疑主，其势所然，妒贤嫉能之所以成为人的本性，是因为能干的人总是最容易动了自己的根本甚至是要了自己的性命，高祖以及他的继任者之所以没有动吴芮，还让其子孙世袭五代王位，实在是吴臣地位和实力羸弱，不足以让朝廷担心与害怕，八个异姓王中，除了韩王信外，谁的功劳不比吴芮大，谁的实力不比吴氏强？

贾谊虽然这一点看得非常清楚，甚至觉得利豨心中总有一点点傲气，但只能将这些想法装在心里，看破不说破，才有利于团结，有利于王事，而且利用好长沙王这一丝自尊与傲娇，牢牢地牵制住南越，不正是朝廷希望看到和勉力而为的吗？作为长沙国太傅，维持好藩王与朝廷的关系，不正是自己的职责吗，这样想时，贾谊不禁自己在心里暗笑了一下，才觉得来长沙国居然是一桩不错的差事：从第一代到第四代长沙王既然都没有做对不起朝廷的事情，到现在吴著这一代不过是衣钵了先祖的余荫，哪有什么本事闹腾出什么幺蛾子。与此同时，当今皇帝青春鼎盛，年富力强，刘家的江山更加稳固，更何况长沙这边，还有利豨和刘越，除了丞相统揽百官的法定职责，都自认为是作为监国过来的，右丞相利豨是高祖任命的第二代，左丞相刘越大致算是吕后掺沙子进来的人，之间相互掣肘，吴家哪里还敢妄生邪念，做出对不起朝廷的事情来。这么想来，贾谊就更觉心情放松，觉得未来没啥挠心棘手的事情，便索性就不谈政事，与利豨轻轻松松谈起兵法方面的事来。他觉得利豨是这方面的行家，而且作为一个深度参与长沙国南部战争的人需要运用这方面的知识，他应该对这方面的书籍认真研究过，便说："我刚才看您书柜中，涉及历算和兵书方面的书，除了五星占之外，还有《刑德》和《阴阳五行》，这些书在具体中如何运用？"

利豨道："太傅真是太客气了，您都是撰写过《五曹官制》、为朝廷拟定礼乐制度的人，国家律令的变更，让诸侯回到封地，谁都知道是您的计策，谁的学问比得上您啊。不过由于我们在一线工作，尤其是战场上，书架上的这些知识都是必备的，不然的话何以秉承自然，预攻守之事，测胜败之数？"

贾谊道："我在洛阳时就开始接触《阴阳五行》，开始接触刑德运行的规律，初涉出行、嫁娶、选日、攻战、祭祀、禁忌、举事的顺逆灾祥，到长安跟随张苍老师以后，他才是历法方面的高人，教授我们《刑德》和《五星占》以及楚国人编撰的《甘石星经》，算是对三垣、四象、二十八宿有了更多的了解，并通过岁徙图中的“刑”“德”二神在宇宙中定位，来推定二神在各年中所处位置，进而求得刑德左、右、向、背的态势及吉凶情况。只是刚才看你书架上有一本《天文气象杂占》，在北方时却是从来没有看过。”

利豨听闻，连忙从书架上取来这本《天文气象杂占》展在贾谊前面说：“这本书最大的特点，是绘制了250多幅图，包括云、气、晕、虹、蜃景和星等，其中以云、气最多，晕象尤为丰富。一般的年份，我都会仔细参详这些图谱，预测一年中作物的丰歉，制定相应的储备和防范措施，免得灾年出现饥饿和流离失所。吕后七年，我综合多本历法书籍后，预测到了木星、火星的运行侵入太微垣的所在长沙国，逆行进入，更有荧惑守心之象，预示着将有战事、瘟疫之事。果不其然，那年开春，先是南越国加大了对长沙国的入侵，从过去的边境骚扰升级为成规模的军事进攻，进入夏季，长沙国南部一带经历罕见的高温干旱，接下来是蝗虫成灾，本来就歉收的作物经此一遭，几乎颗粒无收，因饥生盗，兵旱相承，民填沟壑，道有遗骨，路有野殍，大半年时间里，这样的场景每天都在我眼前，也只能仰天长叹，爱莫能助，这就是我经历过的历法非常灵验的例子。”

利豨取下《天文气象杂占》一书时，贾谊看见上一格的书架上正好有一本《战国纵横家书》，贾谊知道这本书记录有苏秦从赵国向燕王写的书信，这位前辈同乡的境遇和励志故事，一下子勾起了他的万千遐思。他记得苏秦在获得赵王赏识前穷困洛阳时，妻不下纴，嫂不与言，父不以其为子，及至被赵王封为武安君并授予相印后，天下之大，万民之众，王侯之威，谋臣之权，全部出于苏秦一人之手。虽然也有人在燕王面前诋毁苏秦，但燕王对苏秦的信任已经坚逾胶漆，任何人都无法撼动和离间。这个时候苏秦衣锦还乡回到洛阳，父母清宫除道，妻子侧目而视、倾耳而听，嫂子蛇形匍匐，他一想起骨肉亲情之间这种前倨后恭的场景，就觉得有些滑稽好笑。但自己觉得目前的境遇，亦如苏秦穷困潦倒之时，因而脸上布满戚容，陷入长时间沉思，一旁的利豨也不好安慰什么。两人都有些尴尬时，忽然一头戴高冠、穿着深蓝色菱纹罗绮袍的高个子家臣躬身进来，胸前印有“轪侯家丞”的印章在他躬身时轻轻晃动了两下，只见他递上一张黄色绢纸说道：“老爷，轪地送来今年夏季贡单，说是货物这两天就会送到，请您过目。”利豨接过来看了一下，说了声“知道了”，便随手往桌子上一放。贾谊随即瞅了一眼，只见贡单上写道：黍五百担、粟五百担、麦五百担、菽三百担、稻一千担；鹿二十只、兔三百只、狼三十只、虎十只、豹二十只、熊二十只；雉五百只、雁五百只、鹄二百只、鹤三百只、天鹅三百只、鸠二百只，鸽、麻雀、鹌鹑、鹧鸪、凫各一千只；鲂、鲤、鲫、鳜各一千斤，白鱼、索鱼、鲍鱼、鳅、鳖各一千斤，蛙、蟹、螺、蚌、贝、蛤各三百斤。

贾谊看了一下这份贡物单后，心想自己与利豨虽然都拿着每年二千石的年俸，但人家封侯拜相，官职的含金量到底不一样，除了这份与自己一样的年俸外，封地里的物产和收获都是王侯自己的，这样心里便略微有了点不平和嫉妒。进而又想：惠帝二年，利苍在轪地的封邑不过七百户，跟周勃、灌婴那些大诸侯几千、上万的封地相比，只能算是九牛一毛，居然还要上交这么多货物。皇帝曾经下达诏令，鼓励农业生产并免除农田的租税，虽然没有实现完全免税，也至少已经降低到三十税一。但封邑内的税赋还是邑主自己做主，算一算利豨家一年的贡物，肯定大大超过国家法定的税率了。看来还是老聃观人看事深远、一语中的，早就指出过老百姓的饥荒，大多是赋税过重造成的，并对“损不足以奉有余”的世道有过深刻的批判。受此启发，他之前就提出过这方面的奏议，但主要考虑是征收、运输等赋税管理成本过高，一车从淮南国运送到长安的贡物，一半以上的费用浪费在路上，汉文帝算是认真听取了他的奏议，但结果仅仅是让周勃率先回到了绛国，让自己身边少了个虎视眈眈的人，至于像利豨这些在异地或者朝廷任职的人，能有几个回到封地？他们靠什么维持这样一种贡赋的缴纳？如果不能维持这样一种贡物，利豨如何维护他几近豪奢的生活。贾谊想着利豨一家锦衣玉食的生活，一乘驾六马的安车、二乘驾六马的温车摆满整个马场，丞相府里，墙壁上挂满锦绣绢布，后宫里美人三十、才人二十、宦者九人、家吏十人、郎中与谒者各四人，歌伎、舞伎大几十人，还有执戟、执盾、执矛、执铩等上百亲兵，这样的排场和开销，恐怕一个小小的轪地都抵挡不住。现在南方的战事虽然结束了，但是国事依然蜩螗，北方匈奴一直闹得正腾。想到几年前冒顿给吕后寄来的那封国书：“孤偾之君，生于沮泽，长于平野牛马之域，数至边境，愿游中国。陛下独立，孤偾独居。两主不乐，无以自虞。愿以所有，易其所无。”虽然吕后受到奇耻大辱勃然大怒，群臣们全都觉得没有面子，但最后还是只能恭恭敬敬地回复，不禁发出了轻轻的一声哀叹，利豨不知道贾谊此刻神思还在遥远的长安城，口中也不好问，于是轻咳一声，贾谊才回过神来，发现自己原来还在丞相府中，便尴尬地笑了一下。这时天色不早，贾谊觉得该打道回府了，于是起身离开了会客室，利豨见贾谊离开，连忙引着去见母亲辛追太夫人。此时她正领着贾谊夫人、利豨夫人在玩博箸，利姝也在不知不觉间回到了母亲身边。贾谊、利豨便在莞席外站定，看几位女眷玩完正在进行中的这一局。此处不远正在玩耍的贾璠见父亲起身要走，也执手向利彭祖告别，一家人这才依依惜别利府，在城市幽幽的夜色中，依旧乘着一乘六马的安车回家。

06

宣礼义教化王室
奏王乐敦睦万民

转眼到了这年五月，长沙国天气最宜人的季节，两岸青山中，绿意匝地，湘水北流。汉朝经过几十年的休养生息，轻徭薄赋，特别是汉文帝登位后将田赋减为三十税一，农民种粮积极性大增，粮食产量猛涨，百姓殷实富足，天下承平，鸡鸣狗吠相闻，炊烟绵延万里，这种富国强民之貌，使后人有“孝文即位，爱物俭身，骄吴抚越，匈奴和亲，纳谏赦罪，以德让民，殆至刑错，万国化淳”等颂文。国泰则民安，长沙国自然也是气象万千、人人和洽，吴著手下也没有什么棘手的事情，就把本月要做的事情拿出来和大臣们讨论一下。吴右已经故去快半年了至今还没有下葬，汉文帝关于简用薄葬的礼制渐渐为人熟知和推广，继续停灵祭颂似无可能，况且如今墓穴已经挖好，便准备近日择期入土，并在朝堂讨论一下共王葬礼事宜。

吴著问道：“过了春天，我们就结束了一场载歌载舞的春日浪漫，正式进入气温日高的夏五月了，这个月的月令和礼仪祭祀都有哪些？”

宗正答道：“立夏是一年中非常重要的节气。人们很早就注意到了立夏跟一年降雨的关系，如果这天不下雨，会一直干旱到收麦子的时候，因此立夏这一天，古代的天子会亲率三公九卿到南郊迎夏，回来途中便封赏诸侯，命令乐师检修钟鼓，调节琴瑟管箫，调和竽笙旎簧，整饬钟磬柷敔，手持干戚戈羽，向天帝祈雨，祭祀那些有功于民的前代君王公卿，以求各路神仙保佑，使谷粒饱满、黍稷丰登。至于地方官员，则需要在这一天祭祀辖区内的名山大川和河流的源头，并同时举行向天帝求雨之祭。”

吴著答道：“既然古代天子都是如此，何况本朝胸怀百姓，以德让民，那我们也按照朝廷规定，组织相关祈雨活动，以求风调雨顺，万物丰稔。只是到这个月，共王也就去世半年了，相关葬礼也要抓紧进行。”

宗正首先走出朝班道：“已经拟定共王葬礼方案，棺椁早已打制，衣物、书籍、器物等随葬物品全都齐备，进入墓穴的隧道已经挖好，此外还选取宫悬作为下葬时演奏的乐曲，准备在宫悬的声乐中将共王灵柩从隧道里送入墓穴，这一方案还请陛下定夺。”宗正说完，看了看大家的表情。

吴著看了一下朝堂，见大家都在嘀咕，好像是商量，但没有人正式发表意见，于是说道：“掌管皇族、宗室事务虽然是宗正的事情，但是掌管宗庙社稷的祭祀是奉常的职责，序礼乐丧纪也是你分内的事情，奉常，你怎么看？”

奉常见吴著问到自己，连忙回答：“宗正虑事甚周，之前我与宗正已经认真进行过沟通与商量，拟定的葬礼完全体现长沙王的威仪，臣没有什么意见。”

吴著听此，正准备拍板同意宗正提出的方案，忽然间，见贾谊走出朝班，好像有话要说，于是内心略略一惊，忙问贾谊道：“太傅大人有不同意见吗？”

贾谊清了清嗓子，说道：“自古以来天子、诸侯、大夫、士的葬礼就是家国大事，向来都有严格的规矩，安排朝堂上的位次、治理军队、做官和推行法令，没有礼法威严则得不到遵从；祈祷祭祀及供奉鬼神的祭品，没有礼节的约束，就会不诚实不庄敬。《礼记》就写有‘邻有丧，舂不相；里有殡，不巷歌’，不同的人葬礼都有着自己的规制。之前晋文公帮助周襄王平定了叔带的叛乱后，拒绝周襄王给他在南阳大片的土地封赏，唯一的请求是死后挖掘隧道移送和埋葬自己棺木。那时周朝虽然已经衰落，没有晋文公的帮助也难以稳定周室、恢复旧地，最终还鼎于庙。晋文公虽然有功于周室，但在涉及周礼这件大事上，周襄王还是没有任何含糊，毫不迟疑地拒绝了晋文公，认为这是天子才能享用的葬礼。而在音乐的选择方面，周礼对天子、诸侯、大夫和士的葬礼用乐，有着严格的规定，天子用宫悬，诸侯用轩悬，大夫用直悬，士用琴瑟。这些都是周朝的礼制，本朝虽然没有明确的规定，但也没有明文规定修改，那我们也就不能擅自更改，尤其是选用天子才有的隧道和宫悬，这是犯上失礼的行为，历代皇帝对此都非常警惕。赵佗在南越僭越本分，坐黄屋车，太中大夫陆贾劝慰时，就义正词严地限令改正，长沙王向来忠君谨行，自然不会有意犯错，但绝不可因为属员无知，无意中在这个重大事件上失礼，届时朝廷责怪下来，可是有理说不清，追究的是您的责任，而不是提出这一主张的某位臣僚的责任。”

吴著听了，差点渗出一脸冷汗，高声说道：“感谢太傅大人及时指谬。礼是国家事务中极其重要的事情，所谓品德仁义，没有礼是不能的；教导训诫人民端正风俗，缺乏礼就不能完备；论辩争执，缺乏礼就不能解决；君臣、上下、父子、兄弟之间，缺乏礼就不能安定；为学习仕宦所需的知识而服侍师长，缺乏礼就不能亲密融洽；整肃朝班治理军队，官员到位执行法令，缺乏礼就没有官威；临时的祭祀和定期的祭祀，供奉神灵，缺乏礼就不会显得虔诚和庄重。因此，礼是治世辨惑的极点，强国固家的根本，威力施行的基本方法，事功名位的总表现。朝廷遵从它，王公奉行它，国家就长治久安。葬礼是国家基础礼法，不能僭越应有的本分，音乐是国家存在的象征，乐制被破坏，礼制也就不存在了；礼制不存在了，政令也就跟着灭亡了；政令没有了，国家也会跟着灭亡，那么，长沙国还能够存在下去吗？幸亏太傅大人把这个原则性的错误及时指了出来，不然本王就麻烦大了。贾太傅是皇上派到长沙国的，实际上代行太师、太傅和太保所有职责，既体现了朝廷对贾大人的信任，更体现了朝廷对长沙国的关爱，从今往后，大家要利用太傅大人在长沙任职的机会，虚心向他学习，举一反三，防微杜渐，防止类似错误再次发生。”吴氏长沙王一向谨小慎微，加上想到如果贾谊刚到长沙国就抓到自己僭越失礼的事，一道奏折报告朝廷，后果将十分严重，因而内心更加希望借助贾谊的帮助，做到大小政事防患于未然，就像今天这样。

贾谊见吴著如此信任自己，又后悔自己在长安时年轻气盛、锋芒毕露，不知不觉中得罪了一些人，忙说：“臣也只是讲述我个人的观点，难免错误与片面，但我还是希望大家坦诚相对，开诚布公，而不是看着明显出现的错误装聋作哑，转过背立马告御状、下钩子使绊子。有事在朝堂上放开讲，在争议与辩论中，正义与道理便出来了。”

“太傅大人真是既谦虚又光明磊落，今日一席话不仅及时匡正了我们的错误，也再次让我们见证您的学识渊博，先生何不今天就为全体朝臣讲讲礼仪制度，开智启慧，增进我们的教化，这也是履行您的太傅职责啊。”吴著见礼制确非小事，弄不好就可能酿出杀头大罪，感觉到提高整个朝臣的礼乐知识事关大体，因此趁着聊到这个话题，便诚恳地邀请贾谊讲授。

贾谊见吴著态度非常诚恳，朝堂文武百官也很期待，也就不再客套，神情和悦地说："礼乐从来就是非常重要的事情，礼的产生因应时事。古代帝王害怕祸乱，就制定礼仪来滋养人的欲望，满足人的需求，使欲望不因物质不足而受抑制，物质财富也不因欲望太过而枯竭，物、欲二者相得而长，这样礼就产生了。礼是治世辨惑的极点，强国固家的根本，威力施行的基本方法，事功名位的总表现。君王奉行礼，可以统一天下，臣服诸侯；君王不奉行礼就会丢掉社稷，破家亡国。君王所集聚的在于他自己的取舍，以礼义治国的君王集聚礼义，以刑罚治国的君王集聚刑罚，集聚礼义的上下和睦，集聚刑罚的你憎我怨。礼的作用非他物可比，坚韧的甲胄、犀利的兵器，不足以获得胜利；高大的城墙、宽深的沟池，不足以为险固；严酷的号令、繁苛的刑罚，不足以增加威严，唯有按礼办事，才会事事成功，不按礼办事，则会诸事皆废。我观之今古，总的一个发现就是，人主仁而境内和，人主义而境内理，人主有理而境内肃，人主有信而境内贞，人主公而境内服，人主法而境内轨。长沙国过去属于楚国，峭山以东没有比楚国更强大的了。楚国国祚绵长，地域广阔，北以汝水、颍水为险阻，西以岷江、汉水为沟池，以邓林与中原相阻隔，以方城山为边境，但还是被秦国军队摧枯拉朽，一直攻到郢都，原因是楚国后期严重缺乏礼制，屈原就是在依礼行事上与楚怀王父子出现了分歧。"贾谊直接拿楚国灭亡说事，长沙国又旧属楚地，因此大家都觉得好像说的都是身边发生的事情，便顿觉振聋发聩，讲得非常真实和亲切。

“其实出生楚国的老子，就是最早阐述清楚礼义仁德的人，他说‘失道而后德，失德而后仁，失仁而后义，失义而后礼’，当初楚怀王也有意要制定礼仪的，可惜屈原的方案还没有拿出来，自己却被人诬陷了。”奉常插话道。

“是的，这就是楚国当年的悲剧。制定礼乐制度是非常复杂的事情，非得高人雅士才可胜任。屈原为了拿出一份符合当时楚国实际的礼乐制度，花费了很多时间与工夫。只是这个还在修订中的礼仪制度，上官大夫想拿去修改，当作自己的政绩去邀功取媚，取而未得后，便在背后说人坏话，挑拨屈原与楚怀王的关系，说‘大王叫屈原制订法令，大家却不知道这都是您的主张，楚国每一项法令、每一个礼乐制度出台后，屈原就夸耀自己的功劳。’可惜昏聩的楚怀王就偏听了上官大夫的片面之词。”贾谊痛心地说。

“历朝受天命而为王，虽然各有其兴盛的原因，但道理大致都是一样的，即礼因民心而起，并随民俗而确定礼仪制度，若治化隆盛则对后世影响就会既深又远，若治化浅薄对后世的影响就偏窄狭小。汉朝也是一家帝王，如果没有自己的礼仪制度，就无法对后世子孙解释，因此就连素不喜约束的高祖，也听取叔孙通的建议，制礼进退，但是这套礼仪本质上不过是秦朝制度的翻版，从皇帝到普通官员的名称大都没有变化。后来太傅大人与时俱进，苦心孤诣制定出一套礼仪，改定历法，封祭泰山，制定宗庙、百官礼仪，只是最终没有得到推行，殊为可惜啊，可惜！”吴著还是王太子时，就被严格训练朝廷礼乐知识，知道两年前贾谊在长安提出《论定制度兴礼乐疏》的奏议，于是这样说。

“我那也只是想因应时事、顺势而为。高祖也反复说过，叔孙通制定的礼乐是过渡性阶段的产物，有很多尚待完善的地方。我们都知道，君像君、臣像臣是礼的根本，君主行使威、权、德是礼的内容，尊卑、大小、强弱各有定则是礼的定数，汉立三十多年这三个最基础的问题并未得到根本解决，我内心深为焦虑。况且我朝初立的礼法，还必须加上适当的文采并不断进行完善，完备的礼能使天地和谐，日月光明，四时有序，星辰运行，江河流动，万物昌盛，好恶有所节制，喜怒无不适当。我内心对这样的礼乐充满期待，通过完备的礼乐，天子爱天下，诸侯爱封国，大夫官吏爱属下，士人百姓各爱其家，也就是《诗经》中描绘的‘投我以木瓜、报之以琼琚’；然后上下有序，地位稍低的人恭敬顺从，处上位的人能够贤明豁达，父亲慈爱儿子，兄长爱护弟弟，夫妻和睦安顺。这样的礼制一旦建立，政权就会巩固，国家才会安定，君主则会得到百姓的拥戴，士君子在平民百姓面前不会拘谨，平民百姓在士君子面前才会恪守礼范，随事曲直变化，不失礼之次序，这就是前年我提出礼乐制度改革奏议的原因。”提起那次奏议，贾谊心中不免有些沮丧，他个人将之视为送给刚刚登位的汉文帝最珍贵的礼物，可惜那时汉文帝喜爱道家学说，认为烦琐的礼节只能粉饰外表，无益于天下治乱，没有采纳，但初到长沙国，他不好把这种失望与沮丧挂在脸上，更不能把藏在心中对皇帝的怨愤从口中讲出来。

这时，利豨见吴著一时再没有吭声，而贾谊面色有些凝重，估计太傅还深深陷入在对礼的沉思中，于是打破冷场，问道：“您刚才提到《卫风·木瓜》，倒是让我想起《诗经》中另外一首《驺虞》，在我看来两首诗好像都与礼有关，而且互为因果关系。”利豨一边说，一边想着豨与豝的区别，暗暗地有些埋怨父亲利苍给自己取的名字，直接把动物的名字用上了，或许父亲本来就是一介武夫，内心想的是叫阿猪、阿狗这种“贱名法”的孩子，好带易成人，而且当时跟着高祖忙于战事，没时间细想儿子的名字，更没有想到自己和儿子都能封侯称相，虽然只是轪地这个小地方的侯和长沙国的丞相。

“丞相所言极是。《卫风·木瓜》描述的境界是恭敬施礼的结果，所谓忧民之忧者，民必忧其忧；乐民之乐者，民亦乐其乐。但一发五豝不仅体现了君王的仁德，而且将这种仁德惠及禽兽，珍视世上的一切生命，把它们看成与我们一样有血有肉、有情感，因此圣明的君主对于禽兽，看见它活着时就不忍心看其死，听到它的叫声就不忍心吃它的肉，因为伤痛而不忍心屠宰，所以远离厨房；狩猎时不严丝密缝、四面包围，不掩杀成群野兽，不射杀栖息在巢穴中的禽兽，捕鱼不把沼泽中水放干，霜降还不到的日子，不去捕杀豺狼；惊蛰还不到的季节，便不去网罗水獭；鹰没长成，只抬头观望而不张网捕杀；草木之叶不零落，就不去砍伐；昆虫不蛰伏休眠，就不用火烧荒；不射杀幼鹿，不取卵，不剖腹取食未出生小动物，不在禽兽未长大时捕杀它；鱼类未长大不捕捞作祭品，秋天鸟未长出毛，不取食用。按节令捕获动物，使用财物要有节度，那么生物就会繁殖生长。”利豨虽然贵为丞相，但这个充满野性的名字忍不住激起贾谊很多的联想，甚至引发了他对整个自然万物的思考，他记得屈原在《天问》中就追问到了人与自然之间的关系。想到这，贾谊兀自在心里尴尬地笑了笑。

“太傅大人真是深得礼的精髓，这使得我想起先祖们告诫我的，礼义仁爱的国君，境内有饥饿的人，君主就吃不下饭；国境内有挨冻的人，君主就不穿皮裘；判决犯人的日子，君主不听演奏；荒年收成不好，君主宫室建筑物上不加涂饰，大概也是太傅大人跟我讲述的同一道理。只是先生对乐也有很深的造诣，我们很期待您对我们做一次深入浅出的辅导。”吴著既已听取了贾谊对礼制的介绍，又听了礼法惠及动物牲畜的阐述，更想了解乐方面的知识。

“礼、乐、刑、政四者密不可分，都是为人服务的，是为了齐同民心、天下大治。礼用以诱导人的意志，乐用以调和人的声音，政用来统一人的行动，刑用来防止奸乱。关于礼制我已经说过很多了，乐曲方面，五声中宫为君，商为臣，角为民，徵为事，羽为物。君、臣、民、事、物五者不乱，就不会有敝败不和的音声。宫声乱则五声废弃，其国君必骄纵废政；商声乱则五声跳掷不协调，其臣官事不理；角声乱，五音谱成的乐曲基调忧愁，百姓必多怨愤；徵音乱则曲多哀伤，其国多事；羽声乱曲调倾危难唱，其国财用匮乏。上古时的贤明帝王奏乐，不是为了自己心中快乐欢娱，恣情肆欲，快意于一时。端正教化的人都是从音做起的，音正行为自正。五声中的每一声都有着其正面意义与价值：宫声可以激动脾脏并调和、端正心性中的一个“圣”字，商声可以激动肺脏并调和、端正心性中的一个“义”字，角声可以激动肝脏并调和、端正心性中的一个“仁”字，徵声可以激动心脏并调和、端正心性中的一个“礼”字，羽声可以激动肾脏并调和、端正心性中的一个“智”字。所以说，对内用来辅助正派的心性，而对外用来区分贵贱；对上用来奉事宗庙，对下用来改变黎民百姓的品性风貌。此外，我们还应注意音与乐的异同，只有合于道的音才能称为乐，音是在人心中产生的，乐则与伦理相通。所以单知声而不知音的，是禽兽；知音而不知乐的，是凡夫俗子，唯有君子才懂得乐。详细审察声以了解音，审察音以了解乐，审察乐以了解政治情况，治理天下的方法也就完备了。因此，音乐是国家存在的象征，国家又是君王的象征，乐制被破坏了，礼制也就不存在了；礼制不存在了，政令也就跟着灭亡了；政令没有了，国家也会跟着灭亡了；国家灭亡了，国君也就没有了，因此乐是千万不可小视的事情。”贾谊首先从音乐五声的命名，阐述音乐与国家政治的关系。

“先王制定礼乐的目的，不是为了满足口腹耳目的嗜欲，而是要以此教化百姓，让民众有正确的好恶之心，从而归于人道的正路上来。用礼节制民心，用乐调和民气，以政治推行之，刑罚防范之。礼、乐、刑、政四者都能发达而不相悖乱，帝王之术也就完备了，但礼与乐的运用，还是十分复杂微妙，太傅大人对礼乐的运用有何高见?”利豨这时想到，自己身为丞相，是辅佐长沙王统领全局的人，推行礼乐之事美化风气习俗正是自己分内之事，便这样问道。

“礼、乐体现两种相向而行的作用，礼存异，乐求同。乐使人们互相亲爱，礼则使人互相尊敬。但礼、乐都需要有一定的度，乐事太过不加节制，会使人与人之间没有尊卑贵贱；礼事太过会让人与人之间离心离德。礼、乐并用，既可以和合人情、相互亲爱，又实现尊卑有序，长幼有仪。乐至则人心无怨，礼备则人无所争。乐是模仿天地的和谐产生的，礼是模仿天地的有序性产生的。和谐，才能使百物都化育生长；有序，才使万物都有区别。乐是按照天作成，礼是仿照地所制。礼所制过分就会由于贵贱不分而生祸乱，乐所作过分则会因上下不和而生强暴。乐能陶化万物，与仁相近；礼主决断，所以义与礼相近。乐使人际关系敦厚和睦，尊神而服从于天；礼能分别宜贵宜贱，敬鬼而服从于地。

所以圣人作乐以与天相应，制礼与地相应。乐产生于万物始生的太始时期，而礼则产生于万物形成以后。生而不停息者是天，生而不动者是地。乐是用来象征德行的，礼是用来防止行为过分的。乐的性质是施与，礼的性质是报答。乐的目的是为自己心中所生的情感而表示欢乐，而礼的目的是要追忆其始祖的功绩加以祭祀。乐歌颂的是人情中永恒不变的主题；礼表现的则是世事中不可移易的道理。乐在于表现人情中的共性部分，礼则是要区别人们之间的不同，礼乐相合就贯穿人情的终始了。因此，贤君明臣若能按礼乐行事，天地将为此而变得光明。乐是圣人娱乐的一种方式，而它可以使民心向善。至于使天地之气欣然和合，阴阳相从不悖，熏陶母育万物，然后使草木茂盛，种子萌发，飞鸟奋飞，走兽生长，蜇虫复苏，披羽的孵化，带毛的生育，胎生者不死胎，卵生者不破卵，乐的全部功能就在于此了。乐的难处在于不能满足所有人群的要求，甚至曲高和寡，越是下里巴人的音乐往往越有人欣赏和喜欢，越是阳春白雪的高雅音乐越是应者寥寥，对于乐者而言则是难得找到懂得自己的人，所以钟子期死后，伯牙破琴绝弦，终身不复鼓琴。人世就是一样，圣人瑰意琦行超然独处，世俗之人聚聚济济"，到长沙后，贾谊与丞相的交往与沟通还不是太多，因此利豨提出问题后，贾谊对他提出的礼、乐做了更详细耐心的解说，也从音乐想到自己独然于世、知音难觅的悲剧人生，便免不了有些黯然神伤。

"关于礼乐的一般性道理您已经讲得很明白了，可否具体说一些乐曲的例子。"吴著似乎没有观察到贾谊细微的表情变化，一心希望贾太傅用一些具体的乐曲讲述深奥的道理，于是这样问道。

贾谊虽然一时走神，但心中的乐曲真是太多了，于是款款说道："五帝都有自己代表性的乐曲，黄帝之《云门大卷》、尧帝之《大咸》、舜帝之《大韶》、禹帝之《大夏》、周武之《大武》都是其中的经典杰作，我听说舜就是用音乐推广教化的代表了，自己还亲自制作五弦琴，用来歌唱《南风》的乐章，让他的儿子夔带头演奏，作为对诸侯的赏赐。当然，关于乐曲的代表作，我还是要首推《诗经》，其体现了古代的编纂者以诗和歌来和睦夫妻关系、培养孝敬行为、敦厚人伦纲常、淳美教育风气、改变不良风俗的教化目标，《诗经》也是最能体现诗、歌、舞三者的关系的：诗是人们表现志向所在的，装在心里就是志向，用语言表达出来就是诗；情感在心里被触动必然就会表达为语言，语言不足以表达，就会吁嗟叹息；吁嗟叹息不足以表达，就会长声歌咏；长声歌咏不足以表达，就会情不自禁地手舞足蹈。情感要用声音来表达，声音就是我上面所说的宫、商、角、徵、羽之音调，也就是音乐。《诗经》中艺术成就最高的就是《风》了，但十五国风因其形成的地域、管辖以及存亡时间的不同，显示出不同的风格与气质，太平盛世的音乐安顺而欢乐，因为其时的政治平和通畅，王城周边是周公旦的封地，故有体现天子的教化的《关雎》和《麟趾》；岐山一带是召公的封地，故有体现王侯教化的《鹊巢》与《采蘩》。与此相反，动乱之世的音乐怨恨而愤怒，因为其时的政治乖戾残暴；亡国之时的音乐悲哀而思虑，因为国民困顿贫穷，所以形成于郑国、宋国、齐国这些地方的诗歌体现出另外一种完全不同的品质。郑音是由于惯违礼法而浸淫人志产生的，宋音是由于耽于女色而志气丧失产生的，卫音是由于促速劳顿而使人心志烦劳产生的，齐音是由于傲慢邪僻使人心志骄纵产生的，这四者都损害德行，所以人们在祭祀时都不得使用它们。豳风反映出周代豳地的社会风貌，最为人称颂的是其中的《七月》，它可是一曲底层百姓的生存悲歌。武王伐纣时，便演奏《武》乐，先击鼓以警众，然后三举步法表示伐纣开始、军至孟津而归，复又开始第二次演奏，表明第二次伐纣，舞毕整饬队形，鸣铙而退，在上位的君子观《武》后，心慕武王更加好善，士庶人观后痛惩纣恶而改正自己的过失。这些便是历史上一些非常有名的乐曲。雅和颂在《诗经》中也占有一半的篇幅，各篇章也都因不同人群与目的而创制，为人宽大好静，柔顺而又正派的适合唱颂歌；心胸宽广而好静，疏脱、豁达而守信用的人适合唱大雅；恭敬、俭朴而又好礼的，适宜唱小雅。”

“啊，原来礼乐还如此深奥，而且看似离我们很远，其实就形成于我们周边并作用于我们自己。既然我们都谈了这么多礼乐，不能光说不练，是否演奏几曲，我们大家也放松放松?”吴著道。

“大王有令，速传乐手到场。”朝堂上负责音乐的诏工连忙传令。

朝堂一侧，早就摆有琴、瑟、竽、筑和律管等各色器乐，很快几名乐手在太乐的引导下就座。一个紫衣女子坐在一把五弦古琴面前，琴身有着用金玉装饰的圆点，只见乐师两手掌心向下，大指曲握掌心，食指内勾，两指成环状，其余三指微曲，接下来两手轻扬玉指同时抹弦，转轴调弦，轻拢慢捻后复地一抹，发出悠扬的琴声，其他乐手分别吹竽、鼓瑟、击筑，发出动听的和声，乐池一侧，两名歌者随歌起舞，选了一首《南风操》，唱道：

反彼三山兮商岳嵯峨。天降五老兮迎我来歌。有黄龙兮自出于河。负书图兮委蛇罗沙。案图观谶兮闵天嗟嗟。击石拊韶兮沦幽洞微。鸟兽跄跄兮凤凰来仪。凯风自南兮喟其增悲。

贾谊很久没有听过这么美妙的音乐了，今日在长沙国听到，思绪忽然回到了遥远的长安城，想起在朝廷与大臣们商议国家大事的日子，因而有了物是人非的感觉，但他很快镇定下来。他记得汉初以来，每年正月的第一个辛日在甘泉宫祭祀太一神，然后在春夏秋冬各季，组织一批男女儿童一起歌唱，而且各季唱的歌都不一样，如春季唱《青阳》歌，夏季唱《朱明》歌。后来宫廷乐师又演奏了一首《安世房中歌》：

大孝备矣，休德昭清。高张四县，乐充宫庭。芬树羽林，云景杳冥。金支秀华，庶旄翠旌。

七始华始，肃倡和声。神来宴娭，庶几是听。鬻鬻音送，细齐人情。忽乘青玄，熙事备成。清思眑眑，经纬冥冥。

贾谊在朝廷时，汉文帝常常斜倚在琴瑟的柱子上深情地唱着这首歌，宠爱的慎夫人虽然衣不曳地、着装朴实，但依然横瑟于膝前，风情万种地用心鼓瑟。虽然汉文帝平时都带着天神般的威仪和与生俱来的高贵，有着威震天下的王者之气且不苟言笑，但每每这个时候，也会情不自禁地手舞足蹈起来，这幅琴瑟和鸣的场景常常羡煞朝廷上所有的人。贾谊心里这么想着，但不知道这个乐曲是否在长沙国传唱，便说道："我在长安时，经常听到的一个叫《安世房中歌》的曲子，不知道大家熟悉否？"

"当然熟悉啊，我们还时时在宫中传唱，大孝完备、休德昭清乃我朝吉兆，哪里有不咏唱的道理。但是我们平素传唱最多还是

《大风歌》，毕竟这首歌有着我们自己的历史记忆在里面。”吴著知道《大风歌》是高祖讨平黥布叛乱后，回兵路过沛县时即兴唱出的一首歌，表达了高祖当时十分复杂的情感，既有过关斩将建立大汉的踌躇满志、意气风发，更有百废待兴、人才难得的惆怅。但刘邦在平定黥布时，吴氏是出过力气，毕竟黥布是吴家的女婿，诱捕自己的姐夫献给高祖，是以付出巨大的亲情为代价的，而且在向朝廷表达了衷心后，朝廷立即投桃报李，授予吴氏五代长沙王的殊荣，吴著及其先祖们也就免不了常常晒一晒这一段光荣的家族史。而且高祖及其后代子孙对这样一首歌非常满意，在当初就组织儿童传唱，高祖死后，每年四季祭祀宗庙时，刘氏发脉的沛郡都以《大风歌》为歌舞乐曲，历经孝惠、吕后时期，当朝皇帝以孝道著称，更是将此曲的演奏传至朝廷。

一旁的太乐听此，连忙走到一队由瑟、竽、笛、琴、筑和竽律组成的乐队前，他双臂一抬，舞动双手，一首热情激越的《大风歌》便在朝堂上响起，时而像汩汩的细流，时而如奔腾的波涛，时而若娴静的处女，时而似奔放的战马，歌词这样唱道：

> 大风起兮云飞扬。
> 威加海内兮归故乡。
> 安得猛士兮守四方！

演奏最欢的，是一个年轻力壮的击筑男子，当台上声音浑厚的男人引吭高歌、声音响彻屋宇时，这人左手搭在一把木制筑乐的丝弦上，松弛有度地搓捻，右手执一根薄薄的竹尺，轻重缓急地敲打着丝弦，于是岳山起伏，弦音不绝，金声玉振，大弦嘈嘈，小弦切切，众人情绪高炽，乐手想起当年高祖击筑而歌的热闹场景，更加起劲地敲打，继而跳起欢快的舞步。此时，贾谊正听得如醉如痴，忽然想起高祖不仅写了这首《大风歌》，还发布求贤诏，誓言一定让跟着自己一起治理国家的贤能之士安享富贵荣华，心中不仅对高祖多了一份仰慕，深知治国理政、建非常之功，必有非常之人，但是先王言犹在耳，现在的形势却是贤才失时，壮士无路，自己虽然有着尧舜一样的治术，管仲、伊尹一样的辩才，比干一样的忠心，甚至遇到了汉文帝这样的明君，但毕竟也受到他人离间，沦落到僻远之地的长沙国，心中不由泛起抑郁之情。

07

人从从恭王归土
物繁繁贵器入泥

文帝二年，第四代长沙王吴右去世，被朝廷追谥为共王，按“天子七日而殡，七月而葬；诸侯五日而殡，五月而葬”的礼制，共王停灵待葬已近半年。半年来，共王的尸体停灵在吴王府的一处偏堂的冰窖内，每天有奉常和一帮宗伯，口中念念有词，请求解脱尘世的冤孽，凿通七窍以通“视听食息”，由负责浴尸的官员用郁金香草煮汤和水银浸泡尸体，再用黑黍酒对尸体全面擦洗。这次入葬前，吴著在吴王府举行了最后一次殓妆，专司尸首护理的郁人在对大行王侯尸身进行最后一次沐浴后，由奉常领着甸人、管人、祝、外御等多名专职官员按步骤完成以下装殓：先在共王口中塞入饭含珠玉，手上捏着一个装有辛夷、杜衡等温经通脉香料草药的绢质绣花香囊，穿上一件“信期绣”罗绮丝棉袍，外套一件细抹布单衣，然后层层叠叠包裹着共十八层各式衣着、衾被和丝麻织物，又在外面覆盖印花敷彩黄纱棉袍一件、长寿绣绛红色棉袍一件，最后在共王的脸部覆盖着两件丝织物：一件双层绛色织锦盖在前额及两眼上，另一件覆盖物则以内絮丝绵作成束腰形盖在鼻梁上，寄望先王脸部盖上这两件织物后能够安然瞑目。贾谊见此，心想：这么一套殓妆制作下来，不知道动用了多少能工巧匠，也不知要耽误多少农时、耗用多少玉片和金丝？进而又想到，一百人缫丝织帛，尚且不够一个人穿衣所用，要想让天下人都不受冻，又如何能做到呢？一个人耕田，其农事收获却有一百个旁人食用，要想让天下人都不挨饿，又怎么能办得到呢？老百姓备受饥寒之苦，要想让他们不做偷盗抢劫之事，那是不可能的。国家财力早已完全竭尽，行凶作恶只是等待时机而已，如果年成不好，偷窃行抢之事就会风起云涌。贾谊初到长沙国时，吴著第一次朝会提出的问题，大概可以从这里找出答案。至于全国范围内家家户户都饱受灾荒的惨状，国家又怎么能加以抚恤？贾谊正这么想着，心里便十分着急，只见这时殓妆进入最后一道环节，移入一个内施朱漆、外髹黑漆的锦饰内棺，盖棺之后，在黑漆层外面，横缠了两道帛束，每道六七层，然后在棺木盖板和四壁板上，分别粘贴着一层带菱形勾连纹的贴毛锦，在菱花毛锦的周边，又加饰了一条铺绒绣锦。待入殓完毕，右丞相利豨、左丞相刘越、太傅贾谊和其他各品官员全都引到棺前，举行一次启灵仪式，共同祝愿共王灵柩在移榇转运时风停浪息、万事顺遂。如今，这个被精心妆奁的共王灵柩，在当日早晨移至宗庙向先祖告别，并在棺束上绑缚赭、帷、采、贝、鱼等一些装饰后，就摆到太平门码头的这艘船上。

待一阵鼓乐响过，这艘载有共王灵柩的船舶便乘风破浪向北启程，沿途天高水阔，流水泱泱，蒹葭苍苍，青草葳蕤，树木森森。船上白衣缟素，旗幡掌扇，竽箫铜锣，宫乐齐鸣，黄纸漫天，哭声哀哀，仿佛湘江都在悲鸣。

贾谊就随着大家站在这艘船上。船头，是用竹竿张举着一幅四角缀有穗形飘带的 T 型帛画，即“非衣”，在宽大的江面上迎风招展。帛画表面从上到下分别画着天界、人间与冥界。天界的景象是：上方正中绘有人首蛇身、穿着红衣的女娲，女娲周围有着仰首而鸣的白鹤、俯身飞舞的鸿雁，这些都是楚国人心中的瑞鸟仙禽；右上方绘有红色的太阳，太阳中有“金乌”，金乌下面环绕着八个小太阳，落在扶桑树的枝干中；左上方绘有月牙，上有蟾蜍和玉兔，月下一女子凌空飞舞，双手攀住月牙，这便是神话中的“嫦娥奔月”；其下有两个兽面人身骑着异兽奔驰的神，分别用绳牵拉同一根木铎，发出震响，代表着天上的“司铎”“风伯”和“飞廉”等神兽，左边一翼龙腾跃于云气之上，右边一龙飞舞于扶桑树之间，代表着修炼千年的“应龙”和驾日车的“六龙”；最下方绘着天阙，阙上两旁各蹲一神豹，阙内有两人拱手相坐，这便是把守天门的“司阍”，整个天界就是一幅迎接升天的灵魂情景。人间的景象是：在华盖和鸱鸮之下，画面正中，绘着共王的画像，但比实际身材高大一些，头顶戴着鹊尾青纚纱帽，腰间佩剑，身着朱领紫色乘云绣长袍，拱手徐步向左行进，左侧有三个男子相迎，右侧有六个侍从相随。共王的身后，左侧的侍从张举华盖，右侧的侍从手持长矛，矛下系有红色的缨结，后面还有四名女子并列随从。这些侍从全都身穿朱、青、黑色长袍，半侧着身子，走在两层组成的白色平台，两层平台之间还装饰着三个玉璧，璧间用组带穿插连接，组成连续图案。冥界的主体是纠缠一起的两条鳌和鲲，左鳌龙为青、黄色，抬头向天，右鲲为朱、白色，低首向下，两条龙张口吐舌，交互穿过画面中部的谷纹巨璧，鳌鲲交颈的上方坐着一个大力士，手托代表地盖的巨大玉石，地界左右两边各有鸱、龟一只，鸱鸮站在龟背上，由大乌龟背负着向前爬行。

贾谊细看着非衣上的绘画，惊异着长沙国也有这样精彩的文化艺术，已经有人把这里比作孔子故乡并唤之为“潇湘洙泗”，一边深思着楚国与中原之间殡葬安魂的异同，最后将目光停留在地界的两只鸱鸮上。刚看完这幅构图复杂的非衣，移柩的船舶不觉已经走了几里水路，到了一处叫傅家洲的小岛。小岛上树木森森，近水处是密密的芦苇，几只鹧鸪站在勾着头的苇叶上不停地晃动，松软的芦花里还有它们细小的鸟巢，贾谊便深怪自己，今天怎么老是走神，这种庄重肃穆的场合却专注着天马行空的鸟雀。正这么想着，忽见一条河流从西岸哗哗地流入湘江，而此刻滔滔江水扑打着两岸河堤，卷起一堆又一堆的浪花，这流入的小河流便在一迎一送的浪花中汇入了湘江。原来这河便是龙王港入河口，河口有几块黑魆魆的矶石，嶙峋地突兀水中，任由江水拍击，留下经年累月的印迹。

龙王港发源于麓山余脉之谷山、陡壁山，太阳照射下山体斜面，身披万层朝霞，峰揽一色停云，明暗蓄势，龙虎生威，尽显巍峨雄壮，从两山峡谷中奔泻而出的这条小溪，因此叫龙王港，顾名思义，就有龙吟虎啸的意思。汉高祖六年，第一代长沙王吴芮自知将不久于人世后，便着堪舆师在岳麓山下，南起天马山、北至象鼻嘴山一带选择吉地，作为死后结穴之地，从此这里便成了吴氏长沙王陵园。第二代长沙王吴臣、第三代长沙王吴回过世后，分别下葬这一带的两处小山：狮子山和象鼻嘴山，其间多位王后、王妃去世后也下葬于此的山间谷地。吴右继位后，虽然也遭遇了与南越国之间的纷争，但毕竟也只是局部的短时战争，整体上国家承平日久，府库丰盈，吴右便也学着当时皇帝和其他藩王的普遍做法，继位后就精选堪舆师挑选好了自己的墓地，组织一支三百人的民工开挖墓穴，历时八年后这个墓地早已挖好，只等墓主入穴。吴著继位后，便把埋葬父王当作任期内最重要的事情，由奉常和治粟内史共同商议和确定各项仪式举办的黄道吉日，同时另外组织一班人负责陪葬品的组织与筹办。

吴著一行领着长长的仪仗队伍，小心翼翼地下了船，手里捧着父王的灵位，弟弟吴传用长竹竿举着非衣铭旌，棺柩由六十四个身强力壮的士兵抬着，贾谊、利豨、刘越等主要官员手搭在棺盖上算是象征性地抬棺。大家表情都十分凝重，一行人从巨大的弧形拱门出来，接着沿着一段陡峭的青石板路进入繁华的街市，一路上茶坊酒肆，街铺林立，这几天都因共王出殡歇业，沿街到处都是驻足观看的民众，路旁各家彩棚高搭，设席张筵，和音奏乐，商户一家接一家地摆着路祭，燃着鞭炮，吴著手捧先王灵位，微微屈膝答谢。贾谊记得，在长安的一次朝议时，汉文帝就对当时葬礼盛行的繁文缛节十分反感，大加挞伐，还说过世人虽然都以死亡为悲戚，但生死都是人生最自然不过的事情，不要学习秦始皇徒劳地遍寻不死之药，死亡是常态，不死为妄想，要顺天承运实施薄葬，要立即废止皇室丧期娶妻、嫁女、祭祀、饮酒、吃肉等禁令，参加丧事、服丧哭祭的人，也都不要赤脚，不要动员民间男女到宫殿来哭祭，服丧的麻带宽度不要超过三寸，不要陈列车驾和兵器。他甚至一语中的地指出，之所以出现很多的盗墓事件，就是埋入墓穴的宝物太多了，因此始终让贼惦记着。而眼前的繁文缛节，似乎都跟汉文帝提倡的厚养薄葬背道而驰。

当贾谊回忆京城往事时，一行人沿着街市走到了尽头，前方已是水波荡漾的咸嘉湖，但见远处峰峦卧波，湖岸藤灌延绵，乔木嵯峨，婀娜杨柳摇风，多姿香樟笼荫，满湖微波泛银，成群小鱼撒着欢，追逐着摇曳的青草，湖心远处时有鸥鹭自由展翅，频见野鸭随性潜浮，山峦与湖泊就这样高低远接，山水铺陈，湖光山色浑然一体，使人心旷神怡。贾谊正想着长沙王的葬地果然是一处风水宝地，便走到了一座石桥前，桥下正是从狮子山、陡壁山一带流泻下来的龙王港，从石桥往上朝象鼻嘴山走，便是一段通向王陵的官道，全由一色的麻石垒砌而成，沿路护栏上雕刻着各式图案，或龙腾虎跃，或飞鸟虫鱼，或花花草草，全都栩栩如生，惟妙惟肖。

走在通往陵园的道路上，有关自己与先王之间的点点滴滴反复在吴著的头脑中翻涌。出生于王侯之家，他自然有着钟鸣鼎食的衣食无忧，但也有着长孙嫡子、衣钵家业的沉重包袱。父亲从小就告诉他，要清楚自己未来作为王太子的特殊地位和使命，又为自己选择了最好的老师，讲授自己成为优秀藩王的各种礼仪与学业，教育自己明辨善恶，亲近贤人，远离小人，一生中要做正人，行正事，切实做到目不视恶色，耳不听淫声，口不出狂言，由于教育负担太重，算起来从小就没有什么真正的欢乐童年。在自己成长的过程中，虽然吴氏长沙国王位从祖父传到了父亲，但作为汉朝唯一的异姓王，这种封赏的有无，自主权不在自己，朝廷可能授予你，也可能瞬间褫夺。虽然每一代皇帝的个性不同，但皇室至高无上的尊严从来都不容挑衅，甚至会从每年缴纳的贡物的颜色和品质来评定藩王的忠诚度，自己必须小心翼翼地招呼和打理好各路官吏，尤其是御史府那些负责政绩评定的小官吏，很多时候也有“阎王好见、小鬼难缠”的烦恼与困惑。另外，长沙国的太傅和丞相都是朝廷直接委派的，都具有直达朝廷的职责与权力，其他满朝文武好像都是自己的臣僚，实际上也搞不清谁是朝廷安插在本地的眼线，吴氏的一举一动尽在朝廷的掌握当中，只要把朝廷恩宠视为一种荣誉，只要世袭藩王的念想一直都在，这种诚惶诚恐的日子就永远没有尽头。吕后二年，父亲总算是顺理成章地成为第四代长沙王，但朝廷自高祖时期在长沙国与南越国之间有意制造的矛盾一直都存在，又在吕后执政时期进一步加剧。朝廷栽下的刺，无一日不戳着长沙国的心，父亲在位八年，无一日省心，无一日不殚精竭虑，好不容易熬到当今皇上即位，采取绥靖边郡、畅通关市的安抚利民政策，但父亲的身体却垮了下来，还被赵佗倒打一耙，状告长沙国在其中使坏，曲意挑拨南越国与朝廷的关系。当今皇上正值盛年，智慧超群，虽然没有偏信赵佗的全部说辞，但也部分满足了其无理要求，解除了博阳侯陈濞的将军职务，这说明朝廷采取的是和稀泥、各打五十大板的态度，长沙国不过是朝廷制衡南越国的一枚棋子。唯一值得安慰的是，在父亲过世后，朝廷让自己继任第五代长沙王，自己还想将这样的荣光继续下去，可惜与王后结婚几年，至今还没有一丁半男，想到这里，吴著免不了泛起一种“不孝有三、无后为大”的恐惧和耻辱感，如果不能与正妻生下男丁，那就意味着几代长沙王战战兢兢、委曲求全延续下来的藩王余荫，将要被朝廷断然收回，吴氏长沙王将被迫终结，刘氏顺手拿回这一片王土再裂土分王，那样的话，自己没有颜面在吴氏宗庙中去见各位列祖列宗，这个样子扶着父王的灵柩上山，真是觉得羞耻与愧疚。正这么想着，一阵竽箫声响起，吴著的心绪才收回到眼前的葬礼上来，领着大队人马继续向山上走去。

贾谊是第一次到吴氏王陵，但见眼前山峦，若伏若连，若原自天，若水之波，若马之驰，其来若奔，其止若尸，心想这便是古书称道的风水宝地，忽然想起之前在湘江以东、浏阳河畔的马王堆见过的右丞相家族陵园，无论是建制还是规模，都比王陵小了很多。昨天亲眼见过共王的妆奁，其奢侈豪华，即使对于在长安见过很多婚丧嫁娶的贾谊，都觉得十分惊讶。尤其是自己在朝廷的两年，亲眼见证过汉文帝的简朴，宫室、园林、狗马、服饰、车驾等，什么都没有增加，然而但凡对老百姓不利的事情，就立即予以废止。有一次汉文帝打算建造一座高台，召来工匠一计算，造价要上百斤黄金，便说："百斤黄金相当于十户中等人家的产业，我既已承受了先帝留下来的宫室，时常担心能力不足有辱于先帝，还建造高台干什么呢?"当场叫停了这个高台建筑项目，这一番话令当时包括贾谊内的所有朝臣十分感动，有人甚至羞愧地低下了头。汉文帝平时穿的是质地粗厚的丝织衣服，除了对总揽后宫的窦皇后穿着稍稍放松一些约束，就是自己所宠爱的慎夫人，也不准她穿长至拖地的衣服，所用的帏帐不准绣织彩色花纹，以此来表示俭朴，为天下人做出榜样。汉文帝虽然正值盛年，根本还没有到考虑生死的年龄，但他早就立下规矩，以后为自己建造的陵墓，一律采用简单烧制的瓦器，不准用金银铜锡等贵金属做装饰，不修高大的坟茔，更不可破坏山岳原貌、改变河流走向，山川自然才是最好的风水。反倒是偏居一隅的长沙国，昨天小殓时对共王尸身多达二十层包裹，真是太奢华了，莫非真如俗语所说，德厚者薄葬，德薄者厚葬，那么贵重的东西，存在人世尚可为人所用，陪着一具尸体埋入地下，终年不见天日，真是太可惜了。贾谊正这么想着，吴著领着的共王灵柩队伍已经进入陵园，只见湛蓝的天空下，满山青翠，长满楸树、杉木、松树、木荷、栎树与木莲，浓荫匝地的枫杨挂着灯笼一样的长长花序，显示这种植物在湘江两岸旺盛的生命力。此刻，沿着道路两侧的树木，挂满黑色的纱帐与白色的菱花，山上哭声一片，痛心哀悼这位即将入土安葬的先王。贾谊深受这种气氛感染，心里陡添了几分悲痛，联想自己远谪南方，心中虽有鸿鹄之志，却在建功立业的年纪，如行尸走肉一般行走在这毫无意趣的送葬队伍当中，任时光如白驹过隙一般在声声竽箫中流过，更是万千情绪一齐涌来，深叹自己虽然怀瑾握瑜，但生若蝼蚁、命如纸薄。他强忍了一下内心的情绪，向后回望了一下，跟在灵柩后面长龙一般的队伍在山上逶迤向前，远处湘江依旧汩汩向北，并不理会人世的尊卑，就算是王侯将相、才子佳人，没有谁不如这流逝之水，终将消弭于无形，失散如烟云。贾谊正遥望湘江出神，忽然一阵震耳的竽箫声响起，原来是共王的灵柩已经到了一处宽阔的房屋，需要在这里再次歇息并举行最后一次丧仪后，从房后的一处隧道将灵柩送入墓穴。

灵堂早就基本布置到位，只等共王的锦饰内棺一到，摆在房屋正中的位置，又在两边立起鼓乐架子，四班青衣按时奏乐，一对对执事摆得刀斩斧齐。鲜艳的非衣醒目地张挂于灵柩前，祭师们围着非衣，一次次出入灵堂，开方破狱，传灯照亡，参阎君，拘都鬼，开金桥，引幢幡；宗伯们正伏章申表，恭请各位大神，圣恩普锡，神威远镇，消灾洗孽平安水陆道场，更有一众年轻法师搭绣衣，靸红鞋，在灵前默诵接引诸咒，其他灵前上香添油，挂幔守灵，供饭递茶，随起举哀，一切行仪如常，奉常便开始主持本次丧仪：先是宣读了朝廷快马送来的慰奠与象赞，接着细颂长沙王的累世功业，尤其是共王执政时如昭昭日月的丰功伟绩。吴著虽然在万分悲痛中，但听得十分认真，甚至有几分感动，因为朝廷到底是没有忘记吴氏，在最后的奠仪中有着充分的肯定与褒扬，因而先前所有的隐忍和付出都得到了应有的回报。想到这里，吴著内心竟有几分欣然，但一想到自己作为共王的儿子，长沙国的国王，此时竟有如此轻邪的想法，很有不孝的意味，因而迅速将心思与情绪调整到奠仪现场，让戚容回归并凝固在脸上。只听到奉常正在语调悲切地回顾历代吴氏漫长而辉煌的历史，远及阖闾在吴国执政时期，以楚国旧臣伍子胥为相，以齐人孙武为将军，先破强楚，再服越国，近及吴芮初为番令，后授衡山王，深得高祖厚爱封为长沙王。吴氏历代忠诚，体恤爱民，更受皇上隆恩，成为本朝八个异姓王之一，而且皇恩浩荡，惠及历代吴氏子孙。文王芮后，相继有了第二代长沙王吴臣，第三代长沙王吴回，第四代长沙王吴右，第五代长沙王吴著，乃至其他所有异姓王都皆成往事，长沙王成了大汉王朝唯一的异姓王。奉常回忆起每一代长沙王的仁德与功绩，当然更多追忆共王为国尽忠、为民尽瘁的一生，尤其是在平定南部进犯、稳固朝政中的聪明智慧。奉常在完成对吴氏家族漫长而又无不夸张的褒扬后，请吴著代表家人致辞，吴著的致辞虽然不是很长，但是态度十分诚恳，颂扬了吴右短暂而极不平凡的一生：叙及自己幼年时，父亲总是在繁忙的公务之余，拖着疲惫的身体，在一萤灯火下辅导自己学习，并时刻嘱咐自己忠君爱民，最后再次表示了对皇恩的感激，对同僚的感谢。吴著讲完话，才算是完成一个冗长而又沉闷的奠仪。

贾谊趁着这段长长的时间，仔细打量着屋内的摆放与陈设，最显眼的莫过于从小到大三具并排摆着的棺木：一具朱地彩绘棺、一具黑地彩绘棺和一具羽衣棺，三具棺木全都装进一个黑漆素棺中，这些都是一层一层加盖在最里层锦饰内棺之外，四层棺材外还有五层椁室。这是一处用黄心柏木向内垒成一个框形结构的椁室，因为柏木为黄心，且堆垒时每根柏木都是端头朝向椁室，这种埋葬方式被称为“黄肠题凑”，是只有皇帝和藩王才能采用的埋葬方式。

贾谊的目光久久地停留在最小的一具羽衣棺上。昨日共王在王城里入殓时，他就看见过，但当时在室内光线不好，看得并不太清楚，今天朗朗晴空下他才清楚地看到：该棺四壁和盖板均以素细绢作地，用烟色的树纹绒绣镀边，先用粘有黑色羽毛的组条贴成菱形，再在空白处贴上橘红和青色两种羽毛。贾谊远远看去，树纹作为主题花纹，倒过来看很像汉字的“吉”“寿”两字。原来长沙国这地方，古来就巫术盛行，人们认为凡人要成仙，就必须经过羽化的阶段，实现所谓的“羽化而登仙”，内棺贴上羽毛，实际上是给内棺穿上羽衣，使它能升天，然后墓主人也跟着升天成仙。

最显眼的莫过这一具朱地彩绘棺，棺材通体内外髹朱漆，棺外表以朱漆打底，又用青绿、粉褐、藕褐、赤褐、黄白等明亮的颜色，彩绘出龙、虎、朱雀、鹿和仙人等“祥瑞”的图案；盖板上绘有对称的二龙二虎相对图案，二龙用赭色勾边，身披鳞甲昂首相向，居于画面的上方，龙身各自向两侧盘绕，龙尾伸至左右两下角，赤褐色二虎饰赭黄色勾连雷纹，相背于二龙之间，分别攀在龙首之下，口啮龙身；朱地彩绘棺头挡上，主绘着一座高山，高山两侧各有一鹿，昂首腾跃，周围饰以缭绕的云气纹，足挡画面的主题为双龙穿璧图案，两条蜷曲的龙穿璧而过，龙首相向于璧上方的绶带两侧，龙身为粉褐色，披鳞甲而有凤羽，巨目利牙；左侧面周边饰菱形云纹，正中绘一座赤色的山，两侧各有一粉褐色龙，龙首相向于山的上方，龙身均呈波浪起伏状。左侧龙首之后，有一带酱黑斑纹的赤褐色虎，虎身向左，张口回首，其旁加饰云纹；龙尾之前，有一带云形花斑的藕褐色伏鹿，鹿首向左，两角粗壮，四足翘举。右侧龙首之后，有一朱雀，呈展翅欲飞状；龙尾之前，有一粉褐色的仙人，头发斑白，两手攀着龙身。右侧面的边纹也是菱形云纹，画面为繁繁复复但错落有致的勾连云纹。

挨着的这一具黑地彩绘棺，装饰有复杂多变的云气纹和形态各异的神怪和禽兽。棺内涂朱漆，右侧板内壁中上部的朱漆面上，有黑漆勾出的奔马和人，笔画草率，才勉强成形。棺的外表，以黑漆为地，彩绘了复杂多变的云气纹，以及穿插其间、形态生动的许多神怪和禽兽。画面上出现最多的，是一种面部似羊非羊，似虎非虎，顶竖长角，兽身有尾的怪物。棺上所绘的百个图像中，有怪神、怪兽、仙人、鸾鸟、鹤、豹，以及牛、鹿、蛇等十余种形象，其中怪神或怪兽最多，占总数的一半以上。

最大的这一具黑漆素棺，用来安置其他三具棺材，内壁均髹朱漆，与其他棺材绮丽华美相比，其外表髹黑漆外加其他装饰，这让贾谊反复想，或许是墓主家人想用这朴素装扮减少盗墓人对它的关注。那时全国三分之一的财富都随着墓葬进入了地下，盗墓业因之而起，就是藩王也奈何不得，甚至因为人在烟霞处更招盗贼惦记。待这四具棺材层层套好并安置完毕，要再通过奠堂后侧一段幽暗的坑道送往墓穴，当然后面的葬仪，除王室家族成员，所有外臣均不允许参与。贾谊记得，上次朝堂上讨论过共王的葬仪，之后吴著对葬礼的规格进行了一些修改，降低了葬仪的规格，但现在看来还是非常奢侈，而且有些僭越礼制，脸上便有了些许不快，心里也犯着嘀咕。正好右丞相利豨在自己身边，便轻轻地用手碰了碰，想与他简单地交流一下自己的感想，而此时的利豨早已神思到几年前父亲利苍在浏阳河畔马王堆的葬礼，满脑子里想的是父亲的葬礼与共王的葬礼有哪些差距，棺椁略小了一些，陪葬的物件也稍微少一些，内心因此便稍稍有些遗憾。利豨神飞遐远时，不期然被贾谊轻轻拉了一下，不觉有些发怔，正想要轻轻地问一声贾谊何事，不巧吴著的眼光竟然正好朝这边扫了一眼，两人便全都不再吱声，好在此时大家的注意力全都在葬仪上，人人脸上挂满忧戚，谁也没有在意贾谊和利豨刚才在想什么。

贾谊刚才还在惊诧于三具棺木，并想到葬仪过于繁缛时，只见一个肥肥胖胖、穿一件茱萸绣曲裾上衣的吴氏家丞将一块木牍交给奉常，上面用小隶写作“文帝三年五月丙戌，家丞勇移主葬郎中移葬物，编目如下……具奏主葬君奉常”，并朗声宣读了随葬的一千二百多件珍贵物品。

趁着吴氏家丞宣读这份随葬清单时，贾谊看了满屋子令人眼花缭乱的随葬品，有皇帝赏赐的金钱、缯絮，绣被百领，衣五十箧，璧珠玑玉衣，梓宫和便房等，全都模拟共王生前的样子，按照最后进入椁室的方位摆放着，并分别标有“头箱”“南箱”“西箱”“北箱”等字样。“头箱”主要是共王生前居住场景，四壁挂着丝织品的帷幔，底部铺着竹席，中间放着宴享用品，西部陈放起居用品，东部有书简、琴瑟竽笛等乐器和着衣女侍俑、着衣歌舞俑和彩绘乐俑，东、南边厢是管家、奴婢住的地方，放置一个高冠木俑和五十个直裾彩绘立俑，又有大量漆器和部分陶器以及少量竹笥，三百支随葬物品遣策竹笥也放在这里。“南箱”放置一个高冠木俑和一大批彩绘立俑，又有一半的陶器以及部分漆器和竹笥。“西箱”为库房，每一层竹笥约三十个，一层叠着一层，另外还放着数十万个泥质冥币。“北箱”旁边堆满漆器、陶器、木俑、竹笥等各式器物。这些物品按品类来分，有盛放食物的鼎、盒、壶、钟、钫、盆、盂，饮汤和喝酒用的耳杯、卮杯以及盛放耳杯的具杯盒；有用水盥洗的盘和澡盆，承托食具的案几和平盘，盛放各种梳妆用具和其他实物的奁与多子盒；有日常生活用具和摆设的案几、屏风，挂放武器的兵器架，取食物的勺和汤匙，赌博用的博具，展示王室威仪的车骑、乐舞、童仆等侍从。以上都是椁室内回廊中的陪葬品，至于外回廊里面的器物，同样多得不可胜数，此外还有木制“偶人”两具，在椁室前担任护卫。随葬品中的鼎、钟、钫、盘、案等大型器物主要以精美漆器为主，这让贾谊再次想到汉文帝颁布的金银铜铁不准入墓的规定，但这些漆器非常昂贵。有一次贾谊在长沙城中心的漆器店见到一个绘有云纹的漆鼎，器型端正大方，花纹线条流畅，图案优美，漆绘鲜艳，就想买回来摆着，一问价格，竟是陶鼎的二十倍，于是悻悻罢手。这些来自蜀郡成都和广汉的漆器，原本就是官制漆器水准最高的地方，标有“成市草”或“成市饱”的字样，食具上写着“君幸食”，酒具上则写着“君幸酒”。

想到这里，贾谊抬头看了一下吴著，感觉长沙王也不过是冗长礼仪中受人摆布的“木偶”，奉常怎么说，他就怎么做，规矩一点都不能破坏，礼仪一个也不能少。更要命的是，贾谊自己就考证过，厚葬之风正是吴王阖闾发起的，在虎丘剑池的墓地里，他埋葬了生前喜爱的三千宝剑作为殉葬品，并且以观看鹤舞为名诱捕并杀害了全部工匠，以防止墓地泄密，这位残忍的阖闾便是吴氏长沙王的祖先。想到这一点，贾谊免不了对吴著经常作为口头禅的仁义道德有些鄙薄，但也仅此而已，他认为吴著内心对厚葬制度非常维护与支持，而且打心眼里相信：孝子就是要对先父母实施厚葬与久葬，棺木必须多层，埋葬必须深厚，死者衣服必须多件，随葬的文绣必须繁复，坟墓必须高大，只有这样才能使得孝家繁荣昌盛，实现贫者富、寡者众、危者安、乱者治，因此也就心甘情愿、循规蹈矩地当一名孝子。但贾谊觉得这种铺张浪费的葬仪其实没有很大意义，这么多的随葬品，仅仅因为礼仪和排场的需要，被埋进土里，虽然做过各种防腐蚀处理，木炭、生石灰用了不少，但若干年后，无不化为泥土。他对从战国时期兴起到秦王嬴政统一六国后愈演愈烈的厚葬制度深感厌恶和痛惜，他不知道秦始皇动用七十万民工，在骊山下修建那么宏大的墓地，除了加速自身灭亡外有何意义。更可怜的是，墓地修得那么大，堆放了宝物、香料，想着死后能够继续享用万贯家财。有讽刺意味的是，秦始皇在沙丘平台暴病去世后，不可一世的枭雄只能沦为任人宰割的僵尸，棺材放置在辒凉车中秘不发丧，与之相伴的则是奇臭无比的鲍鱼；普通老百姓穿不暖、吃不饱，道有饥民，路有饿殍，王公贵族却把大量财产埋入地下，这不就是典型的浪费生财、暴殄天物吗？以这种为富不仁的行为谋求所谓福运绵长，既不公平也不仁义，甚至有些愚蠢，其结果必然是适得其反，因为只有行为善良才会积聚为福，如果国家把人民作为根本，君王把人民作为根本，官员把人民作为根本，就不会出现把大量钱财花在君王与官员的葬礼上，而置百姓生活于不顾的情况。关于葬礼，他最欣赏的还是庄子提出的“吾以天地为棺椁，以日月为连璧，星辰为珠玑”，这才是豁达、通透的自然观与生命观，真正是忘却物我，达到无己、无功、无名的境界。除庄子外，他还十分欣赏墨翟提出的节用和节葬的观点：棺木三寸厚，足以让尸体在里面腐烂就行；衣衾三件，足以掩盖可怕的尸形就行，至于墓穴的深度，做到向下面没有湿漏、向上面尸体气味不要泄出地面就可以了，然后简单立一个坟堆以方便家人认识。完事以后，回来该干什么干什么，大家继续谋求衣食之财。贾谊记得，尧、舜、禹都是实施薄葬的典范与楷模：尧去北方教化八狄，在半路上死了，葬在蛩山的北侧，用衣衾三件，用普通的楮木做成棺材，用葛藤束棺，棺材入土后才开始哭丧，圹穴填平而不起坟，葬毕便可以在上面放牧牛马。舜到西方教化七戎，也是在半路上死了，葬在南己的市场旁，衣衾三件，以普通的楮木做成棺材，用葛藤束棺，葬毕后市场上人可以照常往来于上。大禹去东方教化九夷，不幸也在半路死了，葬在会稽山上，衣衾三件，用桐木做三寸之棺，也是用葛藤束住，虽然封了口但并不密合。尧、舜、禹真是给中国的薄葬与厚养做了一个很好的示范，但是他们的继承者，人人口中传颂圣贤，声称要学习和师法圣贤，但在实际中总是心口不一，表面说一套，背地里做一套。

贾谊正这么想着，忽然一阵震耳的鞭炮声响起，继而是鼓乐齐鸣，葬礼进入下一阶段。贾谊的思绪回到眼前，想起目前这种厚葬、久丧的方法，将大量钱财和时间都耗费在少数王侯富豪之家，国家必定会贫穷，人民必定会减少，管理必定会混乱，真是令人担忧。他觉得世道真是很奇怪，社会的发展往往是滤掉很多有用的东西，而独独把很多糟粕留存下来，譬如说尧、舜、禹的薄葬忘掉了，阖闾与嬴政的厚葬却大行其道，这大概也说明，社会对习俗的选择既不公平，也非理性。

08

行悠悠辛追春游
意拳拳贾妇教子

那年春末的一天，天朗气清，辛追由儿媳利豨夫人、女儿利姝陪同，邀请贾谊夫人来到城北紧邻浏阳河畔的陈家湖郊游，这是之前贾谊携夫人一起拜访丞相府后约定的一次活动，约好之后，她们又打算叫上吴著夫人的，但因为吴著夫人成亲多年一直都没有怀上孩子，大家带孩子出门时，难免会觉得有些尴尬，于是作罢。更何况自从前不久利姝向家人挑明了自己深爱着贾谊以后，大家感觉到利、贾两家关系已经俨然不同，如此，这次出行差不多就成了一次家人出游，辛追带上了自己的孙子利彭祖，贾谊夫人则带上了儿子贾璠，两人虽然年纪差了几岁，但毕竟都还是孩子，永远有扯不完的话题，有孩子在的聚会永远不会冷场。

上次贾谊到丞相府拜访时，利姝暴露了自己的小心思，利豨随后便跟妹妹有了一次开诚布公的交谈。他本想劝说一下妹妹，终身大事切勿随意、冲动，在得知利姝主意已定、非贾谊不嫁后，便把这事交给母亲处理。谁知辛追比儿子更加喜欢贾谊，说贾谊这样的人才稀世罕有，要不是他屈尊到长沙来，哪承想自家女儿还能有这样一段良缘。在跟女儿进行过认真交流后，便让利豨正式告诉贾谊，同意把妹妹嫁给他。

贾谊到长沙本来就十分委屈，总觉得很快就会离开这个卑湿的南方之地，因此觉得这份猛然而来的感情十分突兀，一开始十分抗拒，他可不想在长沙开启一段新的姻缘，仅仅把利姝的大胆表白当作小女孩一时的玩笑。但贾谊夫人蓝英得悉这件事后，竟然比丈夫更积极，认为那时男人纳几房妻妾非常普遍，王侯、功臣、大夫之家，不娶妻纳妾便显得不正常，便多番劝说丈夫，贾谊却一直都不为所动，蓝英便拿出了最后的撒手锏，说道："我俩虽说夫妻恩爱，但结婚几年还只有璠儿一个孩子，看看别人家，大妻小妾，哪个不是几年下来养着一群孩子，总不能让璠儿未来一个兄弟都没有吧。再者，要是璠儿再有什么三长两短，莫非要我们家绝后吧？你不会忘记在罗县时璠儿经历过的那次恶疾吧?!"夫人这么一说，贾谊也不禁想起在罗县时几乎被死神掠去的贾璠，心里自然也是十分害怕，便低下头不再与夫人争辩。

在得悉贾谊夫人蓝英也赞同利姝嫁入贾府后，辛追太夫人亲自发起并组织了这次春游，蓝英也十分期待第二次见面早点到来。上次见面是在丞相府的室内待着，不过是玩了一阵子自己并不喜欢的博箸，而这次她要和利家女人们深度接触，最主要的是要把利姝嫁进贾府的事情亲自定下来，心中不免有几分使命在身的责任感。利姝平时虽然大胆泼辣，临到这事，既要面对贾夫人，同时还要面对才五岁的贾璠，小妻与后母的身份一齐向她压来，内心竟然十分忐忑，一时变得手足无措，只是默默地跟在家人后面。

远处青山如黛，太阳照射下，显得更加郁郁青青，近处的丛林里山雀在鸣叫跳跃，拍打着树枝发出"扑哧、扑哧"的声响，野兽发出尖厉的叫声，追逐着前方慌不择路的兔子。湖岸上早有一排带刀护卫笔直地站着，警惕地注视着随时可能出现的异动，虽然这一带常常有老虎和狼群出没，但辛追一点儿用不着担心野物的袭击。两岸青山夹峙，一路蜿蜒而来的浏阳河，到此处已然是曲水流觞，在即将汇入湘江的尾闾地带形成一片大块的沼泽地，陈家湖便是这片沼泽地的中心区域，此时春潮水涨，陈家湖湖面如镜，在太阳的照耀下闪动着粼粼波光。清澈见底的水中，摇曳着金线一样的竹叶眼子菜和苦草，不时有一尾尾摇头摆尾、嬉戏游乐的鱼群穿越其中，近岸则是摇曳多姿的菖蒲、水葱、芦荻等挺水植物。辛追等一群人笑笑闹闹看了一阵子风景，便徐徐地上了一艘木制的画舫，船体和顶部完全仿制宫殿的房屋建筑风格，船体有椽子、雀替、梁、柱、靠、座位、门槛，船并用堆漆画填满着红、黄、蓝三色油彩的云气纹路，装饰有鸟雀、豹子和鲤鱼等动物，以及树木花草和藤萝等植物图案；画舫的顶部装有脊梁、顶板和博风板。辛追年长，在中间最安全的位置一人独自坐着，利豨夫人和贾谊夫人紧靠着辛追一前一后坐着，利彭祖和贾璠两个孩子分坐在他们母亲的身边，利姝则坐在最后一排，几乎与驾娘挨着。辛追年逾四十，着素纱单衣，细嫩的双手上戴信期绣千金绦手套，梳着光洁的头发插一根玉制金菊花宝顶簪，系一条一指宽的酱色绢带，脚蹬双尖翘头叶绿色青丝方履，人显得富态精神。利豨夫人着交领直裾的印花敷彩绛红春衫，印花与彩绘都十分精巧，由枝蔓、蓓蕾、花蕊和树叶组成纹样，惟妙惟肖，衬着她娇嫩而又富有弹性的肌肤。贾谊夫人第一次受邀参加辛追组织的郊游，特意选用了一件交领曲裾的罗地信期绣上衣，并特意在领口絮有丝绵，这还是之前吴著夫人赠予她的一块面料缝制的。蓝英一直都低调地穿朴素的青布上衣，来到长沙后，觉得南方的奢靡绮丽非北方可比，慢慢也跟着入乡随俗。尤其是轪侯家的春游更是不能马虎对待，今天还带着促成贾谊和利姝天作之合的重大使命，这才第一次穿上这件菱环相扣、花地均匀的菱纹衣服，衬托出身体的匀称与姣好，心情也随之好了几分。前后两端各有一位驾娘，各执一叶摇橹，一左一右向前轻轻划着，在湖中留下一道道碧波，雨燕在湖面飞翔，鱼儿在水中畅游。辛追端坐中央，一任清风吹拂，心中十分欢快，利豨夫人陪着婆婆，担心游玩中出什么事，因而时刻小心提防着。蓝英从北方来到南方水乡，素来不谙水性，要不是陪着贾谊涉江渡水，经历了那么多的风浪，还不知道行进在湖洲上内心会有几分害怕，此刻她将贾璠的小手紧紧地握在自己手中，那个小生命可是她和贾谊的“命根子”。

辛追见蓝英还略显拘谨，便打破沉寂，拉开了家常：“贾夫人，你来长沙已经一年多了，这样一起郊游还是第一次，能邀请你一起出来真的很高兴。不知你现在是否已经习惯了这边的生活？以后利姝嫁过去，大家都是一家人了，生活中有什么困难需要帮忙的，尽管有话直说，千万不要见外。”

对于利姝的婚事，蓝英之前都是听中间人传话，说太夫人非常支持，心里还有七八分打鼓，未承想，辛追太夫人见面就主动把这件事说了出来，连忙接话道：“谢谢太夫人，这么爽快地同意把利姝嫁入咱家。我来长沙之前，大家都说这边地远卑湿，贾谊和我心里都非常担忧，结果到这里之后，发现这边气候宜人，山清水秀，环境优美，物产丰富，人也很热情，生活也没有什么大的困难。利姝这么好的女孩能结缘到贾家，今后我们两家人变一家人，一定会像姊妹一样，相处得非常愉快融洽！”

“算起来，我们都是从北方来的，高祖九年我陪着孩子他爹带着豨儿到长沙国时，差不多也就是你这个年龄，后来又在长沙生下利得和利姝，一晃眼，豨儿、利得都娶了媳妇有了孩子，我自己却老了，想起来，人生一世真是岁月如梭，逝水流年，过得太快了。就是利姝的婚事一直是我的一块心病，好在现在定了下来，嫁了你们这么好的人家，我真是没有什么担心和遗憾的事情了。”辛追望着眼前的湖面，陷入了对过去的回忆，同时泛起一些满足感。

“太夫人初来长沙国时，国家刚刚经历过诛戮暴秦以及多年的楚汉相争，想必也是千疮百孔、千灾万难，所幸经过这么多年休养生息，这边生活水平大大提高。我想，这种生活的巨大变化，一定有太夫人一份功劳在里面。”贾谊夫人对长沙的印象不错，来长沙一年多时间，也多少耳闻过丞相府的一些事情，对于辛追在轪侯家族中的地位和影响大概都知道一些，今天难得受邀在一起游玩，又亲耳听到她同意将利姝嫁给贾谊这桩喜事，不由得这样客气地赞赏道，同时拿眼睛慈爱地望了望利姝，内心想“好俊”。利姝见蓝英盯着自己，连忙羞红着脸低下头来，轻声道：“姐姐好!”

“其实大家也经历了很多艰难困苦时期，主要是南方总体上比北方落后，生活条件差一些，刚来时连像样的家什都没有。虽说那时全国各地都穷，皇上都找不到一匹纯色的马，王侯将相上朝只能坐慢慢吞吞的牛车，但那时长沙更是艰苦，物价高得吓人，一头普通的母黄牛竟然卖到一百多金，我们虽然也是封侯作相的人家，但其实生活非常清苦，一年添置不了几套衣服，利豨穿不下的衣服，弟弟利得接着穿，只有利姝一个女孩子，从小穿戴与哥哥们不一样。生活中的苦也就算了，更不堪的是处于朝代兴替时的动荡不安中，终日提心吊胆的。”辛追沉浸在对往事的回忆中。

“利豨经常给我讲母后过去那些充满辛劳的往事，总是不开心的时候多，经常眉心紧蹙，满脸愁容，一副忧心忡忡的样子。好在惠帝二年，念及公公协同长沙王平息黥布谋逆有功，封了轪侯，给了封地，日子总算一天天好了起来。”利豨夫人见婆婆回忆往事，不失时机地插话。

“来长沙一年后，前丞相许成去世，朝廷一心要找一位贤明能干的人辅佐长沙王，这样利豨他爹就继任了丞相，平时也是忧劳烦心的事情多，省心的日子少。黥布谋逆那会儿，成王刚刚继位，又担着姑爷这样一个身份，朝廷总是有着一百个不放心，好在利豨他爹之前就跟过高祖，其中一次还用错金银弩机射杀紧追不放的追兵，高祖幸而逃命，并对利豨他爹留下深刻印象，这才在后来被派到长沙国。成王因身份原因受到朝廷猜疑时，有丞相监国并向朝廷传话，长沙国才幸而保留下来。”辛追还沉醉在对漫长过去的回忆中，对先夫的褒扬当然也有几分添油加醋。

“我和贾谊还在洛阳时，就常常听人说，长沙国有个非常厉害的丞相，之前就护主有功，一直都被朝廷嘉许，在长沙辅佐王侯，也是尽心尽力，关键是虎父无犬子，现在您儿子继承了相位，也是功劳显著。我们原来就觉得这地方很神奇，没承想贾谊来长沙了，而且我还能跟两代贤惠能干的相夫人同船春游，真乃幸事！”贾谊夫人恭维道。

“男人们每天为政事忙忙碌碌，我们做女人的虽然不便参与，但其实内心担心得很，而且侍奉君王总得有十二分的小心，丞相虽然不如藩王那么位高权重，但也是不好当的，纵使你一片丹心，可忠心还需要君王的认可，赵国丞相贯高就是典型的例子。他不过是见高祖对赵王做得太过分，说了些公道话，就落了个身首异处，何况赵王还是高祖的女婿，吕后平日里还那么宠着鲁元公主，将其看作心头之肉。唉，扯远了，好在丞相与长沙王同心协力，黥布的叛乱很快平息，这事总算过去了，但孩子他爹长期积劳成疾，吕后三年，他还正值盛年，就撇下我们母子去世了。”提到去世多年的丈夫，辛追不禁掉下伤心的眼泪。

谈起去世的公公，不禁扯落了利豨夫人的泪珠，因为正是公公的主张，她才从隆虑侯周灶的女儿变为利豨的夫人。利豨作为轪侯的长子，长相英俊，身材魁梧，仪表堂堂，又跟随父亲在长沙国历练多年，更显成熟稳重，一时成为长沙国无数富家小姐的梦中情人，就连最有势力的长沙王和醴陵侯都有意与利苍联姻。辛追原本替儿子看中了长沙王吴著的第二个姐姐与醴陵侯的长女，但转眼一想，朝廷本来就对异姓王心存戒惧，委派自己作为长沙国丞相本有监国之义，如果丞相与藩王联姻，从监国者变成儿女亲家，皇帝哪里会睡得上安稳觉。而醴陵侯早在栎阳时，就曾经伏击过西楚霸王项羽，因为护驾有功深得高祖欢心，被授予长沙国左丞相，吕后四年又封为醴陵侯后，自视有几分资历，背后又有吕后撑腰，常常要显得自己与众不同、高人一等，朝议时就常常与利苍意见不合，选择他的女儿给自己做儿媳，上辈子心里结下的那些梁子势必会延续到下一代。恰好隆虑侯周灶在长沙国督军时，看上常常往军营中督办兵马粮草的利豨，觉得这孩子长相俊朗，做事麻利精干，便亲自选为女婿，这才成就她与利豨的天作之合，利苍、辛追夫妇自然也都非常满意。这天，辛追说起丈夫盛年早逝时，心中也颇为惆怅，于是利豨夫人说：“公公虽然已经离开我们，但他的音容笑貌永远留在我们心中。”利苍去世时，利姝才五岁，虽然还记得父亲带着自己骑着木马、教习骑射的情形，但整体上对少儿时代的记忆还很模糊，此刻听嫂子提到父亲，一边为自己幼失父爱伤心垂泪，一边又为即将到来的婚姻与家庭感到幸福，一双柔嫩的手不自主搭在前排的璠儿身上。

辛追一行在水面划着，不觉到了一座拱桥。拱桥两侧是一条长长的柳堤，两行垂柳在微风的吹拂下摆动着恍若金丝一样细长的柳条，好一些贴着水面漾起层层波纹，几只红色的蜻蜓轻盈地飞舞，其中一只还衔着一条扭着身子、不断挣扎的青色飞虫。辛追正看得出神，不觉船头已经穿过桥拱，进入另外一片更加开阔的水域，湖面上漂浮着一大片睡莲，开着紫色和晕黄的花儿，一大群头顶灰绿色羽毛的野凫在睡莲中穿游，其中两只飞快地掠出水面，忽地在远方停下来泊在水上嬉戏，几尾肥壮的红色鲤鱼跳出水面，映衬着金色的阳光，在空中划出一根根漂亮的弧线，忽儿又跌落水中，荡起更大的水花。辛追完全被眼前的景色迷住了，于是说："这不，我们出来就是图个轻松快活，怎么一见面就提起那些伤心往事，何不趁此良辰美景，享受着大自然的无限风光。"辛追说着，仿佛因为自己一直在讲述那些过去的故事而略略有些不好意思，连忙岔开话题。

"更何况我大汉立朝以来，历来重视民生，现在老百姓的日子富裕，市面上物质丰富了，衣服的颜色也艳丽了，至于我们家，更是沐浴皇恩。公公在众多朝臣与将士中被封为轪侯，现在夫君继任第二代轪侯，我们这条船上就坐着两位轪侯夫人，这是朝廷对我们家的特别恩赐，我一定辅佐夫君，报答朝廷的恩情。"利豨夫人说着洋溢着浓浓的幸福感，脸上多了些羞涩，甚至对身边的蓝英有着一点点掩饰不住的傲娇。

辛追见此，忽然想到，贾谊虽然没有封侯授相，年纪也很轻，但要论名声，其实远在利家之上，于是想提醒儿媳妇收敛一下心中的小小得意，更何况自己的宝贝女儿很快就要嫁过去，便说道："别光顾着吹嘘自己的夫君了，贾夫人可是从京城长安来的，太傅是皇帝身边的人，未来还要当公卿夫人的，哪像我们长期在南方这些小地方待着，没什么见识，还不赶紧请贾夫人给我们介绍介绍一下丰富而又多姿多彩的京城生活？"利姝见母亲夸着贾谊，内心想象着自己就要与他结为夫妻，脸上不禁一片绯红，心里十分激动与自豪，同时对嫂子只顾不停地夸奖哥哥，竟然有了一丝丝的不满。

贾夫人见辛追把话题转向自己，连忙说："晚辈年轻，没有什么见识，吕后七年，贾谊同我成婚，婚后第二年就有了孩子"，贾谊夫人说时用手搭在身边的贾璠肩上，这时他已经是个五岁大的孩子了，继续说，"贾璠刚一生下，我们从洛阳到了长安，他爹就拜北平侯张苍为师，一天到晚忙着读书写文章，哪里有什么时间过寻常的日子，这不，一口气写了好几本书。接着又由张苍老师领着，与太中大夫刘皆修一起，着手编纂《春秋左氏传训故》，一天到晚埋在书堆里，简直就是书虫子一个，从没有什么时间管咱娘俩，说句让大家见笑的话，像今天这样摇着船、吹着风、在湖面上放声唱歌的野游，在长安时一次都没有过，到这边来我才觉得长沙人真会生活。"贾夫人今天难得一次放松，说话也就随便些。

"贾太傅天资聪颖，又跟着吴公和北平侯这样的好老师，自己又异常勤奋，难怪他那么博学多才了，不像彭祖他爷爷，一介武夫，要么常年提着脑袋在战场上厮杀，要么忙于政事，今儿这里有军事防务，明儿那里又需要饥民赈灾，哪里有什么时间学习。

好在现在战火停了，国家安宁，大家条件好了，因此我们一定要抓好利彭祖的学习，让他也成为贾太傅这样的大学问家。”辛追转身，既像对身后的媳妇说，又像是对自己的女儿利姝说。

利豨夫人听此，用手抚摸着利彭祖的头，心想他未来也是要继承封地，作为藩国丞相，总百官之要，调理天下事务，便说道：“我们家彭祖将来也是要像他爷爷和他爹一样为国出力的，我一直都在操心他的教育。之前听孩子他爹说，贾太傅经常跟他说，民众是国家的根本，教育是政治的根本，修道是教育的根本，还与他讨论过早教和胎教，恐怕都是咱泱泱大国第一个提出孩子早期教育的人。贾夫人，俗话说近朱者赤，人如练丝，用蓝色染料染它就成为蓝色，用黑色染料染它就变成黑色，你每天都跟太傅生活在一起，一定要告诉我们关于教育孩子的事。”

贾夫人便说：“教育的那些大道理其实我也不懂，什么早教、胎教的之前我也很少想，但孩子他爹跟我说过，古时候要求贵族妇女，在妊娠中心中所想、眼睛所视、耳朵所闻、手中所做的，一切都要遵守礼仪，目不视恶色，耳不听淫声，口不出狂言，立而不跛，坐而不差，笑而不喧，话不高声，笑不露齿，这样胎儿才能在母体中受到良好的教育。周武王的王后邑姜怀孕七个月时，就住进了专门的宴室，掌管诗、乐的长官大师拿着乐器在宴室的左边，负责王后饮食的太宰拿着量器侍奉在宴室的右边，负责占卜的太卜拿着占卜用的蓍草、龟甲侍奉在寝宫的堂下，各官都根据自己的职责侍奉在宴室的大门内，等候太子的出生，这就是大家讲的胎教。周成王出生后，选择有仁义之心的乳母喂养他，选择懂得孝道的保姆背着他游玩，四位贤德的人在一边陪着他；周成王懂事后，周武王选择太公吕尚做他的老师，又选择周公来辅佐他，这就是早教。”利姝听了贾夫人对丈夫的介绍，心中对贾谊的敬仰又新增了三分，内心竟然想象起自己大着肚子的模样，脸上洋溢着幸福与骄傲，但又不敢说出来。

辛追先前也略略知道一些文王和成王的事情，而且都是一些老早以前的陈年往事，便开玩笑地说：“这些都是培养一代明君圣主的做法，所以周成王后来有了派兵东征、统治中国、营造新都、诸侯来朝、制礼作乐、泰山祭天的盖世功业。贾太傅如此注重孩子的教育，莫非是要把咱们璠儿也培养成三公九卿，甚至是周成王这样的古今圣人？”

“那不过是他自己爱闲扯教育上的一些事，他就这样，心里总是爱琢磨朝廷的事情，像皇帝该怎么朝政，皇后该怎么辅内，太子该怎么读书之类的。他经常说孩子教育最要紧的是选择好玩伴，并趁他们的心还没有变野时及早抓，但我们璠儿的教育，他从来都没什么时间管，差不多是野草一样自生自长。”贾夫人说话当然都是有意谦虚，但贾谊没有时间管孩子也是大实话。她自己出身于书香门第，贤惠知书，言传身教，把培养孩子的事情看得比自己还重要，经常给贾璠讲述商周时期礼仪容颜、言行举止，讲得最多的是“孟母择邻”的故事，一方面是激励孩子，一方面也是提醒自己时刻不忘相夫教子的责任。利姝还是一个黄花闺女，之前对孩子之类的话题几乎没有感觉，今天听贾夫人说起贾璠的教育，竟然在心中泛起一波柔柔的母爱。

“贾夫人也是太心急了，璠儿才五岁，光看他彬彬有礼，温文尔雅，龙章凤姿，天质自然，一副知书达理的样子，同样大的孩子，像他这样成熟稳重、知书达理的真是很少见，长大以后一定也会像他父亲一样，风流倜傥，胸罗文章，大家连夸他都来不及呢。倒是咱们彭祖，要多向贾璠弟弟学习，听见没有？”利豨夫人一边说，一边拍了拍身边的儿子。

“母亲，孩儿知道了，以后我也要像贾璠弟弟一样，见正事，闻正言，行正道，做正人。”利彭祖之前听启蒙老师讲过一些礼容方面的教谕，这时一副小大人的模样，用一腔稚嫩的童音说出来，逗得大家一阵欢笑。

辛追见了，也很高兴，便说：“贾太傅自己也说过，凤凰生而有仁义之意，虎狼生而有贪戾之心，天性成自然，人生富贵，都在娘肚子里就决定了的，我们也莫太逼他们了，好好的一次游船，搞得他们紧张兮兮的，放着眼前的风光不见，满脑子的子曰诗云，怪没趣的。”

忽见前方水面浮出一大片水草，全是叶子扁而有尖、叶下可见暗红色带刺果实的植物，有几只青蛙立在上头，警惕地看着前方是否有虫子等食物。贾谊夫人从北方来，没有见过这种植物，一脸好奇地望着，辛追就告诉她：“这种果果在水中跟莲藕算是一大类的，每年初夏时开小白花，在夜里开放，白天便合上，随月亮的圆缺而转移，它的果实便是菱角，菱角嫩的时候可以剥开炒着吃，果实变老时，果壳十分坚硬，但菱粉粥可解内热，吃了对肠胃很好。南方不比北方，很多东西都是在水中生长的。”辛追耐心而又略有自豪地介绍。

“难怪太夫人保养得这么好，虽然按辈分您是我们的长辈，但长得皮肤白嫩，容光焕发，气质又好，整个精气神一点都看不出是上了年纪的人，原来太夫人懂得这么多养生方。”贾谊夫人道。

“也不过是一方山水养一方人，长沙虽说是潮湿了一点，但住着住着也就习惯了，再加上平时保持良好的心情，凡事朝前面看，往宽处想，这样什么事情就都挺过来了。尤其是利豨他爹去世那阵子，吕后的边境政策，把南越国跟长沙国关系搞得那么僵，豨儿又刚刚接替他爹的位置，年纪又轻，政务繁多，我一个做娘的也不能不多帮衬些，身体差点拖垮，至今落下腰痛、腹痛、便秘、腹泻等一身毛病，偶尔还有心痛、胁痛、寒痹等现象，这些年也就经常吃些辛夷、茅香、桂皮、花椒、干姜、杜衡等中药，有时也吃细辛、枳壳、全瓜蒌、汉防己等一些温阳通痹、温经通脉的方剂。但药补还只是一个方面，我生性开朗活泼，常常在家里看看书、做做导引，或者弹会儿琴，要么像今天这样，邀几个知心的人出来，划划船，晒晒太阳，呼吸一下新鲜的空气，这样一来，身体便慢慢地好起来了。”温暖的阳光下，湖面的风温馨宜人，辛追心情也格外的好，连体态都显得更加丰盈。

“母亲其实平时操劳得很，孩子他爹经常对我说，刚刚接任丞相职务后，便能够胜任有余，积极辅佐长沙王，使卿大夫各得其职，百姓春种秋收，特别是果断处置黥布反叛和妥善处理赵佗的进犯这种烦心事，都是因为母亲时刻提醒帮助。像今天这样开心游玩的日子，也是近两年才多了起来。”利豨夫人道。

“常言说得好，儿行千里母担忧，儿子再大也还是自己的孩子。好在豨儿现在做事仔细周详，朝廷对他时常嘉奖，大王也对他称心满意，其他官员都各司其职，也就用不着我这做娘的再操心，乐得在家里过轻松自在的日子。”辛追内心很满足地说，脸上洋溢着幸福。

“那也是该您享清福了，孩子这么有出息，媳妇又这样孝顺，孙子还这么乖巧懂事，算是人生样样可您心意，真是可以轻轻松松安享晚年了。不过，我们这些做母亲的，之所以一辈子忧劳操心，还是自身做了很多应该由国家和社会承担的东西，这一点我非常赞同播儿他爹所说的，一个人一旦长大成人，就不能再依靠父母和家庭的培养，因为父母的能力和眼界总是有限，应该靠太傅、太保和有司等职位的人监督匡正。古时有进善之旌、诽谤之木、敢谏之鼓，就是起这个作用，有瞽史诵诗、工诵箴谏、大夫进谋、士传民语，也是这个目的，这样才确保人在成年后，一辈子不犯错误，至少是少犯错误。”贾夫人道。

“您讲的是一辈子成长修为，足见贾太傅远见卓识，长于思考那些最根本的问题，如今也用不着母亲再去想。尽管如此，现在母亲也一点都不轻松，丞相府的一般政务现在是很少过问了，但大事还是要请您做主，这样心里才踏实。至于家庭里大事小事，更是靠您掌着，一屋子的亲戚来往、洒扫庭除、杯盘碗碟、衣物衫帽、酒具器皿，无不百般操心，万分劳作，您真是太辛苦了。”利豨夫人虽然渐渐接过了府中的事务，还是谦卑客气的媳妇模样，不敢把家政的功劳记在自己身上，接着继续夸道：“就是琴棋书画，太夫人也都十分在行，尤其是弹得一首好琴，随便一操弄，便满室琴声，给我们全家带来欢声笑语。”

辛追听了媳妇这样夸自己，心里委实十分高兴，便说：“其实哪里有什么琴棋书画，不过就是经常弹弹琴、鼓鼓瑟，不让手生分，所谓拳不离手、曲不离口，自己也讨着乐子罢了。”说着，轻轻掀开膝前的几案上的一块烟色菱纹罗地信期绣盖布，露出一具用整木斫成、有着二十五根弦丝的瑟来。辛追向前伸起双臂，掌心朝下，左右两手指顺势向两侧一抹，这张瑟便发出一阵和鸣之声，待试音成功，辛追拇指、食指、中指和无名指挥动起来，擘、掩、抹、挑、勾、剔、打、摘、拂多种手法并用，一曲《蒹葭》便飞越水上、响彻行云。利豨夫人、贾谊夫人也都轻轻地和着歌词。辛追兴致更高，再次用双手优雅地一抹，结束自己的弹奏，满船上的人全都鼓起掌来，利豨夫人甚至还在意犹未尽地哼着刚才的曲子。

贾夫人道：“简直是太美了，这样的曲子恐怕只有天上才有，岂是人间随便就能听到的？特别应着这‘蒹葭苍苍，白露为霜’的自然美景，又和着这样稀世的乐曲，今天可算是既饱耳福又享眼福了，我想孔子与子路、曾皙、冉有、公西华一众得意弟子，和服春衫的游乐也不过如此。”

辛追心里有着几分满意地说：“不过是经常练练手罢了，但在这自然美丽的湖泊上，以天为幕，以水作床，以风为媒，又有着贾夫人这样一位佳人陪着，知音在侧，就好像比平时在屋子里弹得更加顺手。不知道贾夫人平时在家里都玩哪些乐器？”说完，望了一眼贾谊夫人葱白一样的双手。

“也没有学会什么乐器，只是我比较喜欢清竹的声音，去年起开始学过一阵子竹竽，连宫、商、角、徵、羽几个基本音阶都没有弄得很准。”贾谊夫人刚刚听了辛追的演奏，自知相距甚远，生怕班门弄斧，还不如及时藏拙的好。

正这么说着，辛追一行已赶到一处码头，停好船，系好缆绳，随即上了岸。早有一班下人迎了上来，迎面的岸边两株高大的木莲树，枝繁叶茂，浓荫匝地，枝头盛开的粉红色木莲花格外引人注目，散发出淡淡的芳香。此时正好到了中饭时刻，下人们便把辛追一行引至一处山庄，此处茂林修竹，前方一方水塘，山庄僻静优雅，原为丞相家一处乡村别墅，山庄布局严谨，错落有致，古朴典雅，雄浑庄重，重脊高檐、垂花门楼、假山瀑布、曲顶回廊。辛追引得贾谊夫人进得屋来，先是正殿，设天地君亲师灵位，两侧一副对联书曰“经传正道著；志襟社稷重”，下一香案，摆三牲、水口等祭品，檀香缭绕，满室生香。正殿后还有一进，是辛追太夫人自己的，但山庄盖好第二年，丈夫利苍去世，辛追睹物思人，很少来这边，一般都是在城里住着。正殿左侧卧室是长子利豨一家，右侧则是次子利得一家，房屋结构与面积完全一样对称。这天因为是大儿媳妇利豨夫人陪着，辛追和儿媳便引着贾谊夫人从左侧的门，进了自己的家，原先跟在后面的利豨夫人略略往前靠了靠，站在辛追左侧，贾谊夫人在辛追右侧跟着。利姝先前总是跟嫂子站在一起的时候多，现在不自觉地站在贾谊夫人身后。但见紧靠正殿这一间房，正进门处又一茶几，上覆藏青色平纹罗织，茶几两侧各有一排桌椅靠墙摆着，桌椅上垫多色绒圈锦，东壁绣龙凤蔓草纹，西壁绣花草枝蔓和变体的鹤与鹿。

利豨夫人趋前向贾谊夫人介绍：“这里也就是个简单的客房，平时在城里时候多，偶然到乡下休息，或是会会客人，也就没有怎么收拾。”说着引着大家到隔壁另一间房，这里正是利豨与自己的卧室，卧室上方摆一雕花梓木婚床，窗前立一梅、兰、竹、菊四轴刺绣屏风，婚床正上方为一对并蒂荷花，一朵盛开，另一朵含苞欲放，盛开之荷花之中，已经显露出粒粒饱满莲子，荷花丛中有嫩荷葳蕤秀出，昂扬向上挺拔生长。荷图两侧各有一圆形图案，上绘淡淡青山、飞鸟云烟，再两侧各绘龙凤图一幅，两相对峙，鸾凤和鸣。荷图正下方挂一金黄色葫芦。荷图正下方又一排雕塑，绘蝙蝠、鹿、鹤与鲤鱼，全都精雕细刻、油漆金彩，十分华美，从雕镂处各用红丝线缠挂一方“中国结”，一派红红火火，两边另有帐钩勾挂的帐幔。

哥哥与嫂子的这间婚房，利姝之前也是见过的，但是今天陪着大家一起来，有着别样的感觉，觉得任何一个场景都把贾谊和自己摆了进去，想象自己和丈夫新婚的场景。正好这时，蓝英向自己看了看，利姝便觉得自己的小心思全都被看破，瞬间脸上绯红，连忙羞愧地低下头，眼角的余光却落到了床前的整木踏板上。踏板两头靠床各安放一个与床面等高的床头柜，床头柜板壁上方有木格木箱和镜子，木格上整整齐齐地叠着衣服，木箱里放有零食糕点，以及一些梳妆用品和梳妆用品，其中一个黑褐色质地上敷金粉的双层九子漆奁，还彩绘上黄、白、红三色云气纹，璀璨耀眼，无比华丽。利豨夫人打开奁盖，只见奁内上层放着罗绮手套、絮巾、组带和绣花镜套；下层厚木底板上，嵌有九个夹贮胎小盒，小盒有椭圆形、长方形，圆形和马蹄形多种。小奁盒上的花纹，有漆绘、油彩绘，也有锥画，锥画花纹中夹杂着漆绘，漆奁里面除了有五只小圆奁，还盛放着铜镜、镜擦、镊、茀、笄、梳、篦、环首刀等梳妆用具以及粉扑、香粉、胭脂等。木梳、木篦刨削光整，分齿均匀，非常精致。利豨夫人见贾谊夫人看得出神，便说，梳子是用交趾国上等象牙雕制的，木篦用南方黑檀木制成，共有七十四个齿，由数十名良工花费半月才成，但用它来篦几发，丝丝缕缕，非常舒服，而且梳着梳着头发也就青了。

再往西是又一处卧室，室内置有一床一榻，床是给利彭祖睡的，图案也简单，一幅是福娃向老祖献仙桃，福娃和仙桃均敷月白色漆料，上覆金粉，另一幅则是孟母教子，孟母神情专注坐在纺机前，少年孟子表情恭谨，神态栩栩如生。榻是给奶娘用的，髹黑色漆，置于房间一角。床榻之外，临窗处摆一孩童用的书桌，桌上笔墨俱全，描红本也整齐地摆放着，只是利彭祖实在太小，又不常来这边，因此所有的用具也都是闲着，空寄着主人望子成龙的一片苦心。

看毕，利豨夫人引人至隔壁书房，临窗是一书案，书案后置一扶手椅，椅子上方软软的竹垫。一缕缕明亮的光线透过窗棂照射过来，书案上整齐地放有笔、墨、印泥、水滴、笔筒、墨匣、笔帘、笔架、笔搁等，左边的抽屉里放有《周易》《春秋事语》《老子》和《诗经》等好几本书，右边的抽屉里放着一本小篆字帖，书案旁边是一高一低两个花架，高的花架错落地放着菖蒲、兰花、碗莲、青苔几盆绿色植物，矮花架上则放有几颗造型各异的古玩石头，冰种韵翠，晶莹圆润。书房东侧置一座五弦古琴，上敷明黄色绢布。书房西侧几案上放着一个彩绘陶香炉，形制似豆，香炉盖上镂孔，盖顶为鸟形纽，纽身刻画卷云纹和弦纹，炉盘内燃着茅香、高粱姜、藁本等香草，散发出袅袅青烟和淡淡清香，辛追夫人忍不住深吸了一口。利豨夫人牵着孩子的手：“丞相和我都很少到这边的房子来，孩子更是来得少，这些个琴棋书画，不过也就是个摆设。”

出罢书房，又经过一个厢房，下人们把大家引至水塘边一个独立的用膳房，一大圆桌，不远处照例少不了瑟、竽、笛、琴和竽律等音乐。食物非常丰盛，主要以羹、脯、脍、炙为主，羹类食物计有牛白羹、鹿肉鲍鱼笋白羹、鹿肉芋白羹、小菽鹿肋白羹、鸡瓠菜白羹、鲼白羹、鲜鳠藕鲍白羹、狗巾羹和雁巾羹；烤肉类有烤牛、烤犬、烤狗、烤鹿、烤牛肋、烤牛乘、烤犬肝和烤鸡等烤八品；细脍类有牛、羊、鹿、鱼脍四品；牛、犬、羊、豕前后腿火腿八种，豚，兔，鹄等熬十一品，采用脂、鱿、酱、锡、豉、醢、盐、菹和齑多种调料品。辛追便引着大家上席，自己居中座，贾谊夫人坐右侧，利豨夫人坐辛追左侧，利姝便紧挨着嫂子坐着。贾谊夫人望着满桌的菜食发怔，感觉没法下筷子，辛追带头吃了一筷子开胃菜后，便提议大家先喝点白酒，贾谊夫人就推说不胜酒力，于是大家换了白色的杯子，侍者在每人杯中加了一些温过的杨梅酒，辛追和利豨夫人婆媳轮番劝着酒，并不停地介绍着杨梅酒的制作工艺，以及长沙的饮食习惯和桌上的菜品。贾谊夫人要了一盅小菽鹿肋白羹、一小块烤牛肋和细脍羊后腿肉，外加一小碗米饭，便觉得吃得有些撑了，但辛追婆媳不断地劝酒，也就多吃了些，继而大家脸上都有些微微地泛红。随后侍者又新添了小食和果品，辛追要了一小碟枣糗，利豨夫人要了一小碟稻蜜糗，贾谊夫人要了一小碟葧荠糗，果品则都是细切的梨、李、梅、杨梅和甜瓜，这样才算在音乐伴奏与觥筹交错的酒食中吃完这一顿晚餐。

此时，天色还不算太晚，深红的夕阳渐渐朝西边沉落，远处的麓山余脉仿佛披了万道霞光，近处的湘江波光粼粼，鸥鸟与燕子沿着河岸上下飞舞，连夜食性的蝙蝠也在漫天飞舞，构成一幅美丽的江岸美景。辛追还想多看一会儿，但一看离回城还有这么长一段路程，便让侍者驾车准备往回走。前面一辆马车牵引，辛追、贾谊夫人和利姝上第二辆车，利豨夫人带着家眷坐第三辆车。马车四面皆是昂贵精美的云绣纹丝绸所装裹，镶金嵌宝的窗牖被一帘淡蓝色的长寿绣绉纱遮挡，每辆车由四匹马牵引，马夫熟练地坐在马鞍上，只见他左手牵着缰绳，右手挥舞马鞭，一色的黑骏马踏着矫健有力的步伐，飞速向前奔跑。贾谊夫人从帘子里看了看窗外，但见金色的夕阳中，驿道上悠悠地掠过一辆辆线条雅致的马车倒影，两边驿道一垄垄修葺整齐的稻田里，满是衣服简朴、挥汗耕耘的汉子，而相邻的垄岸上，好几个长满皱纹、衣着粗布衣服的妇人，正斜挎着竹篓，辛勤地采摘满树的桑叶。

09

溯湘江凭吊战场
铸铜钱南国谏言

贾谊来长沙国已接近两年，对藩国事务全都了然于心，但他还是决意溯湘江而上，对南部长沙国作更多的了解，他认为这种深入民众一线的调查了解，近则可以辅佐长沙王，远则可以裨益朝廷，通过自己让汉文帝了解更多基层和边境的真实情况。利姝一年多前已经进入贾府，与贾谊恩爱非常，对贾谊夫人蓝英则每天都以姐姐相称，唯一的遗憾是两位夫人都没有给贾谊新添一男半女，利姝虽然几个月前怀孕了，但因为早产，已经成形的孩子居然没有活下来，这让一家人非常伤心，最近才慢慢把心情平复过来。因此，贾谊决定沿湘江南下时，蓝英决定让利姝陪同，内心在想，一定要让利姝尽快为贾谊诞下一男半女。

时值初秋，暑意在慢慢消退，湘江两岸依旧绿意盎然，只有少数一些树木随着季节变化缓慢地转换着颜色。贾谊选择在风和日丽的早晨从太平口码头上船，一轮旭日从远处的山脊背后缓缓升起，把整个东方染成一片霞红。经过近两年在南方的生活后，贾谊的心绪也平静了一些，知道一味地哀时悼世、悲天悯人，于事无补。游戏朝廷、与世沉浮，让皓皓之白蒙世俗之尘，自然是自己绝对做不到的事情，只有夜以继日地学习和忘我的工作，才是消弭烦恼与忧愁最好的方法。更何况如今有温柔体贴的利姝陪着，更是觉得内心的烦恼少了很多。而眼前的湘江碧波荡漾，鱼翔浅底，西望麓山，满山的枫叶刚刚开始泛黄，一脉青山倒映在湘江，静影沉璧的美景，不时被泛动的舟楫揉碎。

贾谊站在船头，一任江风吹拂着自己的头巾，利姝小鸟依人地斜靠在自己的身上，不觉间船舶驶出了长沙城，忽见西岸一水流入，靳江河到了。这条河取名源于楚国上官大夫靳尚，这一带原来正是靳尚的封地。靳尚生前作恶多端，强大的楚国就是败在他和子兰等几个奸臣佞相手上，现在居然得以安葬于此，还盖有规模宏大、装饰富丽堂皇的大夫第，久而久之，连当地人也不以丧权辱国的靳尚为耻，将这条河取名为靳江，只有偶尔途经此地的文人，来这里咬牙切齿，吟诵几句“巧言偏惑楚王衷，贪得金珠弃楚弓。千载汨罗流恨水，至今犹骂佞臣风”之类的诗文。只是，虽然当地人多不以靳尚为耻，但奇妙的是，这里也是端午前后湘江各支流中划龙舟、吊唁屈原活动最活跃的地方。楚国灭亡前两位最重要的两位政治对手——屈原和靳尚，一个怀沙自沉于湘江东岸的汨罗江，一个封赏于上游一百公里的靳江河，如今两个人又奇妙地共同存在于一条小河中，这让贾谊觉得有些哭笑不得，因而无奈地摇了摇头，心想包粽子、划龙舟虽说是纪念屈原，但每一代人都得抛开一些过去的记忆，在自己的时代里活下去，这比纪念什么人都重要。或许划龙舟已经慢慢脱离了它原本的意义，蜕变为一种纯粹的民间行动，人们需要通过这样的活动，增进人际交流、凝聚家族合力，锻炼肌体体能，甚至纯粹就是给平淡乏味的生活增加一点点甜。只是，屈原才去世一百年，这种遗忘是不是太快了点？贾谊这么想着，又觉得人性实在是太过凉薄了点，屈原这样的殉国又有何意义，于是摇摇头，乘着船继续往湘江上游走。

忽见东岸一山峰独立江边，紫气缭绕，岚烟袭人，云蒸霞蔚，清秀美丽，雨气氤氲，色彩缤纷，好像刚刚出浴的仙子，这便是昭山。贾谊知道这里是湘江沿岸的一处美景，特别是每逢雨后新晴，或是旭日破晓，总有万丈霞光洒落山间，更兼有周昭王南巡慕名而来、并终老于此的历史传说。但贾谊此行目的不在山水之乐，因此没有停舟上岸。再往前行百十里，又一山拔地而起，但见这座山的山峰岩石裸露，黑石嶙峋，峰背巨崖，壁立千仞，贾谊知道这是长沙国赫赫有名的南岳祝融峰，便有了弃船登临之意，在河岸一码头上了岸，一行人不紧不慢地向祝融峰赶去，只见满山松杉环绕，郁郁葱葱，绿叶成荫，碧涛满耳，内心兴起一种“五岳独秀”的感觉。及至走到岣嵝峰下，抬头一望，看见山顶石壁上立着一块巨大的石碑，碑上镌刻着几十个文字，字体奇古，有如龙蛇行走，恰似蝌蚪拳身，当地人都说这是为大禹在南岳岣嵝峰治水时留下的石碑，而且关于这个禹王碑的雕刻还有一则传说：大禹在治水过程中以岣嵝峰为营地，带领衡阳先民，斩恶龙、斗洪水，但大地上还是洪水滔滔，大禹因辛苦奔波时劳乏以极，便在这岣嵝峰的石头上睡着了，熟睡间梦见了苍水使者，在仙翁的指点下获金简玉文，按其道征服洪水，疏通湘、资、沅、澧等九条河流潮宗于海，长沙国的先民欢欣鼓舞，感激万分，纷纷要求在南岳衡山之岣嵝峰顶上，立碑为大禹治水记功。大禹十分谦虚，不肯答应，认为这都是百姓之功，万民之力，但衡阳先民执意要立，否则就不放他回北方。大禹只得答应，却提出了条件：碑文要刻得奇古，如天书一般，百姓不能相识。于是先民们派来最好的石匠，将大禹手书的77个字，全部镌刻在南岳衡山岣嵝峰顶的石壁上。贾谊见到这块石碑，心中感慨万千，心想在这条江上泛游，先是造访了屈原，继而在这里又拜谒了大禹，无不证明自古以来人心莫不如此，只要你一心一意地为老百姓谋利益、干实事，人们就会世世代代地记着你，心里便有了更加详细了解禹王碑的想法，驻足在禹王碑前仔细辨认。秋天焦灼的太阳照射着，虽然有河风吹着，贾谊也已经是汗流浃背，但他全然不顾，心想自己也算是博览群书，读过许多碑帖，一定能从这些蝌蚪文字中破译大禹治水的秘密，但看了半天，除了最末小篆书写的“古帝禹刻”外，其他所有文字对自己来说都仿如天书，于是悻悻地继续向祝融峰走去，心中想起祝融氏的又一传说：祝融是上古轩辕黄帝的大臣，那时人类已经会燧石取火，通过相互敲打燧石发出四处飞溅的火花，但这些稍纵即逝的火花却没法保存下来，黄帝考虑到祝融氏是用火的能手，一定能想出办法，便任命他为管火的火正官，从此先人们从茹毛饮血时代走向熟食，人类开始与动物和野人有了根本性的区别，特别是加速了人类智能的迅速提升。又因为祝融氏熟悉南方的情况，便同时封他为司徒，主管南方事务。贾谊一想，南岳山峰这方寸之间，便有了祝融和大禹两位先贤，内心十分激动，登山的步伐也更加欢畅，不觉之间便登上了祝融峰顶，极目四望，峰高眼阔，胸怀无际，脚下群峰如浪，绿涛起伏，湘江如带，弯曲成五条白练，遥向祝融，颇有“五龙捧圣”的气势。一忽儿，一阵大雾铺天盖地袭来，之前万千景象便湮没在缥缥缈缈的云雾中，心中弄不清何为真实，何为虚幻。好在顷刻之间，一阵风起，云雾隐去，满目青山和玉带般的湘江重归眼底，登顶后的贾谊顿觉意兴阑珊，便嘱同行一起打道回府，启程下山，继续溯江向南。

江面已经较先前有些收窄，两岸的青山也靠得越来越近，但江水依旧清澈，不时还露出缓缓的沙丘，旷野平沙，芦苇丛丛，夕阳西下，秋风送爽，几只大雁正栖宿其间，不远处又有一山峰，山头并不高，却是南岳七十二峰之首峰，人称回雁峰，据说大雁飞到这里便不再南飞。贾谊心中不免有了一些惆怅，心想自己满腹忠君报国之志、经天纬地之才，不意被贬到这遥远的南方，原本以为汉文帝只是一念之下把自己派到南方来锻炼一下，很快就会将自己召回长安，孰料都快两年了，汉文帝的江山坐得越来越稳，自己可以献给他的计策越来越少，势力强大的功臣要么死去，要么一个个变得服服帖帖，政令也更加顺畅，皇帝好像越来越不需要自己。特别是汉文帝最近又一次下发纳贤诏书，诏令全国各位诸侯王、三公、九卿以及各郡的主管官员，从公心出发，广泛地为国家选拔贤良，凡是对国家大政方针有明达的见解，对管理百姓有自己的认识，并且能直言进谏的各种人才，均可选拔出来以弥补他的不足之处。这一则诏书，让贾谊觉得自己已经成为过气人物，被汉文帝排除在贤士之列，因而更加觉得江山代有才人出，各领风骚三五年，地球离了谁都在转，内心中便有了强烈的失落感，深深羡慕伊尹得识于商汤王、姜尚得识于周武王，本朝谋臣张良得识于高祖，这些都是千年才有的机遇。时运不济的话，就是屈原这样的贤人，谋略足以救助天下，言论主张足以治理万世，德行足以应合神明，依旧得不到楚王的赏识，在朝廷服务了那么多年，最终被放逐。贾谊心思至此，两三年前那种舍我其谁的孤傲和“众大臣莫有敢言”的意气风发竟然被挫去了一半，原来，现实的世界便是如此残酷，生命确如船底的江水一去不复返。

贾谊这么想着，忽然一水从西边注入，原来这里已经到了春陵江汇入湘江的茭河口。春陵江发源于长沙国与南越国交界处的南平县，从崇山峻岭中湍急奔腾而来的江水，经过数百公里峰回路转、蜿蜒来到这里，已经是滩宽水缓，几只货船穿梭来往，屋宇俨然，飞檐翘角，屋连着屋，房挨着房，村庄远处是正在转黄的稻谷，清风吹过稻浪千层，这便是南长沙国富甲一方的江洲。江洲最早的历史可以追溯到西周时期，人们在这里烧制陶器，到秦汉时期，烧制技术更加成熟，普遍能烧制出颜色均匀的灰陶，这些陶器由于火候控制到位，成批货物做到灰色浅淡而均匀，质地坚实耐用，主要作为陪葬的冥器，与此同时开始制作越来越多的日用陶器。贾谊早就听说过这个村子并有意造访，如今已到村口，于是连忙在一处青石码头下船，早有桂阳郡章太守在码头恭候，跨过一条半圆形护城河后，一路引着太傅贾谊前行，但见村子里鳞次栉比的店铺，买卖着陶瓷、布匹、猪肉等货物，满街陶器质地精良，器型非常丰富，有豆、盆、碗、钟、勺、盘、缸、甄、釜、钵、罐、筒杯、小壶、茧形壶、扁壶等，并且有着回纹、三角纹、涡纹、龙纹、虎豹纹等多种纹饰；陶器店里还摆放有体现财富的陶仓、陶囤，另外还有陶鸡、陶狗、陶猪、陶羊等体现六畜兴旺的各种家禽动物。独立于众多陶器店之中的，是一家装饰端庄富厚、满屋子闪着金光的钱币店，贾谊一行从五级青石台阶走上去，走到一个用上好麻石砌成的弧形大门，左右门联书曰“金辉映日凝祥瑞，玉润含春聚泰和”，门楣上绘有龙凤狮鱼、竹木花草、人仙鬼神，无不形神兼备、栩栩如生，精巧绝伦。其中一幅“洛阳桥”的浮雕，综合采用了圆雕、平雕、镂雕等多种艺术表现手法，构图严密，构思奇特，不仅让贾谊惊叹能工巧匠的艺术才华，更让他称奇的是在这遥远的南方，居然会有关于他家乡洛阳的绘画，这也勾起他浓郁的乡愁。心想自己从二十岁离开洛阳，先是在长安过了两年要风得风、要雨得雨的惬意日子，随后又在长沙国待了几年，至今已是五年多没有回家了，家里的老人还好吗？房屋漏雨的话有人修否？带着这样的满腹愁绪，贾谊进得屋内，货架上陈列有仿青铜鼎、彝等庄重器型，这些民间很少用的器物，使他很快想起了之前参加共王葬礼时见到的令人眼花缭乱的陪葬品，记忆中不少器物好像就来自这里，从长沙城到桂阳郡虽然已有几百里之遥，但沿河而下，水运既快捷又便宜。除经营陶品外，这家钱币店陈列最多的还是各式铜钱，有二铢半两钱、三铢半两钱，直径最大、分量最重的是一种六铢半两钱。

章太守见贾谊看得出奇，连忙趋前介绍："舂陵江沿岸有着丰富的铁矿、铜矿资源，在西周时期便有最早的青铜冶炼，战国时楚国的一个铸币点就设在这里，秦灭六国后，实施统一的货币政策，这个铸点主要业务变成青铜鼎、彝等庄重器型铸造。陛下允许私人铸钱后，舂陵江一带已经有了三个冶铸点，江洲便是其中最大的一个点，主要冶铸朝廷准许的半两钱，有二铢半两、三铢半两，最大的为六铢半两，就是现在挂在墙上的这些品种。"章太守指着墙上嵌在模子里的一枚枚钱币继续说，每年铸造的钱币不仅在长沙国使用，还流通到邻近的豫章郡，说着脸上有了些骄矜之色，丝毫没有注意到贾谊脸色变化。直到贾谊说道"你们的冶铸点在哪里，我们去看看"时，才不觉愣了一下，慌忙中结结巴巴地答道："可以可以，就在此处不远的河堤下。"说着便由钱庄老板领着走出屋子，沿着一条窄窄的青石路向冶铸炉窑走去。

冶窑就在城市边缘，紧靠舂陵江河堤，堤外是一处拖运矿石与煤炭的码头，冶铸点有一处高大围墙，围墙下一溜六个灶台，火塘里不断有人塞进煤块，散发出呛人的硫黄味，灶台上是黑乎乎的烧结锅，锅里放着精铜。贾谊第一次涉足冶铸场，对南方的冶铸工艺十分好奇，因而看得十分入神。他看见其中的两个罐子融化后，一个脸上刺字的炼工，用一把铁夹子套住烧结锅的手柄，将通红的铜液倒进一个个钱模中，稍稍冷却后，一枚枚三铢半两的钱币便展现在大家眼前。接着炼工开始下一锅钱币的冶铸，先在锅子里装上一些精铜，接着倒入一些溶液，再在墙角取来一小块铅灰色金属放入，这个动作立即引起了贾谊的注意，因为之前他在长安时就听说，各地在钱币冶铸时有加入杂铅的做法，以获取暴利。贾谊虽然没有见过真正的杂铅是什么样子，但脸上刻字的人提醒了自己这人可能有犯罪前科。心里料想，冶铸时加入的可能就是杂铅，于是清了一下嗓子，厉声问道："停一下，为什么在炼铜时加入这种铅灰色的金属，它是什么？"

没承想，贾谊不过是随便厉声一问，炼工立马慌了手脚，握在手中的容器也被失手打翻，通红滚烫的铁液流泻一地，神情惊恐地说："老爷，小的该死，这不关我的事，我不过是个做工的。"一边说着一边瞅着陪同的钱庄老板。

贾谊看着技术熟练的炼工，心想脸上的刺字或许就是因违法铸钱受过黥刑，因而更加断定炼铜时加入的金属就是杂铅，于是黑着脸问老板："这到底是什么东西？你不知道在钱币中加铅是要入罪的吗？"

钱庄老板心里知道铸钱时加入杂铅属于汉法严令禁止的行为，但一想到旁边的章太守也知道这件事，平时自己上上下下打点得不少，心中知道这事虽然瞒不住，但还是觉得一定会得到官府的照应，便壮着胆子说道："老爷，大家都这么做，您一定也是知道的。"

贾谊正色道："是的，我留意私自铸钱的危害已经很久了，但没想到泛滥到了随处可见的程度，这件事我一定要奏报朝廷。你知不知道货币失去管理会对国家和人民造成什么灾难，这是会出大事的。"

章太守听闻贾谊要奏报朝廷，不禁脸色大变，哀求道："贾太傅息怒，铸币时加入杂铅这事发生在敝地，自然是下人责罚不严、察事不周，但私人铸钱这事，毕竟是陛下都允许过的，之前您在朝廷奏议时就提出来过，但陛下并没有禁止私人铸钱，反而是允许吴王刘濞铸钱，还将四川的一个铜山赐给宠臣邓通，跟吴王和邓通相比，莫说咱小小的江洲，就是整个长沙国的铸钱，不过是小巫见大巫，贾大人何故只抓苍蝇不打老虎？刘濞、邓通铸币可不是三五月的事情，想必您在长安时就已经知道。"

贾谊一想也是，比起吴王刘濞和宠臣邓通，江洲铸钱不过就是六个烧钱锅，自己是曾经的太中大夫、现在的长沙国太傅，何必执着于区区一域，跟下边的人过意不去？这样想着，便在冶铸地转了一圈后退了出来，心中却始终盘桓着这件事，同时也再次想到了刚才章太守提到的邓通。太守虽然是偶然提及，却深深刺痛着贾谊的心，因为他与邓通曾经同为中大夫，靠着自己才华横溢，在朝廷对答如流引得皇上一时的青睐，但最终被抛弃。而邓通，靠对皇帝的个人忠心成为人人不齿的嬖臣，他的走运不过是因为汉文帝曾经做过一个这样的梦：汉文帝想要上天，但上天无路，这时有一黄头郎推他上了天，回头看见那个人反穿着衣服，衣背上还破了个洞。汉文帝梦醒后就到渐台去，按照梦中情景耐心观察寻找推他上天的那个黄头郎，正好眼前看见了宫廷里负责持棹摇船的邓通，衣服反穿着而且后面还有一个洞，就是梦中所看见的那个人，一问乃知其为宫中的小吏，名叫邓通，读音的意思是登着梯子通天，因而认定邓通就是那个帮着自己通天的人。汉文帝虽然是少有的圣贤皇帝，但人非圣贤，他的短板就是有时十分迷信。因为这个梦，邓通从此在汉文帝心目中的地位一步登天，宫廷里能臣多得去了，萧何、周勃、灌婴都是，年轻的贾谊也是，但能够帮着自己登天的只有邓通一人。而且自古以来人性使然，在帝王的心中，能臣哪里比得上嬖臣？从此往后，汉文帝时时事事护着邓通。有相士提醒汉文帝，说："看邓通面相，结局一定会潦倒，最终会因为贫穷饥饿而死。"一向都能纳谏如流的汉文帝，这次却说："能使邓通富足的在朕一人，怎么会贫穷呢？"于是把蜀郡严道的铜山赏赐给邓通，准许邓通自己铸钱，从此邓通钱流布全国。邓通作为一个持棹摇船的人，平素除了能讨汉文帝喜欢外，总体上算是木讷少言的人，从不轻易招惹别人，也不爱与外人交往，但贾谊年轻气盛，还不懂得所谓"宁负君子，莫负小人"的道理，心里看不起邓通，要是别人，看在汉文帝的面子上都不会说什么，偏偏贾谊心中怎么想，脸上就会有什么表情，口里还会怎么说。内心看不起邓通，平时正眼都不看他一眼，还曾经面对面直接羞辱过邓通，邓通虽然一肚子委屈，但是也没有当面跟贾谊硬刚，因为他知道自己说不过贾谊，但转过头就到汉文帝面前哭鼻子，一把鼻涕一把泪地诉说贾谊的种种不是。汉文帝除了给了邓通一个中大夫的虚职外，并没有给予他什么实权，但毫不避讳地称他为自己的嬖臣，常常找空闲时间到邓通家玩耍。一次汉文帝屁股上生疔，皇太子刘启都唯恐避之不及，邓通欣欣然为他吮痈，自此他便更加宠幸邓通。之前贾谊失意于朝廷，心里也深怪周勃、灌婴、张相如说了他的坏话，但后来想想这还只是事情的一个方面，倒是平时不太说话的邓通才是真正对他有过致命一击的人。这件事如果不是偶然被宫廷近侍传出来，贾谊是至死也不会相信的，及至后来，贾谊就越来越相信，汉文帝疏远他并最终将其发落到偏远的长沙国来，与邓通的关系似乎更大，因而对于周勃、灌婴、张相如的怨恨有所减少。只是眼前在江洲偶遇的铸钱一事，让他觉得这不是关乎邓通的个人恩怨，而是关系国家根本的大事，他决意今晚就歇在江洲，向朝廷写出一封奏折。

晚上，贾谊辞谢了章太守与其他当地官员和商人的应酬，早早进入房间，面向北方，心里想着汉文帝，铺开木简，调好墨汁，运了运内力后，提起笔来，如走游龙，很快写成下面的这一则奏折：

陛下，按现行法律，天下人可以公然雇佣民众铸钱，胆敢在铸钱时掺杂铅铁和使用其他方式偷工减料者，就判他黥罪，在他脸上刺字。然而铸钱的实际情形是，如果不把铅铁锡等混入在所用铜中，就无利可图，如果掺入杂物的手法巧妙，所获利就丰厚，虽然名义上说雇人铸钱是合法的，可是实际上都因在原料上掺假而被处黥刑。法律都这样写着，皇上又将依靠什么杜绝投机取巧的事呢？做事不妥就会招来祸息，而法令有缺陷也会有人利用它做奸邪之事。现在百姓掌握铸造钱币的权力，且人们都偷偷地在家中暗自铸造，在这种情况下，要制止住他们为获得厚利而不在原料上掺假是很难的，即使每天都处人以黥刑，造假的情势也不能缓解，这是给老百姓设置陷阱。法律既然都执行到了这样的份上，皇上为什么还要容许私人铸钱呢？何况我在遥远的江洲还亲眼看见处以黥刑的人因为技术娴熟，被再次请回来帮人掺假铸钱。这种情势是如何造成的呢？现在朝廷允许私人铸钱，民众被判黥刑的也很多，老百姓正处于危难境遇中，圣上仁慈，怎能不伸出手来拯救他们？而且由于铸钱获利甚丰，人们都争着来干，这样一来就没有人愿意从事农业生产了，开采矿的情况则逐日增多，农民们便放下农具，烧炭炉炼铜铸钱。私铸的成色不足的钱日渐增加，国家足色的钱反而渐渐地消失了，善良之人为利益所诱而去做奸邪之事，朴实诚信的百姓也迫于大势参与其中，陷入受刑的境地。遭受黥刑的人也更多了，官吏和百姓就会每天都相互争斗。国家既然有了这样的祸患，怎样才能加以防止呢？我认为，法令若禁止铸钱，钱币币值一定会提高，钱币币值提高了，私下铸钱的情况又会风起云涌一样起来，那么弃市之罪又会不足以威慑非法铸钱了。在臣下看来，国家应该采取断然行动，避免这种糟糕透顶的情况持续下去，只要我们从现在起禁止私人铸钱，至少能够得到七方面的好处：朝廷把铜收集上去不要让它散落在民间，那么老百姓就不会因为再盗铸铜钱而被判黥刑，这是第一件福事。铜不流散在民间，那么铜钱就少了，百姓也不会对钱币再有疑惧了，这是第二件福事。铜不在民间流散，私人不得采铜，也不准私自铸钱，百姓就会重新回到农业生产上去，这是第三件福事。铜不遗落在民间而是全部收归朝廷，朝廷就能够用积蓄的铜来调节币值的高低，币值低了国家就设法回收货币，币值高了国家就设法投放货币，那么货币数量就可以得到控制，货物交易也会平稳有序，这是第四件福事。朝廷积蓄的铜来制造兵器，把兵器赐予贵显之臣，并以此来分别贵贱，以示尊卑，上下就会等级分明，这是第五件福事。依靠对铜的积贮来驾驭各种物品，来调剂有余和不足，收回剩余的，如此一来官府一定富足，而那些工商游食之民就会不能在市场食利，这是第六件福事。依靠对铜的积蓄，控制住闲置的资财，来与匈奴决战，那么敌人一定会失败，这是第七件福事。陛下，这是我到南方后，深入实地考察并深切思考后提出的奏议，请您仔细思考，并尽快下达禁止铸钱的诏令。

贾谊伏案书写时，利姝虽然早早上床，但横竖都睡不着，几次下床，趿着布鞋凑到桌子边，看夫君笔走游龙书写奏折。她熟悉贾谊之前所有文章，深深折服于他那胸罗文章兵百万、胆照华国树千台的绝世才华，但过去的奏议策论均以政治、军事和时论居多，当然也有《论积贮疏》这样属于经济领域的名篇，知道丈夫于国家经济财政一直都有洞察。但这样的奏折上去，势必得罪一批有钱有势力的人，于是利姝一方面为夫君的远见卓识和舍我其谁的气魄深深折服，一方面又因担心贾谊的奏折得罪人而提心吊胆。且此时已是深夜，担心夫君身体吃不消，几次催贾谊上床休息。

贾谊写下这一则奏折之后，依然毫无睡意，又反复看了看，生怕在遣词造句上稍有差池或者出现词不达意的地方，确认万无一失之时已经东方既白，于是遣驿站人员用快马送出。当这件事完毕后，贾谊觉得江洲还有一处地方是他必须去的，那就是兵器冶铸场。自从南越国与长沙国战事兴起，江洲就成了朝廷军队和长沙国地方部队兵器的重要供应地，一段时间，桂阳郡章太守的主要精力就是抓兵器铸造和运送，因此很高兴地为贾谊太傅当起了向导，来到江洲城靠近湘江一侧的兵器冶铸场，这是一个占地非常宽阔的场地，两长溜炼铁炉几乎看不到尾，但见一溜的炉子全都熄着火，只有左侧的一溜炉子燃着煤炭，往炉膛望去，煤炭在火炉中烧得呼呼作响，不时还有铁匠抽着风箱给炉子里补风，炉膛里的火烧得更旺，铁匠一边抡锤，一边喊着铿锵有力的号子。铁匠用火钳夹出一块通红的铁块，一旁的另一名匠人立即抡起大锤，锤出一把弩来，前一名铁匠不断翻动砧板上的铁件，又夹进水桶冷却后放到砧板上，两名师傅轮番锤击铁件，如此往复多次，一件铁器才基本成型。这时，章太守上前介绍："江州兵器冶炼同样有着很长的历史，但最红火时，还是秦始皇派屠睢、赵佗率领五十万大军平定岭南时期，之后我大汉灭楚立国，高祖主要精力在平定诸王叛乱，没有精力顾及南方，到了吕后执政，这边与南越国的关系变得空前紧张，朝廷派来了隆虑侯、博阳侯，江洲的兵器铸造再度红火起来，连带煤炭和生铁都涨价不少。"

章太守接着说道："那时是我最忙的时候，朝廷虽然给了隆虑侯周灶、博阳侯陈濞很多兵械与军事物资，但很多兵器还是需要大量的地方补给。两位军侯都是久历沙场、跟着高祖打过硬仗的将军，要求很高，脾气更大，稍有差池，都是要求我们提头见人。有一次博阳侯要求我们五天内补充一批弓箭到前方洮阳县的一处营地，从灵渠下船后还需要走一段很长的山路，我们铆足了力气，铁匠们完全没有休息，白天黑夜连轴转，挥汗抡锤，总算在第三天把所需要的弓箭凑齐了，我让郡尉即日启程运送，按平常的行程，从江洲到洮阳三百多里路程，昼夜兼程的话，是能够将军需物资送到目的地的。但船行到上游萍岛时，雷电不止，风大雨急，豪雨不歇，天公像是扯下一个巨大的口子往天地灌水，湘江主干道及舂陵江、潇水各上游支流洪水翻滚、浊浪排空，船舶根本无法行进，稍一启船必然是船毁人亡，而且我们货物走的是上逆的水路，没有办法，只得停船歇桨，稍一停雨便立马启程，但这批物资还是比既定的时间晚了两天，博阳侯为此大发雷霆，将郡尉和船夫吊打了整整一天，全身皮开肉绽，令人心疼。朝廷的军需供应只是一个方面，长沙国地方军队的供养是更大、更持久的开支。长沙国约二万五千户人家，桂阳郡以山地为主，田亩甚少，能够养活的人不多，户口和人数更少，与南越国的战事全都发生在咱桂阳郡，我们这边几乎承担了全部的物资供应，那时大王还是王太子兼郎中令，利豨领着长沙国的军权但也没有继任丞相，受前任长沙王指派，两人共同负责南部长沙国军需物资筹措。我记得战事最急的吕后四年，一共八次给我们下达军械、粮草、被服等各类军需供应任务，包括马匹六千头、马车一万辆，弓、弩、刀、剑、盾各两万件，枪、棍、矛、斧、钺、戟、各一万件，殳、鞭、锏、锤、叉、钯、戈等各五千件，各处兵器冶铸点都开足马力，农村劳动力都被征用来锻造兵器，田地荒芜，而且人祸总是连着天灾，烈日炎炎，江河水少，溪干地燥，大片稻田几乎颗粒无收，安抚百姓犹且不易，筹措军需更是难上加难，所幸身处桂阳郡的便侯仗义疏财，出了不少钱财与粮食，给予了我们很大的支持，才勉强完成筹集任务。”

说起便侯，贾谊才忽然记起吴芮幼子吴浅，大家都传说他生性敏感，既敬且顺，封地便在湘江上游的桂阳郡，连忙问：“便侯现在怎样了，从惠帝元年分封到这边，算来也快二十年了，我在长沙时，朝堂和坊间都没有他什么消息。”

章太守答道：“第一代长沙王一共有四个儿子，大儿子吴臣继承了长沙王，传到现在已经是第五代了，二子吴阳后来做了沅陵侯，三子吴程这一支后来没了后人，四子吴浅在惠帝元年到了桂阳郡，现在也算是枝繁叶茂，人丁倒是添了不少，只是湘水上游地远天荒，又连年战事，虽说也是封了侯，但其实日子也好不到哪里去，说老实话，没有国泰哪有民安。好在当今陛下继位以后，这边情况好了很多，战火停息了，两国边境没有了刀枪对峙，两边正常的生意往来在恢复，农民们回到了田里，人们都安于过自己的小日子。说来也奇怪，停战以后，这两年连上天也开始关照我们，风也调雨也顺的，便侯也跟着大家一起，日子渐渐好了起来，只是这一支人丁虽旺，但官运似乎没有好起来，好像也很少到王城走动，全家都窝在桂阳这个地方安安心心过日子。”

贾谊在江洲待了两天，对这边经济、民生有了较深的了解，尤其是在这里完成了一则奏折的上报，因而对自己这一次南行较为满意。另一方面，章太守断断续续对湘江上游、南部长沙国的一些介绍，勾起了他对南越、长沙两国边境的向往。他想在那些已经冷寂的战场寻找对战事的记忆，更何况源头一带还有舜陵等历史遗址和灵渠等人工杰作在等着自己，他内心对这些人类奇迹与智慧充满好奇与向往，于是离开江洲，登船沿着湘江继续向南，沿途风景也没有特别值得让他留意的地方，只是觉得越往南走，人口越稀少。当船行至桂林郡一处江段时，忽见西岸一水从茂密的松树、檀树中汇入江中，但见河流交汇处，飞花溅玉，叮咚作响，抬头一看，临江倒是一块巨大而平整的石块。循着巨石往陆地上看，布满了奇形怪状的岩石，有的像怒吼的雄狮，有的似飞跃的猛虎，有的如卧伏的老牛，有的如搔首弄姿的小猴。贾谊记得原先读堪舆志时，这里应该就是浯溪，黄帝划野分州的地方，并称祁为湘江上游，舜帝时这里便是“荆州南境”的祁阳，春秋战国时这里是楚国的南疆，秦始皇统一中国后把祁阳划归长沙郡，西汉初立时，高祖又把这里划归为长沙国。贾谊就想，要是在这里停下来，邀一班书友挥毫作画，吟诗作赋，勒石铭碑，未尝不是人生的幸事，或许还能在人类文化史上留下一段佳话。但这个想法也只是在心中稍微泛起后倏忽就过去了，贾谊一心想着还要继续往前赶路。

这么想着，这样走着，贾谊的船便到了一片开阔江面。一条大河从西南汇入，原来不知不觉间已经到了潇水与湘江的交汇处，两条江水合围成树木苍翠、浓荫覆盖的萍岛，恰如随水沉浮一叶扁舟，风韵万般。贾谊独立船头向前方眺望，但见近处古木参天，竹蕉繁茂，远处则黄叶古渡，迥龙宝塔，江天风月，远浦归帆，渔舟唱晚，画意诗情，尽入眼底。贾谊心想，千里湘江，这里是一处难得的去处，于是舍船登岸，踽踽独行于满是茅草的石道上，但见江上往来船只、如梭风帆与洲中竹林相映，橹声与洲上鸟语共鸣，顷刻间便有忘忧去怀的轻松感，身体的疲惫与心中的劳累突然间离开自己远去。贾谊记起关于萍岛的一则故事：很早以前，萍岛还只是一隅之地的小小沙洲，湘江从西，潇水从南奔腾而来，每当春雨瓢泼、洪水暴涨之时，便把此洲吞入腹中。娥皇、女英二妃，沿河而上寻找舜帝，路过零陵时正逢大水茫茫，艄公不慎，船只触滩摇震，女英抛下罗巾一块；龙神得报，慌忙放出三只金鸭将江洲高高拱起，从此这个小岛便随水浮沉，水涨洲高满目珠翠，这便是现在的萍岛。贾谊知道这些传说并不可信，但由娥皇、女英二妃，想到既有自己温良贤淑的大夫人，现在又有聪慧可人的二夫人利姝相随，便免不了拿自己与舜帝自况一番，更何况大夫人的名字还自带一个“英”字，便免不了想起“舜何人也，予何人也”的典故，脸上露出轻微的笑容。

想完这些，贾谊一行沿着湘江往上走，越到源头，越接近安葬舜帝的苍梧山，有关舜帝的传说越来越多，与舜有关的地名也越来越多，如舜峰、舜溪、历山、舜耕山、二妃庙等，无疑都寄托着当地人民的哀思。这也不由得激起贾谊心中对舜帝更多的怀想，他在经历千辛万苦并展示了自己的不世才华后，终于赢得尧帝信任。舜帝正式登位后，就大刀阔斧地任用贤人，让他们人尽其才，才尽其用，让鲧的儿子伯禹担任司空，并把天下第一难事治水的大任交代给他；任命庄稼能手后稷当农官，掌管农事和庄稼种植，着重解决老百姓吃饭问题；任命皋陶担任法官，主管法律和刑法的执行；任命伯益担任主管山林原野的虞官，实现山泽湖水开发利用；任命伯夷为秩宗，主持祭天、祭地、祭祖宗等三大祭典，同时还给他派了两名助手，一是掌管音乐的夔，另一位是主管接待宾客的龙。舜帝还是中国从原始氏族部落向奴隶制转变的关键性人物，他引导大众顺着山势，刻树为标，以山河为界，将全国划分为冀州、并州、幽州、兖州、青州、营州、徐州、荆州、扬州、豫州、雍州、梁州等十二州，宣告了原始氏族各自为政的部落时代基本结束。泛舟萍岛，追寻着舜风禹迹，贾谊心中生出无限感慨，甚至深怨自己生不逢时，如果生长在舜帝的时代，也不至于像现在这样沦为谪客逐臣，说不定也能像后稷、皋陶、伯益一样建功立业。虽然是在这样一个场合接触和邂逅虞舜，但他还是内心充满感激，因为他提出《论定制度兴礼乐疏》的奏议，重点研究与参照的是舜帝制定的“齐七政”准则，就是要求所有官吏从政时，都不能违反春夏秋冬四季的农事活动，遵照天文、地理与人道和谐统一的原则，坚持从自然规律、各地的实际情况和百姓至上的原则，决定自己的施政方略，并以此建立了一套严格的人事考核任免制度，夏商周都按照虞舜定下的这些基本制度，因此每个朝代都延续了五百年以上。反之，秦始皇虽然也有一颗聪明的头脑与过人的智慧，但虞舜定下的这些规矩全都被他遗弃，毁弃王道而行霸道，远离忠臣亲信佞臣，不亲近百姓，焚毁诗书及百家著作，滥施酷刑，导致大一统的秦朝仅维持短短的十三年。陆贾曾经把秦亡的道理讲给刘邦听，但也只是听听而已。贾谊原本是要把这个深刻的道理讲给汉文帝听的，可惜被汉文帝婉拒了。他虽然身处江湖之远，但心中念念不忘的还是这些。一想到这里，他自己免不了叹出一口冷气，何况在淼淼的江河上，必须选择下一步怎么走。从萍岛往南岭行，究竟是走湘江还是走潇水，贾谊踌躇了很久，若走潇水，可以直达营浦、南平、泠道等几个边境县，这里是之前利豨为主的长沙国驻军的地方，贾谊可以更多地了解罗水、营水、临水、潇水等大大小小河流山川等自然地貌，可以到九嶷山追寻舜帝的踪迹。但如果继续溯湘江而上，则可以直抵灵渠，深入全州、灌阳、观阳、洮阳等几个与南越国郡县犬牙交错的县，这里是之前隆虑侯、博阳侯驻防的地方，当然可以更加深刻地实地了解主力部队驻防情况，这两者都是贾谊深切期待的。但是，由于灵渠的吸引力太大，贾谊决定舍潇水走湘江南下，更何况灵渠本来就是秦始皇在南越地区修建的重要的军事设施，贾谊心中时刻装着这档子事情。

沿着湘江南行，贾谊的船进入北渠，这是取代湘江故道新建的一段六里长的河道，属于灵渠建设中的北渠。灵渠修理前，湘江故道便是贯穿长沙国的这条河流船行最远的地方，因而限制了北方对南岭以南地区的管辖与统治，这也是修建灵渠的目的与意义所在。贾谊的船行走在并不宽阔的北渠，一段四十年前的历史萦绕在他的脑海中：秦国兼并韩、赵、魏、楚、燕、齐六国后，秦始皇为开拓岭南，统一中国，于秦始皇二十八年，命屠睢率五十万大军，兵分五路南征百越，秦军要占领五岭中每一个隘道。除了从豫章郡的梅岭入越的一支军队在横浦关受到南越将士一定程度的抵抗外，派往两国边境越城岭、都庞岭之间隘道的军队，都遭遇了当地民族最激烈的抵抗，他们誓死守卫着自己的领土，保卫自己的家园，整整三年秦军兵不能进，军饷转运困难。一筹莫展的秦始皇命令监御史禄掌管军需供应，督率士兵、民夫开修人工运河，凿通灵渠，连接长沙国的湘江和南越国的漓江，打通南北水上通道，为秦王朝统一岭南提供重要的运输保证。也就在湘、漓两江通航当年，秦兵就攻克了岭南，随即秦始皇设立桂林、象、南海三郡，将岭南正式纳入秦朝的版图，代表秦朝进入南越国的便是南海郡守任嚣和手下的龙川县令赵佗等人。到秦二世时，秦朝的江山摇摇欲坠，任嚣的身体也每况愈下，就把赵佗叫到病床前，并对他说：“我朝推行暴虐无道的政策，横征暴敛，征缴无度，天下百姓对此感到怨恨，项羽和刘邦、陈胜、吴广等，都在各自的州郡，聚集民众，组建军队，像猛虎般地争夺天下，中原地区扰攘动乱，不知何时方得安宁，豪杰们背叛秦朝，相互对立。南海郡偏僻遥远，我怕强盗的军队侵夺土地，打到这里，想发动军队切断通往中原的新修大路，自己早做防备，等待诸侯的变化，也可伺机建立自己的国家，但我已经病得很重了，这件事必须靠你来完成。”任嚣当即向赵佗颁布任命文书，让他代行南海郡的职务。任嚣死后，赵佗就向横浦、阳山等县传布檄文，说：“北方强盗的军队将要到来，要疾速断绝道路，集合军队，保卫自己。”赵佗借此机会，杀了秦朝安置的官吏，毁坏秦代官府，培植自己的亲信。秦朝被项羽、刘邦推翻后，赵佗就攻击并兼并了桂林郡和象郡，立自己为南越武王。刚刚建立的汉朝对此恨得心里发痒，但剿灭不断起事的异姓王就已经焦头烂额，腾不出精力来对付千山万水外的赵佗，便派有三寸不烂之舌之称的太中大夫陆贾出使南越国，一番唇枪舌剑、恩威并重后，终于让赵佗北向称臣。孰料吕后继任后，南越国再度起事，想到这里时，贾谊的船到了北渠终点处——北陡门，此时面杠、马脚、水拼和陡簟全都收起，以便船舶通过，陡门左右各有一名士卒把守，洮阳县周县令早已迎候在此。北陡门也是灵渠最北的一处工程，起着壅高水位、蓄水通航、拦船过闸的作用，正是水位太高，原本地势较低的湘江，才在陡门的助力下，实现“水往高处流”并进入漓江。灵渠主体工程由北渠、北陡门、大天平、铧嘴、小天平、南陡门、南渠、泄水天平、水涵、堰坝、秦堤、桥梁等构成，贾谊顺着水流正式进入灵渠内。

贾谊一行从北陡门进入大天平，但见此处河面开阔，河道上有稀稀疏疏的几条渔船，每条船上有三四尾系着项圈的鸬鹚。不过此时贾谊的目光全部被天平坝吸引，但见坝堤上一排密密的松木桩，桩基往上的迎水面和跌水面都是浆砌平整的巨型条石，每两块条石的骑缝处，都凿有燕尾形的石槽，每一个石槽内用铸铁镶嵌牢实，从船上看，这些条石竖插，块块相叠，在阳光的照耀下恰似鱼鳞一般。

出大天平，形如犁铧的铁嘴便呈现在贾谊眼前，犁铧的尖角正对着前方山谷中逶迤而来的海洋河，把这条并不张狂的河流来水，七分给了湘江，三分给了漓江。陪同的洮阳县周县令告诉贾谊，因为分水的缘故，这个地方就叫分水潭，这个尖角便是铧嘴，一侧连着大天平，一侧连着小天平。贾谊循着周县令的手指，看见大、小天平下，是一条淌着清清亮亮流水的堰坝，堰坝用长木桩密排深钉，框架里堆砌鹅卵石，砌成略两人高的斜面滚水堤坝。堰坝上面还开有堰门，堰门旁边各竖立着四根粗大的松木桩，每两根松木桩之间又用横木串联着，与固定在堰门的框架相接，显得非常坚固，贾谊的船特意又从堰门来回穿过一次，内心随着哗哗作响的碧水荡漾。

贾谊携利姝上得岸来，一行人出南陡，走在秦堤上，但见灵渠两岸杨柳依依，河道内流水清清，几只雨燕一忽儿从天空中俯冲到水面，一忽儿又从水面停栖在柳树上，但他的思绪还是始终回落在四十年前建成的这个令人啧啧称奇的灵渠上，既惊诧于秦始皇的雄才大略，北筑长城、南修灵渠，又折服于监御兼水利专家史禄强大的组织能力，更佩服工匠们的巧夺天工，想不到靠着肩挑手搬，在短短的四年时间，便能建成这一堪称世间奇迹的水利工程。他深信这个连接长江和珠江两大水系的人造工程，对巩固国家的统一，加强南北政治、经济、文化的交流，密切各族人民的往来，都将起到非常积极的作用。他更深信的是，虽然秦始皇不在了，甚至因为横征暴敛、焚书坑儒等留下永久骂名，但经他提议建设的这项工程，不仅在其在位时就加速了朝廷对南越的统治，就是当朝对南越的管辖也深得其便，不仅太中大夫陆贾的两次出使均由此出入，就是汉文帝对南越实施的绥靖策略，大量辎重军械，无不从这一处巧夺天工的水利工程进进出出，他相信这样一处造福人类的建筑工程一定能永存于世，即使是两千年、三千年后，仍然能否造福人类，造福中华民族。

从灵渠出来，贾谊又乘船从海洋河走了一天的行程，才在一处码头上岸，他要去此行最后一处地点——博阳侯曾经作战的军营。贾谊一行爬过海洋山，在灌阳县城歇宿了一夜，继续往前走过一段平坦地带后，便走到南岭主峰之一的都庞岭下。但见高耸的山体上，四处都是巨大壁立的花岗岩，在太阳的照射下，反射出耀眼的光芒，而在花岗岩外，有着茂密的山林，长着高大的柏树、铁杉和白克木。灌阳县周县令告诉贾谊，从两国交战起，自己就在灌阳担任县令，到现在也才几年的时间，所经历的事情都还记得，这些山林正是博阳侯陈濞驻防的地方。陈濞的军队全部在四周的山脊线内布防，南界就是都庞岭的主脊，山下约四千米处便是南越国的横浦县，防区范围宽约四千米，纵深约五千米，易守难攻，博阳侯的九支部队分两条线部署在这里，并依托三条山脊扼守南越军队进入长沙国。第一线兵力为徐都尉的三支军队，部署在南沿的山脊北侧；第二线兵力为周都尉两支军队。徐都尉的一支军队隐蔽在山背面三条大山沟，距离第一线不到两千米，配置在指挥部左后方的为利豨弟弟、长沙国司马利得的两支预备军队，这九支军队全部归博阳侯统领，并呈梯形配置。第一线兵力不下五百米的地方，就有八个居民点，这里正是两国战事天然的前线哨所。那时候，自己按照长沙王的指令，积极筹办军饷，忙得分不清白天黑夜，博阳侯也算是尽心尽力，常常坐着六匹马驾着的车辆，在山谷里操练步兵、骑兵，但赵佗在横浦、南平等地的设防也很稳固。待到吕后七年，隆虑侯准备发动总攻令时，长沙国、南岭罕见大旱，尤其是南岭这一带，酷暑加上山地干燥，导致士卒中的多数人都得了重病，我们着军医熬制了苏梗、芦根、苏叶、薄荷、茯苓、苍术、白扁豆和生薏米等很多防暑去湿的中草药，全都无济于事。士兵大量死亡，恐惧在军中蔓延，军中士气低落，军力大大削弱，两军隔着阳山相互胶着。又过了一年多，吕后死去，朝廷就停止了进攻，赵佗的军队便趁机在边境耀武扬威，侵扰乡县，我们这一带的老百姓没有不叫苦不迭的。好在陛下继位后，立即派来太中大夫陆贾。途经洮阳时，我陪同了几天，详细汇报了两军交战给黎民百姓带来的痛苦，也谈了我对改善与藩国关系的思考，虽然陆贾大人高瞻远瞩，用不着我建言什么，但至少是表达基层官员的一些想法，总而言之，大家都厌倦了剑拔弩张、兵戎相见的生活，希望两边都能化干戈为玉帛，还好陆贾大人带上陛下的书函与诚意出使南越后，边境终于迎来了多年的宁静。但南越国觊觎这一片土地的贼心未灭，厚着脸向朝廷索要岭南的营浦、南平、舂陵、泠道、洮阳、灌阳、桂阳、龁道数县，都被陛下以祖宗之法不可变断然拒绝。既然高祖划定了南越与长沙国的边界，在自己手中也绝不可轻易变更，不然泱泱大国尊严何在，两国边界就这样定了下来。

贾谊听了，心中稍感慰藉，忽然想起之前梁、楚边境的一则故事，认为对边境线上的县令衙臣一定很有启发，便趁此机会，娓娓地说了起来：从前梁国大夫宋就担任边境地区的县令时，所管之县同楚国相邻。梁国边境守卫者和楚国边亭驻守者都种瓜，而且种植面积还不小。梁国边境守卫者非常勤奋，公务之余总是带领百姓浇灌瓜地，所以瓜长得好。而楚国边亭驻守者性嗜吃瓜，但耻于农事且十分懒惰，很少到瓜地浇灌，所以他的瓜长得不好。

楚国县令因为梁国边的瓜长得好，而嫌自己的瓜长得不好。楚国边亭驻守者嫉妒梁国的瓜比自己的好，因此便夜里到梁国瓜地里，偷偷地掐断梁国之瓜，半大不熟的瓜被踩烂后扔得到处都是，原本长势茂盛的瓜藤忽然间成了死苗。梁国边境守卫者发觉了，便向县尉请示，也想以牙还牙，偷偷到楚国边亭的瓜地里，用同样的办法加以报复。县尉向宋就请示了这件事，宋就说："唉！你这是什么话？这是结怨招祸的做法，冤冤相报何时了，两国边民平日都是互通婚姻、七亲八戚，低头不见抬头见的，为什么要把事做得这样过分？现在我教给你化解仇怨的办法，一定要每天晚上派人到楚国瓜地里，偷偷地浇灌他们的瓜，而且不能让他们知道。"于是梁国边境守卫者便每天夜里前去，偷偷地浇灌楚国之瓜。楚国边亭驻守者早晨巡视瓜田，发现都已浇灌过了，瓜也一天天长好了，感到奇怪便察看，原来却是梁国边境守卫者所为。楚国县令听说这种情况，非常高兴，便把梁国边境守卫者夜间浇瓜之事原原本本地报告了楚王。楚王听说了这件事，对过去做出伤害两国情感的事情感到羞愧与后悔，告诉官吏说："除了偷摘人家瓜，就没有其他罪过吗？"对梁国暗中相助感到高兴，便用丰厚礼物致歉，并请求同梁王交好。

周县令听了这个故事，连忙躬身说道："不知道您这个故事是随口杜撰的，还是真的确有其事，但我想道理都是一样的。您就是要告诉臣下，梁国和楚国的交谊，是由小小的县令以德报怨促成的吧。宋就担任县令时，就有这样的胸怀与眼界，难怪之后他能升任公卿大夫啊！"

贾谊便开玩笑似的说道："自古猛将必拔于卒武，贤相必起于郡县，谁能说今天的周县令不是未来的周丞相？成为国家栋梁之材、股肱之臣啊！”

周县令多年值守边陲，地老天荒之处，如果不是南越进犯，就是长沙国的官员都难得见面，更没有什么机会见到京官，更遑论有任何黄粱之梦。今日闻得贾谊此言，免不了兴奋起来，但也不敢过于放肆，便谦卑地说道：“我们这些外臣的艰难苦境，如果不是贾大人这样的达官贵人深入基层体察，哪里能为朝廷悉知，长沙国绝非太傅久留之地，往日您回到陛下身边，一定为下臣进言与主张，那么您就是我的再生父母！”

贾谊见一句玩笑话引发了县令的“心火”，知道官场上的人都喜欢顺着杆子往上爬。但贾谊自己不是虚与委蛇、假意应承之人，而且眼前的周县令也绝非蝇营狗苟之辈，内心便没有鄙夷厌倦之意。于是继续鼓励县令说：“灌阳县居湘水上游，距京城相隔万里，高祖和当今皇帝都能力超群，但自己想治理好这里也只能是鞭长莫及，还是要靠你们这些县令们代为操劳。所谓君功在于选吏，吏功在于治民，更何况两国边境虽说都是大事、要事，但边境战火常常起于微末，最初无非是你踩了我一片瓜田、我的一头牛在你那边走失这些小事，当然也可能是我这边的山火烧到你那边的城门这种大事。如果每个县令都像宋就一样，将矛盾化解在摇篮中，把战事熄灭在将燃未燃之时，不仅能把本县治理好，还能推动藩国层面友好往来，那么陛下就可以高枕无忧了，愿周县令勉力为之，未来瓜熟蒂落之时，定是论功行赏之日！”

贾谊从一片瓜地引发的宏言大议，从邻里间的微末之事，论及国家承平，说得周县令心服口服，不迭地点头称是。贾谊见县令完全领会了自己的意思，加上昔日的战场已成旧迹，葳葳蕤蕤的树木已将不到十年的金戈铁马、烽火狼烟的战场完全掩盖，觉得也没有什么好凭吊的，便说不如下山去走访几个农户，于是一行人沿着一条流水淙淙的小溪，来到了山下一个叫龙里的村子。村子百来户人口，坐落在南岭一个狭长幽深的山谷里，远处是都庞岭变幻着五彩祥云，时而掠过高耸的山顶，时而在山腰中荡来荡去，好似仙境一般。而山下的村庄，自停战以后，好多户人家已经重新装修了房子，白墙青瓦的民宅冒出缕缕青烟，头冠猩红的公鸡骄傲地扬着脖子，领着群鸡在庭院里悠闲地散步，用三合土打制的禾坪上晒着从附近山上采集的草药，间或有一些村民在低头忙碌着。村里人见周县令领着峨冠博带的贾谊和貌若天仙的利姝进了村庄，全都停下手头的农活聚拢过来，操着一口很难懂的南越国方言。大家七嘴八舌，贾谊却觉得心中极为放松与惬意，虽然听不懂他们在说什么，但从他们洋溢在脸上轻松的表情和盈盈笑意，深切感受到了农夫的善良与朴实。沿着湘江走过这一程后，觉得自己才真正熟悉和了解了长沙国，于是心满意足，准备从边界返程回到长沙城。

10

意沉沉推演周易
赋鹏鸟太傅回京

汉文帝六年九月，长沙城秋高气爽，白云悠悠，太阳暖暖，气候宜人，但也渐渐有了冷意，麓山上枫叶已经由绿转黄，渐渐堆出了满山红叶，从麓山顶峰到青峰峡一带更是山峰聚翠、鸟音婉转，堪称景中之景，乃至后人都有“停车坐爱枫林晚，霜叶红于二月花”之绝句。而此时的湘江，因长江源头积雪融化倒灌，漫江碧透，澄江如练，长沙人称之为“西山水”，比起春潮水涨、泥石俱下的时节更加碧净，漫山红叶倒映在镜子一样的水中，这水底的枫叶和蓝天白云，构成一幅美丽的图画。

此时，贾谊经历过从朝廷到长沙的贬谪后，不知不觉中已经在长沙国待了近三年，返回京城还遥遥无期，终日里意志消沉，也就越来越相信所谓命理学说，对眼前的美景则常常视而不见。实际上，自从自己任职中大夫时与宋忠一起对司马季主进行一次拜访后，就彻底改变了他对卜筮之人的看法，甚至心生几分羡慕。更何况书生都爱算命，姬昌和孔子等先贤都相信命运，不约而同在人生某些阶段都发奋研习《周易》，西伯侯姬昌被纣王囚禁关押的七年间，就在狱中潜心研究易学八卦，通过八卦相叠推演出六十四个卦象。此后，孔子采用取义说、取象说、爻位说，解释了卦爻辞的意义及卦象爻位，论述了揲蓍求卦的过程，用数学方法解释了《周易》筮法和卦画的产生和形成，对《易经》的基本原理，《系辞》进行了创造性的阐述和发挥。孔子还通过周易推演自己命运的衰旺，指导自己出世还是入朝。五十一岁时，他看到鲁国有了元亨利贞之象，于是毅然决定从政，五年之间，从县长级的“中都宰”一路升到公卿级的司寇；五十五岁时，他感到了当官遇到了瓶颈，于是再度占卜，卦象建议他出门旅行，于是就开始了长达十多年的周游列国。贾谊之前应邀去丞相府，就见过《周易·六十四卦》和《易传·系辞》等多部书籍，说明对《周易》的研究与普及到了十分广泛的程度。就是当今圣上即将踏入京城，觉得前途未卜、人生满是荆棘和不确定之时，也是靠占卜来问询前途命运的，在得到龟甲上显现出一条大的横向裂纹的神启后，才从代郡出发，沿着高陵到魏桥的古道，一路步步惊心走来，直至最后问鼎皇位、走向权力的顶峰。现在，贾谊做好太傅分内的事情已经游刃有余，努力向上的积极性又不是太高，便花费很多时间在周易的演绎上，推算自己人生的衰旺、格局、活性以及改运的方法，什么时候回京，什么时候获得皇帝觐见，甚至有一次算出了自己的短命，对此他大为惊骇，深信这是自己推演失误，便将时间起卦法改为铜钱起卦法，遗憾的是，竟然推演出了相同的结果，这次推演让他的内心十分沮丧。

有一天，贾谊因为觉得前程无望，百无聊赖，便坐到了濯锦坊庭院里的石床上，脚抵刚来时亲自率人开凿的这口饮水井，清癯的身影映照在清澈的井水中。贾谊静静地享受着湘江对岸的美景，暂且忘记从京城贬谪到长沙这一巨大的落差，心想与其每天让无穷无尽的忧虑煎熬自己的心绪，让无数琐碎烦恼的事劳累自己的身体，不如将自己托付江上清风和山间明月。名利不过是随风而逝的风云，一己之身在浩瀚寰宇中也就是一粒微尘，长安城的钩心斗角，长沙国的鸡零狗碎，全都与自己无关，唯有这麓山枫叶和湘江的秋景，目遇之而成色，耳听之而成音，才是人间美好。刚来时种下的柑橘，竟然也长出一片葱葱绿色，今年首次挂果后已进入成熟期，挂满枝头的橘子散发淡淡的甘香，只是不知道这橘树是否能够长长久久地生长下去。贾谊心情大好，一时竟想，长沙虽为卑湿之地，但真正日子难熬的也只有寒冷的冬天和淫雨霏霏的时节，冬天太过湿冷，而细雨绵绵永无尽期。至于秋天，星月皎洁，明河在天，春华秋实，瓜果飘香，真是北方难有的季节；而春光明媚、春风拂面，鸟语花香的春季就更不用说了。这样想着，贾谊心中孤独失意、愁肠百结的感觉，便有了稍许的放松。

忽然，贾谊眼前飞来一只面盘圆圆的猫头鹰，有时也叫鵩鸟，先是在院子里的柑橘树上停留一下，接着又从打开的窗户中飞了进来，停在屋子里。贾谊印象中，鵩鸟进屋意味着主人要离去，先前共王出殡时，他还记得高举的非衣上，无论是在人间还是地府，都有一对鵩鸟，因此刚刚平复过来的心情又突然间变坏，对鵩鸟作为恶谶的象征更加相信，待在房子里长吁短叹，随后做了一首《鵩鸟赋》：

谊为长沙王傅三年，有鵩飞入谊舍。鵩似鸮，不祥鸟也。谊即以谪居长沙，长沙卑湿，谊自伤悼，以为寿不得长，乃为赋以自广也。其辞曰：

单阏之岁兮，四月孟夏，庚子日斜兮，鵩集予舍。止于坐隅兮，貌甚闲暇。异物来萃兮，私怪其故。发书占之兮，谶言其度，曰：“野鸟入室兮，主人将去。”请问于鵩兮：“予去何之？吉乎告我，凶言其灾。淹速之度兮，语予其期。”鹏乃叹息，举首奋翼；口不能言，请对以臆：

“万物变化兮，固无休息。斡流而迁兮，或推而还。形气转续兮，变化而嬗。沕穆无穷兮，胡可胜言！祸兮福所倚，福兮祸所伏；忧喜聚门兮，吉凶同域。彼吴强大兮，夫差以败；越栖会稽兮，勾践霸世。斯游遂成兮，卒被五刑；傅说胥靡兮，乃相武丁。夫祸之与福兮，何异纠纆；命不可说兮，孰知其极！水激则旱兮，矢激则远；万物回薄兮，振荡相转。云蒸雨降兮，纠错相纷；大钧播物兮，坱圠无垠。天不可预虑兮，道不可预谋；迟速有命兮，焉识其时。

且夫天地为炉兮，造化为工；阴阳为炭兮，万物为铜。合散消息兮，安有常则？千变万化兮，未始有极，忽然为人兮，何足控抟；化为异物兮，又何足患！小智自私兮，贱彼贵我；达人大观兮，物无不可。贪夫殉财兮，烈士殉名。夸者死权兮，品庶每生。怵迫之徒兮，或趋西东；大人不曲兮，意变齐同。愚士系俗兮，窘若囚拘；至人遗物兮，独与道俱。众人惑惑兮，好恶积亿；真人恬漠兮，独与道息。释智遗形兮，超然自丧；寥廓忽荒兮，与道翱翔。乘流则逝兮，得坻则止；纵躯委命兮，不私与己。其生兮若浮，其死兮若休；澹乎若深渊之静，泛乎若不系之舟。不以生故自宝兮，养空而浮；德人无累，知命不忧。细故蒂芥，何足以疑！”

写完《鹏鸟赋》后，贾谊仿佛耗尽了全身的力气，神情也非常低落，仿若万事皆休，做什么事都提不起兴趣，身若行尸走肉，心若孤魂野鬼，什么事也不想，什么话都懒得去听，迷迷糊糊又过了一些日子。

忽然一日，贾谊听说汉文帝想要一口气封赏淮南王的四个儿子，恩师张苍虽然任职丞相，在朝廷领头反对都无济于事，便心想，当初刘长为泄私愤杀了辟阳侯审食其，审食其虽然与吕后关系不清不白，给皇室戴上绿帽子，让整个朝廷蒙羞，但处理刘长的应该是司法，而不是泄个人私愤。刘长虽然是皇子，私自杀了审食其，已经是宫廷大忌，但皇上还是原谅了自己宠爱的这位弟弟，只是后来刘长继续娇宠犯事，才给予一个流放四川的处分，但刘长并不领情，竟然在流放途中绝食而亡，想到此，贾谊便觉得刘长已经情不可宥，罪不可赦。没想到皇上妇人之仁，继续封赏刘长的四个儿子，以弥补自己内心的愧疚，当然更可能是为了博取仁名。贾谊闻此，非常气愤，他认为在附逆谋反这件事上，同姓兄弟与异姓藩王并无两样，亲侄儿刘兴居已经在济北造反，亲哥哥刘濞不是在吴国蠢蠢欲动了吗？因此一定要立即给皇上写一封奏折，他觉得自己的心还没有冷，外表的冷灰下始终藏着火红的灰烬，只要遇到国家大事要事，便会遇火即燃大胆进言。比如此刻碰到宗亲逆反，他必须尽谋臣之职，站出来说出自己的担心与忧虑，自己虽然远在长沙国，但千山万水拦不住自己为国尽忠的热情。贾谊的奏议是这样写的：

“陛下，淮南厉王本来就是一个罪人，淮南厉王之子是罪人之子，现在淮南厉王之子已长大成人，他们听其父所做的有辱声名的事，就会羞愧得站着泪水沾满衣襟，泪水交相流到脖颈上，甚至会惭愧到如同肠子绞缠到腰和肘的感觉，怎么会有片刻遗忘呢？陛下治理国家如此仁慈，而淮南厉王却这样薄恩寡义，他的儿子哪里会感怀陛下的好处、忘记陛下下贬其父的怨恨？他们的内心填满的是对其父丑行的惭愧，又哪里会对陛下有丁点的感恩？楚国时白公胜作乱，杀掉的都是自己的叔叔、伯伯，并不是要夺取楚国政权而取代楚王的位置，只为了发泄愤恨之情满足其报仇的志向罢了，因此他手执匕首直刺仇人的胸膛，就没有想到自己能活下来，他唯一要做的就是杀尽仇人。淮南国虽然不大，但黥布曾依靠它反叛朝廷，汉朝能保存下来真是幸事。如果被仇人据有足以成为危害大汉中央政权的资本，封于淮南四子又怎么行呢？即使分割成四份而分封给四个人，四个人就要一心图汉，谁能保证没有白公胜变乱的再次成功？阖闾因为资财足，才派专诸刺杀吴王僚；燕太子丹也是因为资财丰厚，才派荆轲去刺杀秦王政。如今陛下将赐封淮南厉王之子为王，赏给他们民众，充实他们的财富，这不是让白公胜、伍子胥那样的人在国都中为父报仇，就是让专诸和荆轲那样的人在朝堂上行刺皇帝，那封淮南厉王之子的打算又怎么妥帖呢？这便是通常所说的借给贼人军队，给老虎安上翅膀啊，希望陛下稍稍考虑考虑吧！”

贾谊这封奏议发出后，一直急切地想等到汉文帝的御批，但是越等越失望。不仅没有得到御批，朝堂上倒是有了刘长儿子刘安获准继任淮南王的传闻，贾谊的失望便多了一分，心中哀叹道：“真是疏不间亲啊！大汉之初对异姓王的叛乱各种猜疑与防范，有时真是到了无中生有的地步，挖空心思从异姓王手中把封地夺回来后，封给刘氏子孙。但不出几年刘氏兄弟们就各有各的想法，同样都是刘邦的血脉，为什么你当皇帝我只能当王？所以先是亲弟弟刘长造反，接着侄子刘兴居因为亲哥哥刘襄没当上皇帝继续造反，接下来吴王刘濞也在准备造反。既然血肉的情谊都不过如此，何不实施我先提出的‘众建诸侯而少其力’，何苦把从异姓王那里夺回来的土地犒赏给刘长的儿子，明摆着不就是养虎为患吗？我原本就是一个外人。”

贾谊就这样百无聊赖地过日子，不被汉文帝认可的日子他觉得人生没有了指望。可偏就在他觉得人生无望的时候，朝廷的诏令到了。驿马从正南的黄道门进来，直抵王殿宣旨：“着长沙国太傅贾谊听旨”，贾谊慌忙跪下道：“臣领旨。”只听钦差念念有词“着令长沙国太傅即日回京，另有任用，钦此”。贾谊听此，内心无限激动，心想皇上到底还是没有忘记自己，自己东山再起的日子终于来了，长沙国三年太傅的日子没有白过，皇上是对的，张苍老师是对的，屈原吊唁过了，未必人生都如其“长太息以掩涕兮”，鹏鸟吟诵过了，“野鸟入室兮，主人将去”原来还有另外一种正面喜庆的释义。

贾谊内心无比轻松愉快，与长沙国众人一一告别，一家人大包小包由马车拉到了太平门码头，吴著、利豨、刘越带着长沙国九卿大臣早已立在码头。一众人都在盘算着，过去排挤和打压贾谊的那些人，周勃去了绛县勉强才能保命，灌婴已经过世，祸害贾谊的人已经遁形远去；反过来那些支持贾谊的人正在得势，吴公还在担任廷尉，张苍已经做了丞相，这不是清晰地表明，属于贾谊的时代已经到来，他的前途一定一片光明吗。因此，码头上的一众人，全都表现出从未有过的热乎劲，吴著使劲地握着贾谊的手说：“贾君栖居长沙三年，承蒙赐教，受益终生，您是我一生中都要感恩的人。今日在此告别，但愿您风帆正举，吉星高照，官运亨通。”利豨给了贾谊一个大大的“熊抱”，说道：“贾太傅，你我在此暂时告别，你是我见过最有智慧的人，也是我最贴心的朋友，如今还是我的小舅子，但愿往后你万事顺意、鲲鹏展翅，同时还要好好照顾我的亲妹妹啊！”刘越此时已有事情被人检举，只是尚未查实，内心显得有些紧张，走过来握着贾谊的手说：“贾君未来位高权重，刘某人若有求于您时，一定请多多关照。若陛下问起长沙国的事情，也要多多反映我们外官的困苦，同时也祝您大展宏图，健康长寿。”贾谊见到这位有些可怜兮兮的左丞相，忽然想起三年前刚来长沙国的第一次朝议，论及匈奴之事时，刘越就有意说起自己之前奏议过的“建三表，设五饵”，拉拢巴结之意行之于表，不免对他有了恻隐之心，但这种心情也仅仅是倏忽而过。贾谊接下来表现出来的是跟每一个人同样的热情，同每一个人用力地握手，向每一位同僚挥手致谢。而另一侧，长沙国王太后和王后虽然平时跟贾氏一家并不十分热络，此刻也热情地与贾夫人一次又一次告别，黏糊得像一对对离不开的亲姐妹。辛追和自己的儿媳妇紧紧拉着已经六甲在身的利姝，千叮咛、万嘱咐，好像再也见不着似的；利姝噙着泪花，一手牵着母亲，一手挽着嫂子，心里有千言万语，但此刻已是泪雨滂沱，抽抽噎噎，一句话都说不出。贾谊与两位夫人同长沙国一众官员告别过三次后，才一步三回头地从码头走到船上。

一轮红日照在头上，江面漾起温暖的波光，麓山在渐渐隐去，长沙国的城墙越变越小，贾谊一边想着长沙国的历历往事，一边又在想：皇帝会在宣室里召见自己吗？久别后的初次见面他会问我哪些问题呢？